転生したら最愛の家族にもう一度出会えました
前世のチートで美味しいごはんをつくります

あやさくら
Illustration CONACO

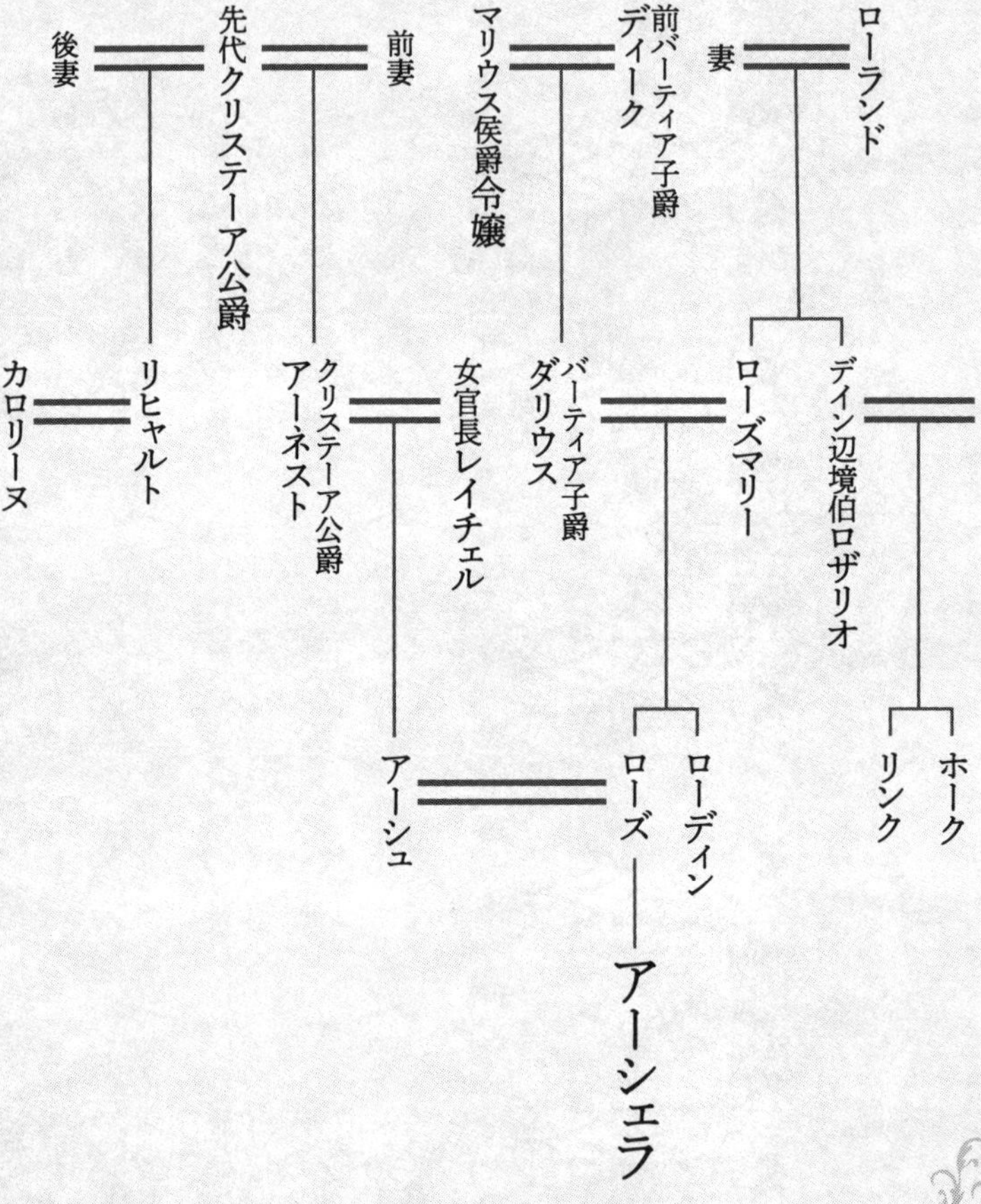
ローランド
妻
前バーティア子爵ディーク
マリウス侯爵令嬢
先代クリステーア公爵
前妻
後妻
マリア
ディン辺境伯ロザリオ
ローズマリー
バーティア子爵ダリウス
女官長レイチェル
クリステーア公爵アーネスト
リヒャルト
カロリーヌ
ホーク
リンク
ローディン
ローズ
アーシュ
アーシェラ

アースクリス国
周辺地図

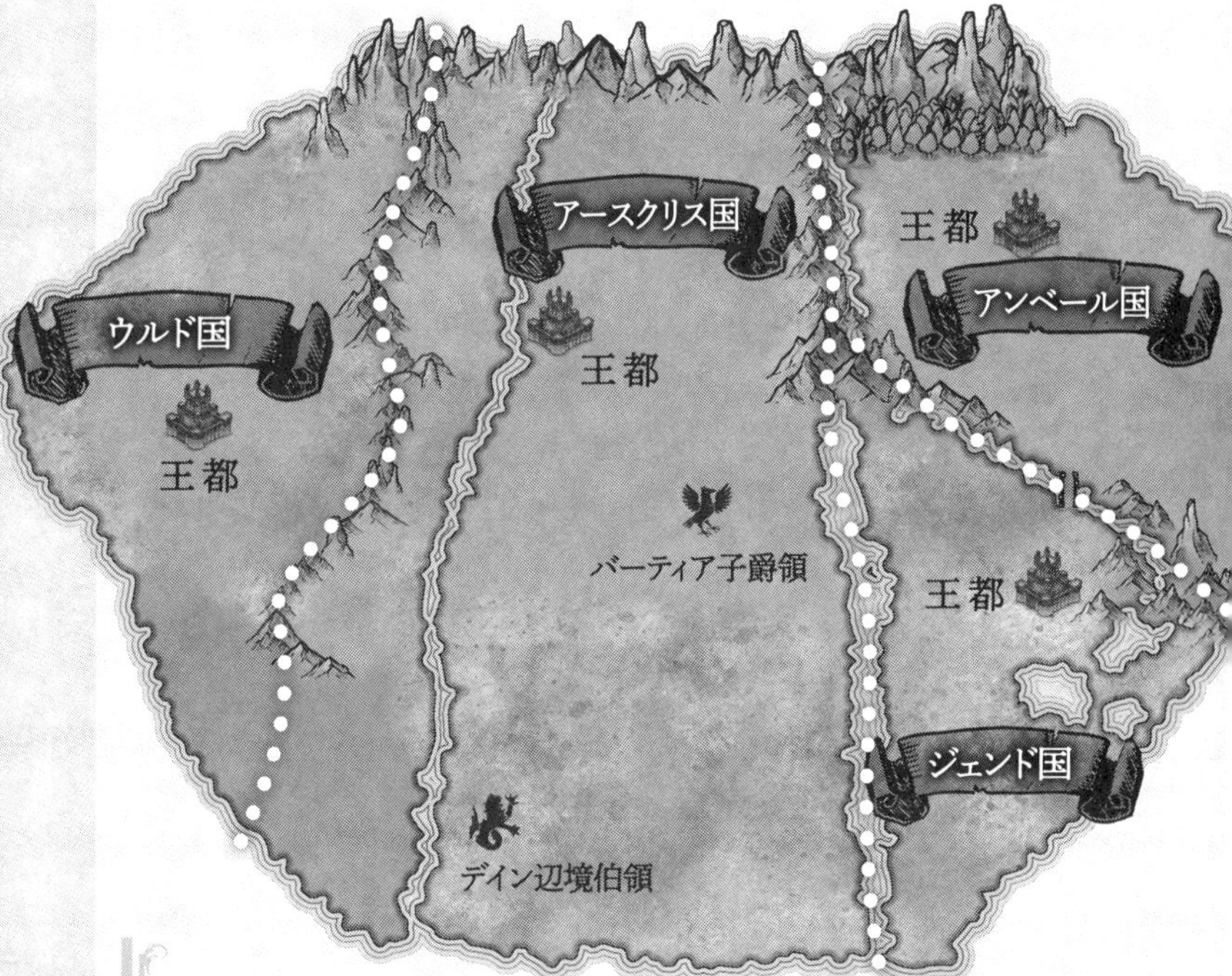

●●●●●●●●●●● 国境線

1　プロローグ～異世界転生しましたが～

――私は公爵家の長女として生まれた。

ぼんやりと覚えているのはそのくらい。

なぜって？

だって、物心がつくといわれる年齢の頃には公爵家ではなくて、街で平民として暮らしていたから。

でも私には生まれた時から転生前の記憶があった。

前世では社会人として人生を送っていたせいか、赤子であったにもかかわらず、自分が公爵家から攫われた時のことも、しっかりと記憶していたのだ。

初雪が降った日に生まれた私は、翌年の初夏の夜にメイドの腕に抱かれて公爵家を出た。

茶色の髪と瞳の、十代の年若いメイドだった。

彼女がなぜそんなことをしたのかは分からないが、馬車を夜通し走らせ、お腹《なか》が空いて泣き叫ぶ私を森の中に放置した。

まだハイハイもできず、ただ泣くしかなかった私は、ただただ力の続く限り泣いた。

前世の記憶があったって、当時は歩くことも喋《しゃべ》ることもできないただの赤子。

このままでは死んでしまう。

こんな形で、死んでしまうなんて、いやだ。

まだ、産みの母にだって会ってないのに。

父親にだってまだ会ってないのに。

泣き続けていたら、誰かが私を抱き上げた。

「こんなところに赤ちゃんが……」

私を抱き上げてくれたのは、今も私を育ててくれている母。

まだ少女とも言える年頃の母は、真っ直ぐな銀色の髪に神秘的な紫の瞳をした、とてもとても綺《き》麗《れい》な人だった。

前世でよく読んだ物語に出てくるお姫様そのもの。

そんな彼女が、

「よしよし、お腹が空いているのね」

と言って、すぐに自分のお乳をくれた。

「ちょっ……姉さん！」

と止めたのは、母の弟。

弟の制止を気にも留めず、母は近くの岩に腰を掛けて私に乳を含ませてくれた。

「……良かった。ちゃんとお乳は出ているわ」

母は、嫁ぎ先で死産し、もう子供を望めぬ身体《からだ》になったということで、婚家から追い出されて実家に戻る途中だったのだ。

「ああ……可愛《かわい》い……なんて可愛いの……」

「金の髪に淡い緑の瞳……旦那様と同じ色……」

赤子である私を抱きしめて、母はぽろぽろと涙を流しながら紫の美しい瞳をうっとりと綻ばせた。


それが、はじまり。

――その日、私たちは家族になった。

◇◇◇

――それから三年の月日が過ぎて。

私は三歳になっていた。あと数か月で四歳になる。

「アーシェラ、家に戻ろう」

と言って、私を抱き上げてくれるのは、あの日母と一緒にいたローディン叔父様だ。

叔父様といっても、まだ十九歳。

銀色の髪と紫色の瞳。色合いは母様と同じで、それにとっても優しい。

ここは王都からかなり離れたバーティア子爵領。

そして私が住んでいるのは、ローディン叔父様が代表を務めているバーティア商会の二階である。

私を抱っこしているローディン叔父様はこの国の建国時から続くバーティア子爵家の後継者。貴族ではあるけれど、バーティア子爵家は曽祖父の代で人に騙され、困窮するようになって久しい。

だけど最近は叔父様が商会を興《おこ》して商才を発揮するようになり、やっと領地経営も軌道に乗ってきていた。

商会を興したのは、私を保護したことで母が子爵家に戻れなかったから。

というより、出戻りの娘を子爵家に入れたくなかった母の父――現バーティア子爵のせいだ。

自分は由緒正しき子爵様だ。働くのは平民のすることだ――と現実を見ず、まったく働かずに遊び呆ける始末。

その子爵様も従軍し、数か月前、足に矢傷を負って戻ってきたそうだ。

私の生まれた国は私が生まれる半年ほど前から、国境を接している三つの国と戦争中だ。

この国は周辺国とは違い、天災に見舞われることが少ない。

周辺国が干ばつや洪水に遭っても、ほとんど影響を受けないのだ。

それを羨んだ周辺国は、天災にも襲われない豊かなこの国を手に入れようと、いろいろな言いがかりをつけて入れ替わり立ち代わり小競り合いを仕掛けてきているのだそうだ。

もう何十年――いや、その小さな争いは数百年にわたるという。

――そして、私が生まれた年、ついに三国が結託してこの国に宣戦布告したのだそうだ。

日中ローディン叔父様が経営する商会にいる私は、上の階の住居部分に戻ると優しい母に抱き着いた。

「かあしゃま！」

あの日私を抱き上げてくれた、ローズ母様。

私を拾った時十八歳だったという母様は二十一歳となり、とっても綺麗で素敵な大人の女性になっていた。

優しい香りのする母様は、私をしっかりと抱きしめると、これまた優しい瞳で柔らかく笑った。

「ふふ。おかえりなさい、アーシェラ」

「あい！　ただいまでしゅ」

血の繋がりがなくても、とっても大事にしてくれる、大好きで大事な母様。

ずっとずーっと一緒にいたい。

血の繋《つな》がりがないから、余計にそう思う。

私は冬に生まれ初夏に連れ出されるまでのおよそ七、八か月の間、世話をしてくれるメイドと乳母以外には会ったことがなかった。

生まれた時は医師と思われる人や他にも何人かいた記憶があるけれど、その日以降見たこともないし、メイドと乳母以外には話しかけてくれる人もいなくて、とってもさみしかった。

――だからこそ。この微笑《ほほえ》みを、優しい手を、抱きしめてくれる温かな腕を二度と離したくないと、そう切に願っている。

「ただいま」

そう言って家に入って来たのは、この家のもう一人の住人であるリンクさんだ。

私はこの商会の家でローズ母様とローディン叔父様、そしてリンクさんと一緒に暮らしている。

リンクさんはローディン叔父様とローズ母様の母方の従兄弟《いとこ》で、ローディン叔父様と一緒に商会を経営しているデイン辺境伯家の次男。年齢はローズ母様と同じ二十一歳。

容姿を一言でいえば、銀髪碧眼《へきがん》でシュッとしているイケメン。

軍人の家系であるせいか身体能力が高い。商会に怒鳴りこんで来た十数人もの破落戸《ごろつき》を一瞬で、それも一人で沈めたのを机の下に隠れてしっかり見た時は、その流れるような武技に見惚《みと》れてしまったほどだ。

緩く結んだ銀髪がひらりと舞う姿はとても綺麗だった。

「おかえり。稲は大丈夫そうか？」

「ああ、順調そうだ。今までの苦労は何だったんだって思えるくらいに元気に生育してる」

「確かにね。アーシェラのおかげで今年はやっと米が実りそうだね」

ローディン叔父様はそう言い、私の金色の頭を優しく撫でた。

――そう。このバーティア子爵領では今年初めて稲作が成功する見通しだ。

ローズ母様とローディン叔父様の父親、ダリウス・バーティア子爵が数年前に外国で食べた米にいたく感動し、種を購入してきて領地で栽培し始めたのだが、栽培方法をきちんと教えてもらわなかったため、結果何年も育たなかったのだ。

——私は前世、農家の娘だった。

だから昨年連れて行ってもらった畑で米を育てていると聞いて驚いた。

え？　麦と同じ育て方してるの？　米って水を張った田んぼで育てるはずだけど？

けれど当時二歳で今以上に片言でしか喋れなかった私に、上手に説明などできるはずもない。

なのでおねだりをして畑で育った苗を少し貰って帰り、倉庫の中に放置されていた空き樽を何個も貰って一つずつ樽に植え、水を張った。そして雑草を抜き、虫を取り、日当たりを考え——と、うろ覚えだけど、とにかくできることをいろいろとやったのだ。

そうしたら一本の苗から分《ぶん》けつして茎が増えて、青々と伸び、やがて出穂し、実を結び稲穂となっていった。

その結果、一粒万倍となった稲穂を見た母様や叔父様やリンクさんの呆けた顔が忘れられない。

そして今年、米を作っていた畑を田んぼに作り変えて稲作を行った。

今のところ生育は順調。

——秋になったら、金色の稲穂の原を見ることができそうだ。

2　女神様がくれた宝もの（ローズ視点）

私はローズ。

バーティア子爵家の長女として生まれた。

十六歳の時に五歳年上の幼なじみ、アーシュと結婚した。

しかしその後すぐに、外交官として隣国へ赴いた夫が謂《い》われのない罪で捕縛された。

この国は北側の山を背に、西側と東側を他国に囲まれている。

山から流れる豊かな水が平原を潤し、その水が行き着く海の一部も領土となっているのだが、他国からその豊かさを妬まれているのだ。

他の国も海に面し、湖や大きな川があるけれど、天災の襲わぬ豊かなこの国と比べれば劣ると思われてしまうのだろう。

いろんな言いがかりや揚げ足取りをされるのが常であり、仕方のないことだと、夫は諦めてもいた。

捕縛されたのは夫だけではない。

他の二国もこの国の大使や外交官を人質に取ったのだ。

つまりは結託して、この国を奪い取ろうとしたということだ。

やがて国は苦渋の決断を下した。

三国と戦うことを。

つまり。

人質は見捨てる――と。


「そんな……」

義父の執務室でそれを聞いた瞬間、全身の血液が凍りついたようになり、身体ががたがたと震えた。

挙兵するということは、人質に価値はないと敵国に表明するということ。

そうなれば、アーシュはどうなる？

何度も何度も考えて、それでも考えつくのは最悪のことばかり。

夫に――アーシュにもう会えない？

小さな頃からいつも一緒で、一生一緒にいると誓ったのに。

もう、光沢のある柔らかな金の髪に触れることはできない？

アーシュの新緑を溶かし込んだような瞳も見ることができないの？

触れることも……

「私とて悔しくてならんのだ!!」

義父は拳を震わせ、激情に耐えきれぬように呻《うめ》いた。

義母は王宮の王妃様付きの女官で、いつもは不在がちであったけれど、自分の一人息子の行く末がどうなるかが不安で家に帰ってきていた。

「国に仕えている以上こういうこともあるのだと、頭では分かっていたことですが……」

気丈な義母ではあったけれど、普段はきっちりと結い上げている金色の髪がほつれ、グレーの瞳は潤み、震えて唇を噛んでいらした。

婚家は荒れた。

跡継ぎたる夫にもう生きている保証はない。

貴族として国に仕えていくためには、すぐに仮にでも後継者を据えなければならない。

そして、義父の年の離れた弟が後継者となった。

夫より十歳年上の三十一歳。

義父と夫は、金色の髪に、直系が多く受け継ぐ淡い緑色の瞳をしていたが、義叔父は金色の髪に、祖母から受け継いだ茶色の瞳をしていた。

夫アーシュが戻って来た時は快く引き下がる、という条件付きだったが、義叔父は自分の甥が死んだと嬉々として言いふらしていた。

傲慢な義叔父夫妻が屋敷にやって来て、私はすぐに屋敷から追い出されそうになった。

けれど、私が夫の子を懐妊していることが分かると、義父はすぐに生まれた子を次の後継者にすると定め、国王陛下や高位貴族で構成されている貴族院議会にて承認を得た。

元々の後継者の実子。しかも国のために捕縛されたのだ。貴族院は義叔父の後継順位を繰り下げ、私のお腹の子を『性別を問わず後継者とする』と定めた。

それを聞いた義叔父からの罵倒は命の危険さえ感じるほどだった。

けれど。私の産む子が緑色の瞳を持って生まれれば、義叔父より継承順位は確実に上となる。

――そう。王家の流れを汲むこの家の後継者は、受け継ぐ者の瞳の色彩で決まるのだ。

緑色の瞳など、どこにでもいる。

ではなぜ、この家ではそれが重要なのか？

なぜかは聞いても夫からは教えてもらえなかった。

その子が役目を受け継ぐ時に、教えられる、と。

そして、直系の色彩を受け継ぐ者から、次代の後継者が出るのが常なのだ。

――故に直系の瞳の色彩を持たない義叔父は、常に最終的なスペアであり続けた。

『貴様の腹の子さえいなければ、俺がこの家の当主になれたのだ!!』と面と向かって罵られた。

いや、罵倒だけではない。

実際に階段に細工されたり、食事に何か混入されたりしたのが分かったのだ。

昔から夫に仕えてくれていた執事や古参の従者や侍女たちが、事を未然に防いでくれて事なきを得ていた。

やがて産み月となった頃、私は度々意識を失うことが多くなった。

夫の生死の不明、義叔父たちにお腹の子共々危害を加えられるかもしれないという恐怖。精神的な重圧に引きずられたのか身体が思うように動かなくなっていた。

「ローズ様。お願いですから少しでもお召し上がりください。お腹の御子様のためにも……」

夫の乳母は懇願し、ようやくベッドから身を起こした私にスープのスプーンを持たせた。

このままでは出産時に身がもたない……と、自分でも分かっていた。

赤ちゃんだけでも無事に産みたい。

徐々に思うように動かせなくなった身体に鞭打って、スープをようやっと飲み込む。

このスープは固形物を受け付けなくなった私とお腹の子のために、これだけで栄養を摂れるようにと作られたものだ。

――女神様。どうか、この子を無事に産めますように。

この子が悪意に晒されず、健やかに育ちますように。

――できれば、この子を抱きしめられますように。

起き上がるのも難しくなった身体で出産に臨めば、恐らく私は生命を失うだろうと思っていた。

だからせめて、一度でいいから、生まれた我が子を抱きしめてから逝《い》きたい――と、そう願っていた。

――それなのに。

壮絶な痛みから解放されて、次に目が覚めた時。

私は生きていた。

けれど、命をかけて産んだ子は、息をしていなかったという。

私のせいだ。

弱った私のお腹の中ではちゃんと育つことができなかったのだろう。


――どうして、私が生きているの。

アーシュがいなくなって、彼の子まで喪《うしな》って、どうして私だけが生きているの……

皮肉なことに子供を亡くしたのに、お乳が出た。

そのままにしておくと炎症が起きるので、夫の乳母に手伝ってもらい、痛みに耐えながら搾乳した。

本当ならば、愛しい我が子に飲ませるはずだったのに……

数か月後、普通の生活ができるまでに回復した頃、義父から執事を通じて実家に戻るようにと言われた。

「お許しください……」

と、いつもは厳しい執事がロマンスグレーの頭を下げ、辛《つら》くて仕方がないという表情をしていた。

子供を亡くした後、義父や義母とはほとんど顔を合わせていなかった。

哀しくて。哀しくて。そして申し訳なくて、私は泣いて謝ってばかりいた。

特に義父には、すでに戦が始まっていたためもう何か月も会っていなかった。

そんな私に否やはなかった。

夫が隣国で捕縛されてから、すでに一年と数か月が過ぎていた。

しかし、夫の情報は未だひとつも入ってきていない。

このまま彼が戻って来なければ、子供のいない私はこの家にいる意味がない。

短かったとはいえ、夫との想い出が多いこの家は、今の私には辛いものでしかなかった。

――けれど、実父は私が実家に戻ることを許さなかった。

そんな父に憤慨した弟が領地の街に商会を構え、生活できるようにしてから迎えに来てくれた。

「姉さんごめん、遅くなって」

実家に戻るように言われてから、弟が迎えに来てくれるまで数か月経《た》っていた。

弟はまだ十六歳。母方の従兄弟であるデイン辺境伯家のリンクと共に商会を立ち上げて、私が住む家を用意するために頑張ってくれていたのだ。

「謝らないでちょうだい。ありがとうローディン。私のために色々してくれて」

夫の乳母であるマーサと執事だけに見送られて、私は婚家を出た。

もうすぐ十七歳になる頃に結婚。

これからはずっと一緒に誕生祝いをするんだ、と微笑んだアーシュ。

その一月後にアーシュは仕事で訪れた国で捕縛されてしまった。

そして彼の安否が分からないまま、私は出産……

なんて短い蜜月だったろう。

私は門から全体が見渡せないほどの大きな屋敷を見上げた。

この屋敷にいたのは、たった一年半だった。

子爵領に戻る前に教会へ立ち寄り、夫の無事を祈り——子供の冥福を祈った。

子供はすでに埋葬されていたけれど、墓所へ行くことは許されなかった。

——誰も私にどんな子か教えてはくれなかった。

出産は私の命を削り、最後は靄《もや》がかかったように目も見えず、耳も聞こえなかった。

ただ、産んだ、という満足感だけを憶《おぼ》えている。

夫の乳母も、辛くなるだけだと性別も特徴も教えてはくれなかった。

けれど、夫の家を出る時に少しだけ教えてくれた。

私の夫アーシュと同じ金色の髪でした、と。


婚家を出て数日後の夕方前に子爵領の外れの森に入った。

——幼い頃、夫や弟、従兄弟たちと遊んだ思い出の森だ。

子爵家の小さな別荘があり、その日はそこに泊まって翌日商会兼新しい自宅へ向かう予定だった。

その別荘ならば実父の目も届き難《にく》く、いざとなれば昔から良くしてくれた古参の管理人夫婦が匿《かくま》ってくれるはずだ。

別荘に着いてすぐ、弟と一緒に森へ散歩に出た。

翌朝には出立するため、懐かしい場所を暗くなる前に見ておきたかったのだ。

別荘のある森の奥には、女神様を祀《まつ》った、小さいけれど由緒正しき神殿がひっそりとたたずんでいる。

「ここはまったく変わっていないわね」

「女神様のおわす場所だからね。あまり人が入らないんだろう」

森のひらけた場所に、森の緑と常に光を湛《たた》える白亜の神殿。

建国より前から存在する清浄の地。

不浄の者は立ち入ることが叶《かな》わないと言われるほどに、特別な気が満ちた場所。

故にそこは子爵領の中とはいえ、国の管轄区域となっていて、一切の争い事を禁じ静寂をもって信仰の意を表すべし――とされていた。

この大陸を創《つく》ったと言われる、創世の女神様の神殿。

穢《けが》れなき清廉な願いのみ聞き届けると伝えられてきた。


夫の無事を。

子供への愛と謝罪を。

ただただ祈っていた時。

「ふぇぇぇぇえんっっ」

赤ん坊の泣き声が神殿の空気を揺らした。

「え……？」

「これって――赤ん坊!?」

後ろで跪《ひざまず》いて一緒に祈っていた弟のローディンが立ち上がった。

「ふぇぇぇ……」

神殿の静寂を裂いて響くのは、動物ではなく人間の赤ちゃんの声。

この神殿は森の奥の奥。

誰にでも開かれている場所だけれど、道を外れた森の奥から赤ん坊の声が聞こえてくるのは、領地でも後を絶たない『置き去り』に違いなかった。

泣き声を頼りに辿っていくと、

「ふぇ、ふぇぇぇぇえんっっ、ぇぇぇ……」

神殿の敷地のはずれ、ひらけた草の上に、カゴに入れられた赤ちゃんがいた。

「うぇぇぇ、ふぇぇぇぇえん……」

真っ赤になって必死に泣く赤ちゃんは、金色の髪のとても可愛い赤ちゃんだった。

置き去りにされたばかりなのか、手足を動かし元気に泣いている。

「こんなところに赤ちゃんが……」

一目見た瞬間、何か強烈な引力みたいなものが私の中を駆け巡った。

この小さな身体からどうしてこんなに大きな声が出るのか。

──ああ。

生きているのね。

──生きているから、こんなに心を揺さぶるのね。

赤ちゃんの声は、私にとって生命の言霊《ことだま》。

『生きたい』

その想いが赤ちゃんから放たれていた。

そして。

吸い寄せられるように赤ちゃんを抱き上げると、急にお乳が張ってきたのだ。

「よしよし。お腹が空いているのね」

「ちょっ……姉さん！」

弟の制止を気にも留めず、近くの岩に腰を掛けて真っ赤になって泣く赤ちゃんに乳を含ませた。

初めての授乳でもたもたしてしまったけれど、赤ちゃんは私の乳を一生懸命吸い、私の胸にその小さな手でしがみついた。

「……良かった。ちゃんとお乳は出ているわ」

こくこくと喉を動かす赤ちゃんの姿に、やっと我が子に乳を飲ませることができた……と思ってしまった。

この子は亡くした私の赤ちゃんではないのに。


それでも。

――もう、手放さない。


決めていた。

この子は私の子。

創世の女神は必然を与える。

だから、この子は女神様がくれた私の子だ。


「ああ……可愛い……なんて可愛いの……」

温かい命の塊。

お乳を飲みながら私を見上げるのは、キラキラとした大きな緑色の瞳。

その色彩は夫アーシュによく似ていた。

「金の髪に淡い緑の瞳……旦那様と同じ色……」

カゴの中に残されていたおむつをぎこちなく交換してあげると、女の子だと分かった。小さな娘は気持ち良さそうに、私の腕の中で可愛い寝息をたて始める。

赤ちゃんの重みが筋肉のない腕にズシリときたが、それは幸せの重みだ。

体力をつけなくては、と思った。

「あなたの名はアーシェラ。アーシェラよ」

将来、娘が生まれたらそう名付けようと、夫と決めていた。

すると、眠りについていたはずの赤ちゃんがパチリと目を開けた。

まるで「呼んだ？」というように。

亡くした子は男の子か女の子か教えてはもらえなかった。

だから、名付けようと用意していた名は宙に浮いたままだった。

でも女神様の神殿で得た赤ちゃんに名付けた時に、私の産んだ子は娘だと感じた。

そして、亡くした子とこの子がぴったりと重なるのを。


「アーシェラ。私の赤ちゃん」

名を囁《ささや》きながら揺らすと、赤ちゃんはゆっくりと瞼《まぶた》を閉じて、またすぐに寝息をたて始めた。

弟のローディンが苦笑しながら、

「姉さん。僕にも可愛い姪っ子を抱かせてよ」

と、娘をぎこちなく受け取った時は、思わず笑ってしまった。

私たち姉弟は子育て初心者にして、自分の世話もしたことがない貴族。

そして同じく子育てなどしたことがない辺境伯家のリンクも、この可愛い娘の子育てに日々翻弄されていくのだった。

3　アースクリス国と周辺国

ここで私アーシェラが転生した世界の現状を説明しようと思う。

この大陸には、現在四つの国が存在している。

大陸はカットされたダイヤモンドを横から見た形に似ていて、ダイヤモンドの上にあたる北側は急峻な山と崖になっている。

急峻すぎて、登山などできない山だ。

その山を背に、大陸の中央を北から南に縦断するように存在しているこの国——名をアースクリス。

大陸の面積の約三分の一を占める大国であり、私が生を受けた国だ。

この国では水晶をはじめとする様々な鉱物が国土全体から豊富に産出しており、水晶で王冠が作れるほどである。

また特にこの国で取れる鉱物には火・土・風・水の力が宿っているものが多く、それらは総じて結晶石と呼ばれる。

それは同じ大陸でありながら他の三国にはない特徴である。

その西側に、同じく北の山を背に、西を海に面する国、ウルド。

ウルド出身者は大柄な人が多い。

内陸は牧畜が盛んで、西の海では魚介類が豊富だ。

次にアースクリスの東側、大河を国境とした隣国、ジェンド。

大陸の東に位置する山を背にし、川も湖もあり、また東南が海だ。

水の豊かさに関してはこの国が一番だろう。

そして大陸の一番東側に位置する国、アンベール。

北の山を背に東が海に面していて、漁業と他の大陸との交易で発展した国だ。

――そう。この大陸の国はほぼ条件が等しいのだ。

山も川も海も。

潤沢な水源もあった。

海の恵みも、川の恵みもあった。

だが、今から数えて四年ほど前、ウルド国、ジェンド国、アンベール国は三国で同盟を結び、アースクリス国を滅ぼすべく宣戦布告をしたのだ。

開戦当初、三国はたった一国であるアースクリスに三方向から同時に攻撃を仕掛けた。

しかし。

一国はアースクリスとの国境となる広大な河を渡河する際に、突然の激流によりあわや全滅。

もう一国は巨大な竜巻に襲われ、壊滅に近い状態となった。

そして残った一国は、他の二国が攻めることができていないなどとは知らず、慢心していたところをアースクリス国軍により一気に殲滅《せんめつ》された。

それも一度ではない。

戦略を変えても、かの国に侵入しようとする度に壊滅の危機に晒される。

初戦では三国同時に徹底的に叩きのめされ、二度、三度と侵攻を仕掛けても同じようなことが起こる。

――さらに四度、五度と続けば、その事実に戦慄《せんりつ》が走った。

三国は慄《おのの》いた。

――アースクリス国は、創世の女神たちに護られている。

そう思わずにはいられないほどに。

そして啞然とした。

敵に回した国の、鮮やかとも言える戦略に。

敵に回した国が、智略に長けていたことに。

敵に回した国が、今まで爪を隠していたことに。

そして、刃を向けてはいけない相手を敵に回してしまったことに恐怖したのだった。

それでも三国の上層部には、何とかアースクリス国を自らのものにしたいという執念があった。

潤沢な水源。

肥沃《ひよく》な大地。

——何よりも。天災のない祝福の地。

開戦以降、数年にわたってウルド国、ジェンド国、アンベール国が天候不順によって食糧難となったのに、アースクリス国は全く影響を受けず、豊作だったのだ。

開戦後短期間でこの国を落とすつもりだった三国は、アースクリス国の予想以上の武力に圧倒され、苦戦を強いられた。

せいぜい数か月持てばいいだろう、と侮っていたにもかかわらず早四年。

アースクリス国より食糧となる作物の実りが少ない各国は、段々と勢いを落としていた。

さらに開戦と時を同じくして天候不順となり、穀物の収穫量が激減した。

食糧の不足は、そのまま戦意の減退に繋がったのだ。

アンベール国をはじめ、ジェンド国、ウルド国は疲弊していた。

幾千幾万の民の命を失った。

自給できる食糧も覚束ない。終わりが見えない泥沼状態に陥っていた。

三国は、明らかに勢いが落ちた。

幾度となく侵攻しても、その度に完膚なきまでに叩《たた》き潰されたのだ。

だが、今さら振り上げた拳を下ろすこともできずに、民から強制的に兵糧のための食物を絞り上げ続けた。

こちらから戦をふっかけて、幾度となく攻めたのだ。

降伏したとしても、王族は絶やされる羽目になるだろう。

——国のために、民を守るために命をかけるのが王族。

それなのに。

王族は自らの保身のみを考えた。

王族《じぶんたち》が生き残るためにアースクリスを討ち取らなければならない、と言い続けたのだ。

特に率先して侵攻を企てたアンベール国王は、執拗にアースクリス国の存在こそが諸悪の根源であると言い続けた。


なぜアンベール国がそこまでアースクリス国を嫌悪するのか。

その疑問への答えは、意外にもアンベールからアースクリスへ亡命してきた戦争反対派の大臣から得ることができた。

——アンベールの王は、アースクリスの王が大嫌いなのだ、と。

その一言にアースクリス国は唖然とした。

まさかの個人的な怨み。

いや、国としての事情も絡んでいるはずだが、突き詰めるとそれに尽きるという。

——十数年前。アンベール国王は王太子であった頃に、海を隔てた別大陸の、学術に優れたグリューエル国に留学した。

学ぶための留学だったはずだが、アンベールの王太子は国から解放されたとたん、遊びに夢中になった。

アンベールには他に継承権を持った王子がおらず、たった一人の王太子という身分。

寝ていても王座が転がりこんでくる。

それならばと、煩《うるさ》い目付け役がいないことをいいことに、サボることを決めたという。

同時期にウルド国の王弟も留学していたため、意気投合して留学の二年間を遊びつくした結果、その後のグリューエル国との交易の仕事で見事に失敗したのである。

父王は学んだ成果として自らの手腕で交易してみせろと期待していたのだが、王太子は結局その課題を成すことができなかった。留学先からアンベール国に戻ると、当然のことながら父王と臣下たちが呆《あき》れ果てた目で王太子を見ていたという。

それから十数年が経ち、王太子がアンベールの王に即位した後もグリューエル国との交易は発展しなかった。

そんな中、アースクリス国には交易船が行き来し、アンベール国より繁栄していく。

アンベール国の東の海を交易船が通り過ぎてアースクリス国に向かうのを歯ぎしりしながら睨み

つけていたのだ。

さらにまた別の大陸との交易でも、アースクリスが優先されていた。

実は学術国グリューエル国には、アンベール王と同時期にアースクリス国の王太子が留学していたのだ。

アースクリス国の王太子は留学期間中にきちんと学び、国益に繋げていた。

同時期に行われた王太子の留学。

ゆえに父王に叱責される際には、常にアースクリスの王太子と比較された。

そしていつしか彼はアースクリス国の王太子を逆恨みするようになったという。

プライドだけは異常に高いアンベール王による、くだらない嫉妬と逆恨み。

彼は王太子の時分からアースクリス国の王太子へと執拗に暗殺者を放つようになった。

そんなアンベール国王の妬みで曇った思考をさらに煽り立てる者たち。

王族におもねる貴族。

戦争需要に期待する武器商人。

これまでアースクリス国との小競り合いは幾度となくあったが、いつも返り討ちに遭っていた。

――だが三国一緒ならアースクリス国を叩き潰せるのではないか。

そう思ったアンベール国王は、ウルド国の王弟を使ってウルド国王を唆《そそのか》した。

そして、婚姻により姻戚となったジェンド国を巻き込み、三国が結託したのだった。

そんなアンベール国王にアースクリス国侵攻を思い留まるように進言した臣下もたくさんいたが、

歪んだ思考にとらわれたアンベール国王や主君におもねる者たちによって、殺害されたり陥れられたりした。

　この話をアースクリス国にもたらしたアンベール国の老臣も、戦争反対を声高に表明したことで屋敷を襲撃されて、既《すんで》のところでアースクリス国の間諜によって助け出されたのだった。


アースクリスの王をはじめ、それを聞いた者たちは盛大に呆れた。

アンベール国王が為政者として失格であることは一目瞭然だった。

私怨（それも逆恨み）で人を暗殺しようとするなど、人としても失格だ。

ましてや、そのために幾千幾万の民の生命を危機に晒すなど、赦せるはずもない。

そしてその身勝手の代償は三国の民に降り掛かったのだ。

――兵役に男たちを取られ、作物の管理も行き届かないのに。

過重労働の上、数年続いた不作のせいで日々食べるものさえ満足にないというのに。

突然兵たちに家に侵入され、なけなしの備蓄すべてを持ち去られる――国のためだと言われて。

民は勝手で横暴な国に対して憎悪をつのらせていった。

夫が。弟が。息子が。父が。そして祖父までが。

次々と戦場に駆り出されてゆく。

生きて帰る保証もなく。

そして、すべての食糧を民から奪っていく――

『この国のため』だと？

国のあちこちで、民の怒りに火が付いた。

ふざけるな。

これが国家のすることか‼

ただの略奪、泥棒だ‼

大切な子らに、民に、飢え死にしろという国などいらない‼

父を、夫を、息子を、死地に追いやる国家などいらない‼

失策に次ぐ失策。

民をないがしろにし続けた結果――積もりに積もった数多《あまた》の怒りが集結し、ついに民が反旗を翻《ひるがえ》した。

民や民と志を同じくする貴族たちと、王国側との間に激しく火花が散る。

どこにそんな力があったのか、と不思議に思うほど民の勢いは凄《すさ》まじかった。

そしてそれは連鎖を引き起こし、あちらこちらで暴動が起こり始めた。

今や周辺三国は内部崩壊寸前なのだ。

開戦して五年目に入った今年は冬が過ぎて春が来ても、アースクリス国に敵国は攻めて来なかった。

自国が内戦状態なのだ。自国を治められない者に他国を攻めることなどできようもない。

事態が終息するまで、アースクリス国に攻め入ってはくるまい。
――このまま戦争など終結してしまえばいいのに。
誰しもがそう思っている。
アースクリスとて無傷ではない。
なくした命も数多あるのだ。
けれど、いずれ決着はつけなければならない。
――戦争に引き分けなどない、のだから。

停戦に持ち込めば、いずれ必ず周辺国は懲りもせず同じ愚を繰り返す。
自国の民を顧みず。
それは、この数年で明らかになった。
――ゆえに。
アースクリス国がさんざん考え抜いた末、挙兵した時には決めていたことがある。
この大陸――我がアースクリスを含めた四つの国を『必ずひとつにまとめる』――と。
ゆえに、今は穏やかだけれど。
この大陸を一つにまとめるべく、動く時が近いうちにくる。
だからこそ。
今は時を待つのだ――と。

4　放置されたらラスクができた

私、アーシェラ三歳の春。

今日の朝はローディン叔父様のお部屋で目を覚ました。昨日から母様が風邪気味だったからだ。

目を擦《こす》りながら起きると「おはよう」とベッドに腰掛けた叔父様が優しく頭を撫でてくれた。

大好きな紫色の優しい瞳。

私もふにゃっと笑った。そして朝のご挨拶。

「おじしゃま、おはようごじゃいましゅ」

舌足らずになるのは、朝だから仕方ない。


「おはようアーシェ」

叔父様に抱っこされて居間に行くと、リンクさんが手を伸ばして私を抱きとった。

きゅっと軽く力を入れて一度抱き締めてくれるのが、私は大好きだ。

だから私も首に手を回してギュッとする。

「おはようごじゃいます」

笑ってギュッとすると彼の笑みが深くなるから私も嬉しい。

「今日は商会休みだから、ゆっくり眠れたな～」

「ああ。兵役で商会から三人も取られて行ったからな。正直厳しい状況だな」

兵役期間は身分を問わず半年。戦争が長引けば二度三度と行くことになるという。

まだローディン叔父様とリンクさんは戦争に行っていないので、今後召集されていく可能性は大だ。分かってはいるけど、そんな日が来なければいいとずっとずっと思っている。

「まあ、敵さん、自国の内乱が治まらない限りはこっちに手出しできないだろうがな。ただこっちは人手が足んなくてきついよな」

「確かにね」

紅茶を飲みながら二人して苦笑いをする。

モーニングティーは二人のルーティーンである。

ただ私は紅茶ではなく、朝ごはんが食べたいのである。

「おなかすいた」

お腹をさすると、ローディン叔父様が笑った。

同時に私の身体も少し揺れた。私を抱っこしてるリンクさんも笑ってる。

だって。今日起きるの遅かったんだよ。

いつもならもう食べ終わってる時間なんだもの。

「ふふっ。アーシェ、今スープ温めるから――お、パン屋のディークがパンを配達しに来たみたいだな。ちょうど良かった」

建物の一階を商会、二階を私的な空間として使用しているので、二階の窓からパン屋のディークさんが少し重そうな身体を揺らしながら歩いて来るのが見えた。


私たちが暮らしている家には、メイドや従者をおいていない。

商会を興す時に『領民が何を必要とするか肌で感じろ』という先代の子爵様とリンクさんのお祖父様であるデイン前辺境伯様の意向ゆえだ。

今の子爵様が選民意識が強く駄目駄目なために、孫であるローディン叔父様には公平な目を養ってもらいたいという。

ほんの一握りの貴族だけではなく、大多数を占める平民に受け入れられるように、と。

ローズ母様とローディン叔父様の母親はデイン辺境伯家から輿入れされている。

前述の通り、リンクさんはローズ母様とローディン叔父様の従兄弟なのだ。

商会を興した当時、十六歳でまだ少年だったローディン叔父様に、デイン辺境伯家からサポート役として、叔父様の従兄弟のリンクさんがついた。

その当時、辺境伯家の次男のリンクさんは叔父様より二つ年上の十八歳だった。いずれデイン辺境伯家が持つ子爵位を受け継ぐ者として、一緒に修業させる狙いがあったそうだ。

そういったわけで、屋敷周りで不審者に目を光らせる護衛がいるだけで、衣食住などの身の回りのことは自分たちで行っているのが現状だ。

三年前はスープ一つ満足に作れず、その状況に商会の従業員が見かねて食事の用意についていろいろと教えてくれたそうだ。

それをきっかけに従業員との距離が近くなって商会の雰囲気が良くなったらしい。

店舗の接客業務をしている女性従業員に子育ての相談をしたり、掃除や洗濯なども教えてもらったとのこと。

そんな暮らしを三年続けた今、母様も叔父様もリンクさんもひと通りのことを当たり前にできるようになっていた。


二階から手を振ったら、ディークさんが気づいて手を振ってくれた。

白い作業着のまま近くのパン工房から来たディークさんは、定休日を除いて毎日パンを配達してくれている。

昨日は定休日だったので二日ぶりだ。

毎日のように会っているせいか、すごく私を可愛がってくれる。

まだ三十代前半だけど、ちょっぴりお腹が出てきてる。

小太りだけど茶色の髪と瞳がチャーミングなお茶目な人だ。

ディークさんからパンを受け取るため、私を抱っこしたままのリンクさんと叔父様が一階の勝手口の方へ歩いて行った。

パンを受け取るだけかと思ったら、ディークさんから相談事があるということで、商会の仕事部屋の方に行って話し込んでしまった。

私は仕事部屋の端っこのキッズコーナーに座らされた。もちろん私のために作ってくれたスペースである。おもちゃも置いてあるので楽しく遊べる。

私が仕事部屋の隅で遊んでいるので、初めて訪れた人は大抵驚く。

商会の人たちは、その後の私に対しての態度を観察。ひどい言葉を吐く人とは深く付き合わない、と商会従業員のスタンさんが言っていた。人間性の判断に一役買っているみたい。


——ディークさんの相談事とは、街に何軒かあるパン屋さんの共通の悩みだ。

パンを各家庭で作るのは大変なので、皆パン屋さんに買いに行く。

パン屋は長年の勘で数量を調整しつつ、数種類のパンを焼いているのだが、毎日数十個余ってしまう。

この戦争の最中、貴重な食糧の廃棄はしたくない。

パンは日持ちしないいし、他のパン屋も含めて、うまく供給量を調整できないかとのこと。

「何が突然起こるか分からない時分だから、万が一の予備のために作る量を減らすわけにもいかんし。購入数を決めれば……でもな～」

「全店舗共通で一種類だけ作って数の申告制にするか？　いや、でも複数のパン屋から好みのパンを選んで買うのも楽しみだろうし……」

「あの。逼迫《ひっぱく》した時ならともかく、パンを一種類のみの配給みたいにするのはしたくないです」

パン屋のディークさんが先日の売れ残りの硬くなったパンと、焼き立てのいい香りがするパンを手に叔父様たちと真剣に話し込んでいる。

――けれど、私は無性にお腹が空いていた。

さっきからお腹がオーケストラを奏でている。

それなのに、叔父様たちはお仕事の話に夢中になってしまって私の空腹のことを忘れてしまったようだ。

お腹空いた。

叔父様がスープを温めようとしたところにディークさんが来たから、まだ何も口にしてない。

そこにきて焼き立てパンの香りがさらに空腹を増長させた。

でも真剣に話し込んでいるのを邪魔したくない。

仕方なく、私は音を立てないように仕事部屋を出て誰もいない台所に行った。

そしてテーブルの上のカゴに残っていた二日前のカチカチになったパンをかじった。

スープに浸せば美味《おい》しくなるけど、残念ながら私ではコンロには届かないし、火も扱えない。

――硬い。ラップなんて便利なものはこっちの世界にはない。丸一日置くと元のパンと同じ物かと疑いたくなるほどパンの表面が硬くなる。二日となると中までカチコチだ。

そして口の中の水分を容赦なくすべて持っていかれる。

喉詰まりしそうになって、私は涙目になった。

やっぱりパンは焼き立てがいい。けど叔父様たちの話し合いは終わりそうにない。

美味しくなくても、一口食べたことで急激に身体が空腹を訴え始めた。

ああ。

お・な・か・す・い・た〜〜。

ふと、視線の先に前世で言うところの、オーブントースターが見えた。

令嬢育ちで料理が全くできなかった母様でも簡単で安全に使えるものだ、と叔父様が設置してくれていた。

仕組みは分からないけど、食材を入れてタイマーをセットするだけでこんがり焼ける。

しかもコンロの下に設置されているから余裕で手が届く。

私でも使える。となったら。

よし。

じゃあアレを作ろう。

ちょうどテーブルの上に材料があるし。

スライスされて硬くなったパンを半分に割って、オリーブオイルをかけて、一つにはお塩。もう一つには何もかけずにオーブントースターに入れて数分後。

チン！と音がして焼き上がった。

カリカリのラスクの出来上がりである。

前世では料理が好きで、簡単にスーパーで買えるものも手づくりするのが好きだった。

家が農家だったから枝豆を育て、熟した大豆を収穫。その大豆で味噌も作ったし。

旬のもので果実酒やジャムも毎年作った。

まあ味噌はこちらで作るには材料がまだまだ足りないけど、いつか絶対に作ろうと思う。

お味噌汁は日本人の心の癒やしだもんね。

そんな生活だったから、手間がものすごくかかるパンやピザもたまに作った。

残したら冷凍保存が定番だったけど、パンは手作りラスクにして食べるのが大好きだった。

前世では一口サイズにカットしたパンをレンチンして水分を飛ばしてカラカラに乾かしていた。

それからフライパンにバターを溶かし、乾かしたパンを入れてカサカサ音がするまで炒めて、グラニュー糖をまぶして出来上がり。

簡単だけど、バターの塩気とコクにグラニュー糖の甘さが相まって、ハマる美味しさだ。

ガーリックバター味も大好きだった。

ここではバターが見えなかったから、オリーブオイルで代用したけど。

出来上がったラスクを一口噛むと、サクッといい音。

――美味しい!!

オリーブオイルをかけて焼いたもう一つには熱いうちに紅茶用のお砂糖をパラパラとかけた。

こっちも美味しい〜〜。

硬くて美味しくないパンが大変身だ。


うまうまと食べてたら、すぐになくなった。

パンの入ったカゴにはあと三切れ。

もっと作ろう。

同じように作って、完成したラスクを載せた木皿を、背伸びしてテーブルに載せて。

椅子によじ上ろうとしたら、ぐらり。

バランスがくずれて椅子が倒れてしまった。

当然、私も巻き添えである。

ガッターン!!

と大きな音がして、次に幼児がいなくなっていることに気づいたら大人が慌てるのは当然である。


「「アーシェ!!」」

ローディン叔父様とリンクさんが仕事場から飛んで来た。

「アーシェ!?　アーシェラ、どうしたのっっ!?」

寝込んでいたはずのローズ母様までが駆け込んできた。

私はといえば。

よじ上ろうとした椅子ごと床に倒れたので身体への衝撃がすごかった。

床に膝や手を打ち付けたのはもちろんだけど、倒れた椅子に胸を打ち付けてしまって、息がうまくできず椅子の横に倒れたままヒクヒクしていた。

そんな私を見て青褪《あおざ》めたリンクさんが、私をゆっくりと抱き起こして自分に寄りかからせると、同じく青褪めたローディン叔父様が息を呑みながら、私の身体にそっと右手をかざした。

すると白くほのかな光が私の身体を包んだ。

「――どこも骨は折れてないな。……ああ、胸を打ったのか。苦しいな。うまく息ができなかったんだな……ほら」

ふわり。今度は銀色の粒子をまとった淡い紫色の光がローディン叔父様の手から放たれ、私の中に入って来た。

胸を打つと、長時間ではないが息が苦しくなる。

前世でも同じように転んで胸を打ったことがあった。

農家では稲架《はさ》掛けという、木の棒を三角に組み上げてそこに稲を掛けて乾燥させる作業がある。

その作業中に転んで、下方に横向きに組んだ棒に胸を打った時も、息が詰まって苦しくてパニックになった。

――うまく言えないがとても苦しいのだ。

それが、ローディン叔父様の手越しに胸が温かくなったかなと思ったら、すーっと引いていった。

「ふえぇぇぇえんっっ！」

息ができるようになったらホッとして――泣いてしまったのはしょうがない。

だって苦しくて怖かったんだもの。

「よしよし。泣けるようなら大丈夫だ。——姉さん、アーシェラを抱いてあげて。母親の方が安心できるから」

「もちろんよ。アーシェラ、痛かったね。もう大丈夫だからね」

母様に抱きしめられたら、さらにホッとした。

大好きな母様。

銀色の真っ直ぐな髪と美しい紫色の瞳。

出会った時は少女の面影があったローズ母様は、美しさはそのままに穏やかな雰囲気の大人の女性となっていた。

母様がゆっくりと私の背中を撫でてくれた。と同時にふわりと光が私の中に入ってくる。

母様の治癒の光だ。

さっきの叔父様の治癒の光とよく似ている。

二人で治癒を重ね掛けしてくれたので、手も足も痛みがすうっと消えていった。

私はハッとした。

治癒は体調が悪い時に使うと、さらに身体に負担をかけると聞いていた。

だから母様が心配になった。私のせいで大好きな母様の具合が悪くなるのは嫌なのだ。

母様、風邪は？

目で問うと、母様は綺麗な顔で笑った。

「母様の風邪はもう治ったわ。一晩休んだからもう大丈夫よアーシェラ。それよりもアーシェラが痛い方が母様辛いわ」

そう言ってきゅうっと抱きしめてくれた。

母様大好き。頭をぐりぐり押し付けると母様はふふふと笑った。

そしてローディン叔父様をちらりと見る。

「――ところで、ローディン。こんな時間なのにアーシェラは朝食食べてないのかしら？」

「あー。ごめん……」

朝食用のスープが鍋ごと残っているのを見て、いつもは優しい母様が強い口調になった。

叔父様がリンクさんと共に気まずい顔になった。

「どちらかというと、もう昼食寄りの時間よね」

「～ごめん。仕事の件で話し込んでたらすっかり忘れてて」

「もう。周りのことが見えなくなるのはダメよ。仕事は大事だけれど、ちゃんとアーシェラのことも頭の片隅に入れておいてちょうだい」

お腹が空いている私を放置してしまったことと、仕事部屋から私が出て行ったのにも気づかなかったこと、その結果私に痛い思いをさせてしまったことに、ローディン叔父様とリンクさんは項垂《うなだ》れていた。

「アーシェラ、ごめんな？　お腹空いてたんだよな？」

「おなかぺこぺこ」

「そうだよな～そう言ってたのに、ごめんな～」

起きてきた時の会話を思い出して、あー、やっちまったなって表情をリンクさんが浮かべた。

テーブルの端っこには、一昨日のひからびたパンの入った皿が載っていた。

ローディン叔父様が塩や砂糖の入った容器やオイルの瓶が床に直置きになっていたのを見て、首を傾《かし》げながらテーブルの上に戻してくれた。

「とりあえず、ほら、新しいパンな。バターも塗ってやるから」

リンクさんがそう言って、冷蔵庫からバターを出して塗ってくれた。

ここで暮らし始めた時、こっちの世界にも冷蔵庫があってびっくりした。

やっぱり高価みたいで裕福な家にしかないようだけど、ここは子爵家と辺境伯家の子息が住む家なので常備されていた。

冷たいミルクも一緒に出して、コップに注いでくれる。

ありがたい。

バターたっぷりのパンを頬張る私を見た後、リンクさんは仕事部屋に放置したままのディークさんのところへ戻った。

ダイニングには私とローズ母様、ローディン叔父様の三人になった。

「で、これは何なんだ?」

ローディン叔父様がコンロでスープをかき混ぜながら私の作ったラスクをつまみ上げた。

「おなかしゅいたからちゅくった」

「作った？」

「あい。かたいぱんおいちくなかったから。オイル《あれ》かけておさとうかけたの」

オーブントースターの前の床にオイルの入った瓶と調味料の入れ物が置いてあった理由が分かった、と叔父様が頷いた。

「硬いパンをさらに焼いたのか？」

もぐもぐしながら頷いた。

「おいちかった」

叔父様は自信満々な私を見て言う。

「食べてみていいか？」

私が頷くとローズ母様が声を弾ませた。

「まあ。アーシェの作ったものなら母様も食べてみたいわ」

「あい、どうじょ」

手を伸ばして砂糖がけのラスクを二人に渡した。

叔父様が私の作ったラスクを一口。

そして母様も。

カリカリという咀嚼音《そしやくおん》。

すると、叔父様と母様が次第に目を見開いていった。

「美味《うま》い……」

「まあ！　美味しいわ！　パンなのにお菓子みたい!!」

「オイルの旨味も入って……あ、こっちの塩味も美味い！」

うん。美味しいよね。

美味しいって言ってくれて、私も嬉しい。

「ばたーでちゅくるともっとおいちい」

母様の作る料理の味見は私。

一緒に作ることも多いので皆私の味覚が優れていることを知っている。

「そうよね！　バターでやってみたいわ！」


——数刻後。

「美味いっすね……」

感動して目を瞑《つむ》って天を仰いでいるのはディークさん。

あれからパン屋のディークさんを台所に呼んで、さっき持ち込んだ硬いパンでいろいろラスクの試作品を作っていた。


バターでシンプルに。

砂糖をかけて。

ニンニクの風味をつけて。

ハチミツで贅沢に。

同時にいろんなオイルでも。

もちろん味の指定は私。

何種類も作るので途中から細長くカットしてから作ってもらった。その方が食べやすいからだ。


「硬いパンが大変身だな」

「今までスープに入れるしかなかったもんな～」

「出来上がり直後でもオイルがしみ出て美味いし、少しおいてカリカリになっても美味い」

「いろんな味で楽しめるし、腹持ちがいいな」

咀嚼する回数が多いからお腹いっぱいになるのだ。

ちなみに私は試作品は一口ずつにしていた。

新しいふかふかのパンでお腹いっぱいだったからだ。

たくさんの試作品は、男性陣三人が全種類制覇していた。

「この廃糖蜜でやったのが、奥深い旨味で一番好きです！」

頬を紅潮させてディークさんが小躍りしている。

ふむ。感動を身体で表現する人だったようだ。

素直に褒めてくれて嬉しい。

廃糖蜜は前世でいう黒糖の原料。原材料の植物から白い砂糖へ精製する際の副産物で、黒くてとろりとしている。癖があるから好き嫌いが分かれるけどミネラルたっぷりで栄養価が高い。

そして廃糖蜜は副産物なので比較的安価で手に入る。

ディークさんが目をキラキラさせて、たくさんのラスクの入った皿を神に捧げるように掲げている。

ラスクを空き瓶に入れ、お気に入りの可愛いリボンをつけてホクホクしながら持っていた私を見て、叔父様が唐突に言う。

「よし。レシピを登録申請する」

「そうだな」

リンクさんが頷いて、ディークさんもうんうんと激しく首肯している。

え!?　と驚いた私を置いて、あれよあれよという間にラスクが製品化されることになったのだった。

◇◇◇

アーシェラ三歳の初夏。

今日は久しぶりに街から少し離れた耕作地に来ていた。

馬車の扉が開けられると、空の光を反射してキラキラする水面が見えた。

風が心地いい。

草の香りが気持ちいい。

わーって走ったら絶対気持ちいい。

ていうか、走りたい～！　身体がわくわくしてる～！

そんな気持ちが顔に出ていたのか、ふふっと笑いながらリンクさんが「おいで」と私を馬車から抱きとった。

そして一度抱え直すと、そのままスタスタと耕作地の方に歩き始めた。

あれ？　すぐに下ろしてくれるんじゃないの？

下ろして～と言ったら、「後でな」だって。

む～～。

ローディン叔父様もリンクさんもすぐに私を抱っこしたがる。


「みんな～！　ご苦労さん！」

私を抱っこしたままのリンクさんが、田んぼの中で雑草を取っている子爵領の領民（農家さん）に声をかけた。

「デイン様！　アーシェラ様もいらっしゃいませ!!」

素足で田んぼに入っていた領民たちが手を振ってくれた。

私も力いっぱい手を振り返した。

田んぼだ！

まさか日本の原風景をアースクリス国で見るとは思わなかった。

懐かしい〜〜。

後ろから大きな木箱を抱えた商会従業員のセルトさんがやってきて、田んぼから離れたところに休憩用のシートを敷き始めた。

今日は差し入れを持って来たのだ。

「いや〜稲というのは、ちゃんと育つのにこんなに水が必要だったのですね〜」

分けつして茎が増えた元気な稲を見ながら顎《あご》に手を当てて感慨深げに頷いているのは、この辺りの領民の取りまとめをしているトーイさん。

こげ茶色の短髪と同色の瞳で『がっしりした体格』という言葉を体現しているような人だ。

三十歳になったばかりで、筋骨逞《たくま》しく、日に焼けた肌が健康的だ。

そしてローディン叔父様やリンクさんに農業のことを教えている、いわば指南役だ。

「こんなに茎が増えるとはびっくりですじゃ。しかも水に浸《つ》かりっ放しで腐りもせず元気に成長するとは。最初から育て方を知っていたらあんなに苦労せんで済んだと悔やむばかりですじゃ」

そう言うのは、トーイさんのお祖父《じい》さん。

前世でのお坊さんのような頭（ハゲてると言うと激しく怒る）をしているが、未だ矍鑠《かくしゃく》として元気に働いている。

稲は今の子爵様が数年前別の大陸へ旅行に行った際、米の美味しさに感動して種を購入したものだが、栽培方法を教えてもらわずに来たせいで、今まで収穫まで行くことなく徒労に終わっていたのだった。

しかもその後戦争になったため、当分の間民間レベルでの他の大陸への行き来は不可能になったせいで調べることもできなかった。

昨年私が家の庭で稲を育てていた時、悄然としつつ稲の生育状況を叔父様に報告に来たトーイさんとお祖父さんが、私の栽培中の苗を見て呆然としていた。

それからしばらく私の苗が育ち稲になるまで通いつめた。

それこそ毎日欠かさずに家に通うものだから、その真剣さに若干引きつつも私はプロとしての気概を感じていた。

種もみを撒いてから約半年。

夏に出穂し、秋になり、やっと稲穂となって、稲を刈って収穫。

トーイさんとお祖父さんは黄金色《こがねいろ》の稲穂をただただ感動しきりで見ていた。

そして自然乾燥させた稲を脱穀、もみ殻を取り、糠《ぬか》を取った後に米を研いで炊飯した。

実は脱穀から炊飯までは、買った時に子爵様がレシピを貰っていた。

……まあ、たぶん売った方は育てるとは思わずにレシピだけを商品につけていたんだね。

私だって前世で農作物を買った時、おすすめレシピを貰ったことはあるけど、その作物をどう育てればいいかなんて載っていなかったもんね。

そして初めての炊飯。

十個あった樽で収穫までできたのは八個。分けつして増えた一株からは炊飯した状態でお茶碗約一杯分となる。

だからごはん八杯分だ。だけど一気に全部使うのは嫌だったので、半分だけ。つまりごはん茶碗四杯分が炊きあがった。

みんなでほんの少しずつだったけど食べた。

噛みしめると甘さと旨味が口いっぱいに広がって、日本人だな〜ってしみじみ。いや今はアースクリス国の人間だけど。

懐かしさにちょっぴり涙がにじみかけたけど、その時トーイさんとお祖父さんが号泣したのにはびっくりした。

ずっと、試行錯誤して頑張ってきたんだものね。

そりゃあ感動するよね。

今年は子爵様が購入して残っていた種をすべて使って、田んぼを作った。

監修という形で私も参加。幼児なんだけどね。

ローディン叔父様やリンクさんは農家さんたちと一緒に田んぼ作りから始めた。

堆肥《たいひ》を入れて土作りし田の畦《あぜ》作り、溜池から水を引くための水路作り。

川から水を引いても良かったけど、冷たすぎると稲に良くないのだ。

溜池だとお日様の力で生育にちょうどいい水温になる。

昨年の私の成果とその過程を覚えていたトーイさんたちは、さすが農業のプロ。

私が言わなくてもほとんど自分たちで考えて田んぼ作りをやってしまった。

うん。良かった。

いろいろ口出しすれば変な幼児確定だからね。


小休憩で皆が田んぼから上がってきたところで、リンクさんに下ろしてもらった私は、一人ずつに瓶入りの差し入れを渡して回った。

セルトさんが箱を持ってくれてるので私は順番に渡すだけでラクチンだった。

セルトさんは三十代後半くらいで品がある。

後ろに撫でつけた黒髪に深い青色の目をしていて、いつもキッチリしている、という印象だ。

以前貴族の屋敷で執事をしていたが、理不尽な責めを受けて職を失ったとのことだ。

しかも周囲に手が回されていて、その後どこの貴族の屋敷でも雇ってもらえなくなったとのこと。

用意周到で腹立たしいことだ。

そこで事情を知ったデイン辺境伯が商会の叔父様たちに預けたのだ。

執事ともなれば、いろいろな個性のある人たちをきちんと監督できる。

美しい所作や正しい礼儀作法など、セルトさん自身がとても良いお手本なので、自然と商会の従業員たちの立ち居振る舞いや接客態度は洗練されていった。

貴族の屋敷に仕えるには美醜も重要視されるのだが、セルトさんも例外でなく美形だった。

そういうわけで店舗スタッフにも、店舗を訪れる人たちからも熱い視線を送られている。

そんなセルトさんに手伝ってもらって、ラスクを渡したのは全員で二十人。

大人の農家さんたちが手足を水路で洗って、用意したシートに全員座ったところで、一斉に瓶を開けてもらった。

「むむむ。こりゃ何だ？」

「カリカリしてて美味い」

みんなが手に取っているのは、大人の指ほどの細長いもの。

今度商会で販売しようとしているもの。

そう。数か月前に私が作ったラスクだ。

「こんなに頂いてよろしいのですか？」

今日はみんなに行き渡るように大きな木箱に入れてきたので、けっこうな量を配ることができた。

「ああ。実はこれうちの商会の新商品なんだ。俺は美味いと思うんだが、食べて感想を聞かせてもらいたいんだ」

「美味いです！」

「素朴だけど噛みしめるとほんのり甘い」

「こっちのしょっぱいのも美味い！」

「んん～これはニンニクですか！　元気が出そうな味です！」

上々の感想を聞いてリンクさんが笑みを浮かべた。

「これは軽食・菓子どっちでもいける。もとはパンなんだが、こういう風に加工して瓶に入れると湿気《しけ》にくいし、十日ほどは余裕で保つ。携帯食としてもいいだろうと今日から売り出したんだ」

「パンか！　言われてみれば」

「この瓶に入れるっていうのも良いですな」

「俺は大きい瓶に目一杯入ったのが欲しいデス」

「瓶のラベル可愛いわ！　字の他に絵も入ってるから字の読めない子供でも分かるし」

「空いた瓶を店舗に持っていけば中身だけの料金で買えるっていうのもイイ!!」

「あ～、でもこの瓶可愛いから集めたい～～！」

うんうん。ラスクも可愛い瓶も売れそうで嬉しい。

この前のラスクは名前もそのままラスクに決まった。

前世での『ラスク』には『二度焼きしたパン』という意味があった。今世でも試しに言ってみたら同じ意味だった。

ラスクは国の機関にレシピ登録・公開された。

驚いたことに、今までラスクというものはなかったのだ。

パンの廃棄は国中の問題だったので、保存性も良く携帯性にも優れたラスクは国の機関で認められて製造方法はアースクリス国全土へ伝達された。

子爵領でもラスクの工房を構えた。

店主が高齢のためにたたむことになったパン工房を買い取り、他数か所のパン工房から毎日、即日で売り切ることができなかったたくさんのパンを格安で購入して、ラスクを製造。

パン工房にとっては廃棄するしかなかったパンが救済され、わずかだが収入にもなる。

また、軽作業なので女性の雇用も進められ、生活があまり豊かではない母子家庭の救済策にもなったのだった。

『せっかくのレシピを早々に無料公開しては勿体ないではないか!!』

と子爵様は憤慨したそうだが、叔父様は聞き流していたとのこと。

この国ではレシピ保有者は一定期間使用料を歩合で貰うことができる。

前世でいう特許使用料みたいなものだ。

うまくいけばそれで財を成すこともできるのだ。

私としては、ラスクの製造方法なんて使用料を貰うほどのものではないと思う。

それに皆がお腹いっぱい食べられれば、そっちの方がもっと価値があると思うのだ。

だからローディン叔父様が最初から使用料を無料とすることについて私に『いいか?』と聞いてくれた時には、すぐに『いいよ』と頷いたのだ。

『ぱんよろこぶ。みんなもよろこぶ。あーちぇもうれちい』

『アーシェ!!　僕の天使《アンジュ》!!』

ローディン叔父様に頬ずりされてぎゅうぎゅうされた。

私にとってはお金よりローディン叔父様のあふれんばかりの愛情の方がご褒美だ。

その後、使用料で儲けられなかった子爵様がローディン叔父様を子爵邸に呼びつけて怒りをぶつけたらしい。

そもそもレシピは商会のもので（正しくは私個人の名前で登録された）子爵様のものではないの

だけど、自分の作った借金返済に使えたはずだと宣《のたま》ったそうだ。

叔父様たちもそれが分かっていたので、子爵様には黙って無料公開までやり切った。

すでに無料公開されていては子爵様にもどうしようもないため、息子であるローディン叔父様に怒りをぶつけたそうだ。

今はレシピ登録の恩恵を受けることはできないが、レシピを公開することで、レシピを保有している商会や子爵領の知名度は上がる。

しかも、誰にとっても有益なレシピなのだから、『民のためにあえて無料公開に踏み切った』商会は一目置かれるはずである。

いずれそれが良い方向に向かうはずだからと。

ローディン叔父様は残念な父親を凛として突っぱねたのだ。


『おじしゃまかっこいい……』

帰ってきたローディン叔父様から子爵家での顚末《てんまつ》を聞いていて。

思わず心の声が出た瞬間、叔父様が照れくさそうに破顔した。

そこで、

『ねえ、アーシェ俺は？』

とリンクさんが言っていたけど、今日の子爵様の件にはリンクさん関わってないよね？

聞こえなかったふりをしたら、シュンとしちゃったので付け加える。

『このまえこわいひとやっちゅけたとき、ひーろーみたいだった』

商会に度々訪れるならず者。なぜか常に複数人で来て言いがかりをつけた挙句、暴力に訴える。

数日前、懲りもせず人数を増やして訪れた輩《やから》を、リンクさんは一人でやっつけたのだ。

それこそアクションスターのように華麗に。

『うんうん。それで？』

『……すごくかっこよかった』

『そうだよな！』

満面の笑み。ローディン叔父様やローズ母様が『やれやれ』と呆れてリンクさんを見ていた。

私もリンクさんにぎゅうっと抱っこされながらちょっぴり呆れてしまった。

……言わせたよこの人は。かっこいいって……。

まあ、あの時はお世辞抜きですごくかっこよかったけど。


――嬉しそうなのでまあいっか。

◇◇◇

小休憩を終えて、田んぼに戻って行く領民を見送り。

改めて稲の生育状況を見るため田んぼに近づこうとしたら、後ろから手が伸びて来てリンクさんに抱き上げられた。

「あれれ？」

視線が高くなったので、地面を掘り下げた田んぼの中をちゃんと見ることができない。

「おじしゃま、おろちて」

手足をばたばたさせると、

「待てアーシェ！　田んぼに入るならダメだぞ！　アーシェには底なし沼なんだからな!!」

リンクさんはそう言って、さらに力を入れて私をがっしりと抱いたまま下ろしてくれなかった。

先日田んぼの柔らかい土に足を取られ、お腹まで水にずぶずぶ浸かって泣いていた私を目の当たりにしたリンクさん、すっかりトラウマになってしまったらしい。

なるほど、だから田んぼに来た時から抱っこに力が入っていたのか。

『危険!!　こども立ち入り厳禁』

目の前のその立て看板の設置の原因は、私だった。

田んぼ一年目は底の土の高さがデコボコで深さが一定ではないのだ。

あの時はリンクさんが先に田んぼに入って苗を見ていて、

『アーシェもおいで』

と呼んで途中まで迎えに歩いて来てくれたので、私も田の畦に腰かけてから中に足を入れ。

数歩進んだところで、運悪く深い場所にハマった。

人が入って作業をしていたから、とろとろの土が水の中で舞い上がり、結果濁って底が見えなかったし、悪いことにそこは周りより土がえぐれてしまっていたところだったのだ。

そこに知らずに足を踏み入れた瞬間、ずっぷんっ!!

えっ!?

音もなく一気に股まで沈んで、さらに足がとろとろの土に取られてずぶずぶずぶ……

ええぇ!?　止まんない!!

お腹まで沈んだのにまだ沈む!!

底なし??

なんでこんなに沈むの――――っ!!

『うっわあぁぁぁぁぁんっっ!!』

一瞬でパニックになってギャン泣き。

『つっ!!　アーシェっっ!』

一瞬のことでフリーズしていたリンクさんが慌てて引き上げてくれた。

『うわっっ!!　なんだここ!!　俺でも膝まで埋まるっ!』

私を引き上げる時に、一歩踏み込んだところでリンクさんの片脚もずっぽり沈んでしまった。

『ああっ!!　も、申し訳ありません!!　そこ一番深いんですっっ!!』

大人でも膝まで浸かってしまうんです～!!　とトーイさんが平謝りしていた。

その後私はなかなかショックが抜けなかった。

家に帰るまでリンクさんにしがみついて、思い出してはえぐえぐ泣いてしまい。

そして泥まみれで怯え切って家に戻った私は、夜中にも思い出して泣き叫び、母様や叔父様にもすごく心配かけてしまった。

うーむ。

私はどうやら、今の年齢に身体の反応や感情が引っ張られているみたいだ。

でも、大人だった記憶があるせいで、時間が経って落ち着いた後にすごく恥ずかしくなるんだよ。

～でも仕方ないよね？　今は子供なんだもの。


そして今、私がハマった辺りには長い棒が立って、ロープで囲われている。

土を寄せて改善したものの、土がとろとろなのでどうしても少し深くなってしまうらしいから、足を取られて転ばないように、っていうことみたい。

あそこ以外なら大丈夫そうかな～。

でも。

さすがに底なし沼は二度と御免だ。

しっかり私にもトラウマが根付いてしまった。

田んぼ……水を抜く秋まで入るのはやめておこう。そうしよう。

「だいじょぶ。たんぼ、はいらない」

そうリンクさんに訴えていると、

「デイン様。私《わたくし》がアーシェラ様をお守りいたします」

とセルトさんが言ってくれたので、リンクさんが田んぼの畦に渋々下ろしてくれた。

守るって……もう入らないよ。

「不可抗力で落ちる可能性もございますよ。アーシェラ様」

目で訴えたら、そう返された。

まあそうなんだけど。

ねえセルトさん、その中腰で支えてくれてる姿勢、辛くない？

両手……落ちるの前提か？

うう。

私は田んぼの畦で座り込み、元気に育っている稲を見た。

きちんと分けつして茎が増えている。

うんうん。順調だ。

前世では農作業があまり好きではなかったな～と思い出す。

社会人になり仕事に追われて夜遅くまで働いてヘトヘトになっていたのに、休日は実家の農作業の手伝いなのだ。

お願いだから休ませてくれ～！　と思いながら手伝った。

こんな体力的に厳しくて、自然相手で休日関係ない仕事は無理～！

それ以上に土作りのノウハウとか苗の管理とか毎日の水温管理とか――米一種類にしたって、とにかくやることが多いのだ。

簡単にできるものではないことを知っていたからこそ、農家さんはすごいと思う。

そして皆の生命を繋ぐのだ。

平民の皆がいてこんな大変なことを当たり前にやってくれているから、パンだって食べられるんだし、お野菜だって果物だって食べられる。

農家は立派な職業。

もちろん畜産や漁業も。

職業に貴賤はないのだ。


その後、私の興味が田んぼから逸れると、それを見て安心したのか、リンクさんはトーイさんと稲の生育状況を話している。

私はというと、田んぼから少し離れた草原に生えている植物に夢中だ。

ちなみにセルトさんは私のすぐ側にいる。

外では一瞬でも一人にならないように、誰かが必ず側にいるのだ。

この世界の植生はだいぶ前世と似ているし、同じものも結構ある。

そんなに詳しくはなかったけど、元々花より団子な考え方だったので食べられる植物を探すのが好きなのだ。

田んぼが始まる春は、ワラビとかタラの芽とかヨモギとかを毎年採取して天ぷらで食べるのがお気に入りだったなぁ。

でも、どれもこの世界ではまだ見ていない。

こっちにはないのかな～。

そんなにたくさんの場所を見ているわけではないので、他の場所にはあるかもしれないけど。

後は……よく分かんないや。

う～ん。今日は新たな発見はなさそうだ。残念。


実はここの水路にはクレソンが自生している。

クレソンは皆食べられることを知っているので、作業終わりに摘んでいき食卓に並べるのだ。

そろそろ作業も終わりになるので、女性たちが一足先に田んぼから上がってクレソンを摘み取っていた。

「デイン様。あの、クレソンを鑑定してもらえませんか？」

ひとりの女性がカゴいっぱいに摘んだクレソンを持って、リンクさんのもとに来た。

実はリンクさん、『鑑定』という力を持っているのだ。

春先に何度か田んぼを訪れた時に、女性たちがクレソンを見つけて採取していたのを見て、違和感を覚えたらしい。

リンクさんは野菜がどのように生《な》っているかなど知らない貴族。

バーティア子爵領の商会に来てから、実際に耕作地に足を運んで学んだとはいえ、まだまだ勉強中。

自生する野草のことは全く分からない。

女性たちが、

「食べられるんですよ〜」

「こんなところにクレソンが自生してくれるなんて〜〜」

とほくほくしていたのだけど。

「クレソン？　へえ、これが」

そう言えば食事の時に見たことあるな〜、と言いながらも、何かがひっかかっていたそうだ。

だから、リンクさんは採取したクレソンを全部広げて見せてもらった。

見た目がそっくりなので全部が全部クレソンかと思ったが。

『鑑定』

という言葉とともに魔力を行使したリンクさん。

——そしたら、なんと姿形がそっくりなドクゼリが何本か入っていたのだった。

【ドクゼリ】
　有毒植物
　食べると嘔吐・下痢・めまい・呼吸困難などを引き起こす
　少量で死に至る

鑑定前でもクレソンは生き生きとして見えたが、ドクゼリは纏うものが違って見えた、という。

「これとこれとこれ、食べると死ぬぞ。鑑定で有毒のドクゼリと出てる」

「「「ええ～～～っっ!!」」」

女性たちだけではなく、皆が寄ってきて広げてあるクレソンとドクゼリを覗き込んだ。

「全く違いが分かりません……あ。でも、ちょっと違う？　かな……」

「こっちの根っこ！　ドクゼリは球根みたいに膨らんでる！」

「でも、摘み取る時にちぎっちゃえば分からないよね～」

「だったら根っこごと取ればいいよね。そしたら分かりやすいし」

「……それでもなんか怖いよね」

「「「……確かに」」」

すごく残念そうな女性たちを見て、リンクさんは苦笑しつつ付け加える。

「それと、このクレソンだが。食べられるが加熱処理が必要だと出ている」

「え……。生で食べられないんですか？　これまでも生で食べていましたけど……」

「それはきちんと浄化された水で栽培されて食用として売られていたものだろう。ここに自生しているのは溜池から引いた農業用水がもとだ。今年掘って整備したばかりだし、綺麗に見えても生で口にするな。水もクレソンもな」

リンクさんは私たちの前ではくだけた感じで話すけど、外ではきちんとした口調になる。

外見も文句なく格好いい。

銀髪を軽く結い肩にかけ、碧眼が魅力的に光っている。

纏う雰囲気も外見も、どこから見ても貴族の彼が、自分たちと同じように農作業をし、話をしてくれる。そして気づかってくれるのだ。

「十分な加熱処理さえすれば大丈夫だ」

にっこりとリンクさんが微笑むと、女性たちは射貫《いぬ》かれたように「はうっ」と胸を押さえた。

「そうですね！　炒め物にしても美味しいからそうします！」

「やった～～！　夕飯の食材ゲット!!」

そんな皆を見て、リンクさんが釘を刺した。

「クレソンは鑑定してやるから自己判断で採取はするな。その他の野草もな」

「「はいっっ!!　そうします!!」」

そういった経緯で、リンクさんが訪れた時のみのクレソン摘みが恒例になったのだった。

◇◇◇

「『鑑定』」

フワリ、と白くキラキラした魔力が見えた。

「……ああ。今日は全部クレソンだな」

リンクさんが鑑定をしているのを見て、ここって異世界なんだなあって改めて思った。

魔法！

前世でいう超能力！

こっちで転生して、車もスマホもないのは分かっていたけど、魔法が息づいている世界というのは心底驚いた。

前世でたくさん読んだ小説の世界に入り込んだみたい。今はここが現実だけど。

魔法のある世界とはいっても、大半の人は魔法を使うことはできないらしい。

たまにいる魔法を使える魔術師も、物語のように魔物と闘うわけではないし。魔物がいるとは聞いていないから多分いないのかな？

でも、昔語りの絵本には魔物退治の話があったけどね。

アースクリス国で魔法が使える者は、国の機関で魔法の教育を施されることになる。

そして魔術師となり能力に合わせた職につく、というのが定番だ。

四大属性――つまり火・水・風・土の力を持つ者は、その力を効率よく使うことができるように鍛錬し、国に帰属する魔術院に入るか、鍛冶、農業、治水など産業を活性化するための機関でその力を使うか。治療院を開いたりする人もいるらしい。

属性は大抵一人一つ。

水の属性のみ、火の属性のみ、となるのが常なのだが、時折二つ以上の属性を持つ者がいて、そういった者が鍛錬すると『治癒』や『鑑定』などの力が開花するそうだ。

昔に比べたら魔法属性を持つ人の数はぐっと減っていて、ここ数十年、魔法学院に入学する人数も少なくなっているのだそうだ。

その中でも『治癒』『鑑定』を持つに至った人物はさらに貴重な人材となる。

そしてそんな人材は、たいてい各領地に一人いるかいないかだ。

その貴重な鑑定能力を持つのが、リンクさんなのだ。

十六歳から二年間魔法学院で力を磨いてきたが、リンクさんは上級貴族の子息。

一般の魔術師のように市井《しせい》で働くわけではないので、学院卒業後は将来継ぐ予定の子爵領で領地経営を学びながら暮らすつもりだったそうだ。

それが、このバーティア子爵領で子育てに参加することになり、さらに鑑定をフル活用するようになるとは思わなかったな～、と度々口にしていた。


ローディン叔父様も十四歳の頃学院に入ってリンクさんと一緒に学んでいた。

貴族の子息たちは大抵家庭教師を雇ってしっかりと教養を身に付ける。

市井からの入学にも、教養を身に付けてから、という条件があるので、貴族の子息令嬢より入学が遅れがちだ。

そのため、魔法学院は入学する年齢がまちまちなのだ。

ローズ母様も結婚する前に在学していたそうだ。

ローディン叔父様は在学中に治癒の力を開花させたそうだが、ローズ母様は私が熱を出した時に、初めて治癒が使えるようになったそうだ。

血筋的に不思議ではないという。

しかし、父親の子爵様に知られると、ローズ母様を変に利用しようとするのが目に見えているので、内緒にしている。

どこまで残念なんだ、子爵様。

ちなみに、子爵様。

母親の血筋である侯爵家は漏れなく二属性を持っているが、子爵様自身は全く努力をしない人なので、学院に通ったものの治癒の力は発現せず残念な結果となっているらしい。

本当に怠惰なのね……


じゃあ私は何を持っているのかなあ？

生まれた家系を調べれば分かるのかもしれないけれど、母様たちは私が公爵家の血筋とは知らない。私から言えるわけなどないし。

アースクリス国には公爵家は四つあるという。

どの公爵家も似たような家名で、私が赤ちゃんの頃に聞いた言葉だけでは、どこの家か分からない。

多分だけど、私も大きくなったら魔法が使えると思う。

鑑定の時の光や治癒の光は本来見えないものらしいけど、私はハッキリ見えているからだ。

ローズ母様やローディン叔父様が治癒を持っているように。

リンクさんが鑑定を持っているように。

私も魔法を使ってみたい！　と魔法の存在を知った頃からずっと思っているのだけど。

残念ながら今はまだ身体が小さいから、魔力が使えないみたい。

小さい子は身体に負担がかかるため、七歳頃に一度魔力持ちかどうか神殿や魔術院に行って判定してもらうらしい。

とはいえその時点で魔力を使える者は稀なのだそうだ。

そこで魔力持ちと分かると、基礎教育よりさらに上の教育を無償で受けられ、その後魔法学院に入学する。

いわゆるエリートコースに乗ることができるのだ。

魔力を持たない者でも、基本的な読み書きや計算などの教育は無償で受けられるが、その上の教育を受けるには基本的に個人負担だ。

領主や資産家の支援を受けて学ぶ人もいるが、滅多にいない。

幼い頃から相当優秀と見込まれる人のみというのが現状なのだ。

また、基本的に魔力持ちには、貴族が多い。

昔、アースクリス国を建国した時に国王を支えた魔力持ちたちは、平和な時代がくると共に貴族位を与えられた。

その主だった者たちが今でいう公爵家・侯爵家・伯爵家の先祖だ。

だから、その血筋の者には魔力持ちが多く出るのだ。

ローズ母様やローディン叔父様の生家であるバーティア子爵家は、二人のお母様がデイン辺境伯家出身、父方のお祖母様が侯爵家出身で、他にも系譜を何代か遡ると平民出身の妻だったり、逆に子爵家を離れて平民となった者がいたり、はたまた公爵家や王家まで、と様々な血脈が入っている。

子爵家一つを見ても分かるように、長い歴史の中で血脈が広がり、貴族のみならず市井の者たちにも稀に強い魔力の因子が出ることがあるのだ。

そして、アースクリス国は結晶石がよく採掘される。

地下深く、国全体に鉱脈が巡っているらしい。

つまり四大属性すべての力の結晶が地下に詰まっているわけで、その大地の上で血脈を繋いできた民族は結晶石と呼応するのだそうだ。

それによって貴族だけではなく、平民の中にも、魔力を使える人材が生まれることがある。

要するに、魔力持ちの血を引く者に、結晶石と繋がりを持つ者、あるいはこの二つを兼ね備えた者が魔力を持つらしいのだ。


そろそろ帰る時間なので、リンクさんより一足先に馬車に戻ることになった。

草に隠れて分からないが、地面がデコボコして足元が悪いということで、セルトさんが私を抱っこして歩いている。

ああ、そういえば。

「せるとしゃん。まほう、ちゅかえる？」

ぱあっと水出すとかできる？

セルトさんも魔法学院卒業生なので気になって聞いてみた。

「物質を動かすものは残念ながら。私は魔法学院には行きましたが、火や水など魔力を練って外に出すといった、自分発出のものではないのです」

魔力はそれぞれ千差万別。

魔力で火や水を生み出す者。魔術で術式を展開してそれらを生み出す者。

結果は同じでも、元の魔力が違う。

魔力の強弱、属性や指向性の違い、本人の性質や抱える魔力量などで変わる。

だから水の属性を持っていても、水を生み出す者、水を導く者、触れることで水の形状や質を変える者……など、それぞれに違うのだ。

たぶんだけどセルトさんは術式を展開する方なのだろう。

セルトさんが私だけに聞こえるように少し声を落とした。

「――これは秘密なのですが……私は『感応』といって、モノの中を感じることができます」

「りんくおじしゃまの『かんてい』みたいな？」

「リンク様は『もの』を見る。私のは『ひと』なのです。アーシェラ様」

「ひと？」

「はい。簡単に言えば、その人が嘘をついているかどうかが分かります。逆にそれしか分かりませんが」

「しゅごい！」

言っている内容の真偽が分かるって、すごい！

あれ？　でも『感応』って二属性以上持っていなきゃ持てないよね。

そしたらセルトさんって、すごい魔術師なんだ！

「ですので、私はあるお屋敷でずっと人を監視していたのです。私に良くしてくれた主人を害そうとする者を排除するためでした」

今はほんの一部の信頼する人を除いて、セルトさんが『感応』を持っていることは秘密にしているとのことだった。

「内緒ですよ？　アーシェラ様。実はデイン辺境伯様からリンク様やローディン様、ローズ様にもまだしばらくは秘密にしておけと言われていたのです」

ですが、アーシェラ様のことはお話しになっていませんでしたので、とセルトさんが笑んだ。

「ひみつ。ね」

「はい。お願いいたします」

あ。そしたら私が何か誤魔化したらすぐにバレるってこと、だよね。

出生自体が秘密有りだからマズいかも。

『あ』って顔したら、セルトさんも感づいたらしい。

「おや、大丈夫ですよ、アーシェラ様。私は負の気を持つ者しか深く見ません。大体あれは相当魔力を使うし、疲れるんです。そうそう使いたくはありません」

馬車を駐《と》めている場所に来ると、セルトさんは一度下ろしてくれた。

農家さんたちが、夕日を背に、全員で手を振ってくれる。

私はこの瞬間と光景がとても好きだった。

セルトさんが、手を振り返す私の少し後ろで目を細めてその光景を見やる。

「主人がいなくなってしまった後、鼻持ちならない貴族に屋敷を追い出されてしまいましたが、こうやって商会で働くのもいいですね。――ここは、気持ちがいいです」

なんてことだ。

その貴族は気に入らないセルトさんに、でっちあげの罪を着せて追い出したそうだ。

「わりゅいきぞく、やっちゅける！」

頭にきてふんふん！　と地団駄を踏むと、ふふ、とセルトさんが笑った。

「ありがとうございます、アーシェラ様。そうですね。悪い人にはもう会いたくはありませんが、いつか千倍返ししたいですね」

倍返しじゃなくて、千倍返し。

なんか柔らかい口調なのに過激な言葉でびっくりした。

「さあ、アーシェ。帰ろうか」

リンクさんが足早に駆けてきて、さっと私を抱き上げて馬車に乗り込んだ。

だから。

――私の力は私より魔力の弱い者にしか使えないので、アーシェラ様相手では弾かれるんですよ。

と、後ろでセルトさんが小さく呟いたのは聞こえなかった。

5　天使の蜂蜜

　アーシェラ三歳の初夏。

　リンクさんと田んぼに行った数日後に、ローディン叔父様と一緒に公園近くにあるラスク工房を訪れた。

「わあああああっ！」

　叔父様と一緒に店舗側ではなく、工房側の入り口から入ろうと裏側に回ったところで、ラスク工房の裏の庭から、ディークさんの叫び声が聞こえた。

　その声に驚いた工房の皆が外に出ると、庭の隅の物置のあたりからディークさんが木箱を抱えたまま走ってきた。

「アーシェラ様っ！　来ちゃいけねぇ！　蜂っス!!」

「蜂だと？」

　見ると、通りとの境の柵のあたりに、数匹どころではない数の蜂が飛び回っていた。

　庭には数本の木があり、その枝葉に隠れるようにして物置があった。

　その物置を建てる時に切ったであろう木の切り株の上に何やら箱があり、そこから蜂が噴き出していた。それこそ、うじゃうじゃと。

「きゃああっっ！　ちょっと！　なんなの！」

「ええ!?　何で!?　何この大群!!」

「なんでここに蜂が!!　ここに蜂がいるって聞いてないわよ!!」

ん？　聞いてない？

近所からラスク工房に働きに来ているサキさんが不思議なことを言った。

「分かんねぇ！　ラスクを乾燥させる網を取りに行ったら、突然出てきたんだ!!」

ディークさんが抱えていた木箱。

ラスク用のパンを乾燥させるために木枠に針金を渡した網が入っている。

その在庫を一箱抱えたところで、物置横の切り株の上に結構前に放置したまま忘れていたそれに気が付いて、物置に戻そうかと近寄ったら大量の蜂が出てきたとのこと。

蜂の箱への出入りを冷静に見ていたサキさんが、明るい茶色の目を細めて言った。

「この数って、あの箱の中を巣にしてるってことだよね」

「えええ？　木の枝とかに巣を作るんじゃないの!?」

「サキ、あなたのお父さん蜂の巣採りしてたよね！　どうにかできないの!?」

そうか！　サキさんのお父さんは農作業の傍ら蜂蜜採りをしていた人だった！

毎年、商会に蜂蜜を持ち込んでくれていたハロルドさん。

彼はサキさんと同じ明るい茶色の髪と瞳の、冷静というか落ち着いている感じのおじさんだ。

「呼んでくることはできるけど、父さんだってあれは初めてだと思うわ。それに足を弱くしてるから無理はさせたくないのだけど……」

「驚いたせいでこの一箱しか持ってこられなかったっス」

ふーふーと息をあげながら、ディークさんが持ってきた箱を地面に置いて蓋を開けた。

その木箱の中には、四〇センチ×五〇センチ程度の木枠の網が縦に十枚入っていた。

あれ？　この形状見たことあるぞ。

これって、あれだよね!?

「あのはこ。いちゅからあしょこにあった？」

「ええと。一月くらい前ですかね。大量に納品された中に、木枠がささくれたのが何個かあったんで後でヤスリがけしようと思って端に寄せて置いたんです。おまけに箱が一つ不良品で。側面の下に少し隙間が開いてたんで、それにまとめて入れておいたんです」

「そしてそのまま物置横の切り株に載せて忘れてしまったのね」

「物置のカギを持ってるのがディークさんだけだから私たちも近づかないし。工房からも見えないしね」

みんなの声でますますディークさんの声に力がなくなっていった。

「～そうっす。あそこに置いたことすら忘れてました。使っていたものがくたびれてきたんで交換しようと思って一か月ぶりに……だから一か月はあそこに放置したままでした……」

みんなの話を聞いて、私の瞳が輝いた！

やっぱりそうだ!!

さっき通ってきた公園ではアカシアの白い花が満開だった。

このラスク工房の庭にも数本アカシアの木がある。

物置の軒下で雨露をしのげて、風通しのいい木陰。

蜜をたっぷり含んだ花。

巣箱の条件を満たした箱。

そして一か月経ったなら蜂蜜が採れるはず!!

「はちみちゅ!!」

あれは蜂蜜が入った宝箱!!

「は!?」

指をさし叫んだ私を見て、ディークさんがぽかんと口を開けた。

「アーシェ」

「はちみちゅ、あかしあのはちみちゅ！」

ロ－ディン叔父様！　あの中にいっぱい蜂蜜が詰まってる!!

説明したいのに長文が話せない。難儀なことだ。

「アーシェ、落ちつけ。蜂蜜が食べたいのは分かるが、刺されるぞ」

「そうですよ、アーシェラ様。私の父は蜂の巣を採る時に何度も刺されていました」

「そうだよな～採取するのも大変だから蜂蜜は高いんだし」

皆、蜂蜜が入っていると分かっていても、危険なものであるという認識が共通している。

え？　じゃあ。

「あれどうしゅるの？」

ローディン叔父様がすっと私から目を逸らした。

「あ～～。魔力で燃やすか。そうすれば被害が少なくて済むし」

燃やす？　私は目を思いっきり見開いた。

「や!!　はちみちゅ!!」

そんなことしたら、蜂蜜だけじゃなくて蜂さんもかわいそうだ！

興奮してて『はちみちゅ』としか言えないのがもどかしい！

「アーシェラ、刺されたら大変なんだよ」

工房の皆の安全のためにも聞き分けてくれ、と言われたけど。

蜂蜜は採れなくてもいいから、燃やしちゃダメなの～っ！

そんなやり取りをしていたら。

「あ!!　ちょっといけない！　忘れてたわ！」

「「あ!!」」

なぜか急にサキさんたちが慌てて工房の扉を開けて入っていった。

そのすぐ後に。

「「「きゃあああ!!」」」

皆の叫び声と一緒に、工房の中から煙が外に出てきた。

「ちょっと蜂に気を取られてたら、ラスク焦げちゃった～！」

「炭みたいになってるわ!!」

「ヤダ！　工房じゅうが煙《けむ》い～!!」

「工房から出ないと!!」

「でも外には蜂がいるのよ！」

まずい！　このままじゃすぐに叔父様が巣を燃やしちゃう!!

「ゴホっ！　ゴホっ！　煙が！」

煙!?　煙だ！　そうだ!!

「おじしゃま!!」

ローディン叔父様の腕を力いっぱい引っぱった。

「アーシェ？」

「おじしゃま！　おねがい!!　このけむり、あのはこにやって!!」

オーブンからモクモク出る煙、これを利用しない手はないのだ！

「煙？」

「おねがい。おじしゃま！　あのはこにけむりかけて!!」

腕を引っぱって何度もお願いすると、

「～～なんだか分からないが――分かった。――《風よ行け》」

叔父様は『??』を顔に貼りつけたまま、風魔法を行使した。

魔法の風は一瞬でオーブンの火を消し、部屋中の煙が渦巻いて球体のように纏まり。

——そして煙で出来た球体は外に出て、蜂の巣箱をすっぽりと覆った。

——するとすぐに蜂の羽音がしなくなった。

「——あれ？　蜂がおとなしくなった？」

「羽音がしないわ！」

「え？　え？　動かないわよ？」

「ひともどうぶつもけむい。はちもおなじ」

本当の理由は分からないけど、説明がうまくできない。煙の二酸化炭素に驚いて気絶する説とかが有力らしいけど。

だからこれで納得してほしい。

「っ！　そうか！」

「蜂も苦しくなって動けないのね！」

みんな納得してくれた？

「でぃーくしゃん、わらもってきて」

「焚き付け用の藁《わら》ならここに!!」

「おじしゃま！　これ！」

「ああ」

みなまで言わなくても、ローディン叔父様は分かったらしい。

一束の藁がローディン叔父様の魔法で舞っていき、蜂の巣の近くで丸まって燃え上がった。

そしてその煙を空気のカプセルにして蜂の巣に被せる。

巣の周りには蜂がいなくなり、完全に羽音もしなくなった。

「えーと。ずいぶんおとなしくなったみたいだけど、どうするんですか？」

ディークさんが言ったので、当然。

「はちみちゅ、とる！」

と宣言した。

誰も行きそうにないから、私が行く！

「待て！　アーシェ！　アーシェはダメだ！」

ひょい、と私が駆けて行けないように叔父様に抱き上げられてしまった。

「私が！　私がやります！」

蜂の巣の解体ならできるんです！　とラスク工房のサキさんが手を挙げて、素早く蜂の巣の箱のもとに行った。

ん？　解体の前の段階だよ？　と思ったけど、やってくれるのなら大歓迎だ。

「え、えーと……」

思った通り。

サキさん、勢い込んで行ったものの、手を止めてしまった。

でも、採取には時間をかけられないのだ。遠巻きにしつつも声をかける。

「ふたあけて」

「は、はい！」

サキさんはそっと蓋を外して横においた。

「いた、ひとつとって」

「はい！　わ。蜂が〜気持ち悪い〜〜！」

うわ。蜂が板いっぱいにびっしりくっついている。

気持ちいいものじゃないな〜ざわざわする〜。

「はちを、したに、ふんっておとす」

確かそれで大分落ちるはずだ。

「はっ、はい〜〜！　えいっ！　あ、すごい。蜂が落ちた」

「だれかべちゅのきわくいれて、ふたすりゅ！」

「ハイっ！」

工房のマリさんが、さっきディークさんが持ってきた箱の中から板を一枚持って、すばやくサキさんの側に走って行ってセットした。

次にディークさんが。

「オレが蓋する！　——よし！」

「てっしゅう！」

「「「はい!!」」」

すばやく工房の中に入って、扉を閉めた。

これでもう大丈夫だ。

「やった～！」

ディークさんが蜂の蜜が入った板を掲げて小躍りしている。

ラスクの時にも見たなあ。これ。

「って、これって蜂の巣、よね？」

マリさんが見たことのない蜂の巣をツンツン指でつついた。

他のスタッフさんも興味深そうに囲んでいる。

「はちみちゅ～！　あかしあのはちみちゅ！」

「そうですね。さっそく採蜜しましょう」

サキさんがそう言って、パレットナイフを持ってきた。

「丸い巣を取ると、蜂蜜だけじゃなく幼虫もいて気持ち悪いんだけど、これについてるの蜂蜜だけみたい！」

それは良かった！

幼虫は居ると思っていたけど、入ってない方がもちろんいい。

「蓋になってる蜜蠟を削って、ボウルに入れて、わあ！　すっごい！　六角形!!　ちゃんと蜂の巣の形になってる！」

「蜂の巣って初めて見る！　わ〜！　すごい!!　キレイな六角形！　なんでこんなにキレイに出来るの!?」

「この六角形の中に一つ一つに蜂蜜が入ってるのね！　すごい!!」

工房の作業台の周りで、みんながサキさんの作業に見入っている。

「へえ、こういう風になっているのか」

「出来上がったものしか知りませんからね〜。感動っス」

叔父様もディークさんも感心している。

「はちみちゅ、しぼる」

「そうですね！　キレイな絞り布に入れて」

巣を何個かに割って、絞り布に入れて。

「絞る！」

とろり、と、黄金色の蜂蜜がボウルに絞られて、次に大きめの瓶いっぱいに移された。

皆が瓶に詰まった黄金色の蜂蜜を見て、ほう、とため息をついた。

「なんかすごかったですね……」

「蜂を見つけてパニックになって」

「それに気を取られて工房が煙だらけになって」

「ローディン様が魔法を使って」

「工房のスタッフだけで蜂の巣を採って」

「蜂蜜を絞った、なんて」

その間わずか一時間ほど。

「なんか、すごいことをやってしまったような気がする」

「魔法を見るのも初めてだし」

「蜂が煙でおとなしくなるのも初めて知ったし」

「ラスクの網と箱で蜂蜜が採れたのはもう青天の霹靂《へきれき》だ！」

と皆が呆けているので、比較的冷静だったサキさんにねだって小皿に蜂蜜を入れてもらった。

「おじしゃま!!　あかしあのはちみちゅ!!」

指に蜂蜜を付けて、ぱくり。

「おいしーい!!」

「そうだな。良かったたな」

叔父様がサキさんからスプーンを受け取って、口に含む。

「……燃やさなくて良かったたな。美味い」

そう言って、叔父様が窓の外を見やった。

ここからは蜂の巣が見えないが、視線の先の高いアカシアの木には花が咲いている。

よく見ると、蜂が飛んでいるのが見える。

「あれ面白いですネ。あの箱が蜂の巣になっちゃったんすね」

「あれを見て蜂蜜が採れるなんて普通思わないよな」

「アーシェラ様、味覚センサーというか、食べ物センサーがあるんじゃないですか？　あと！　料理の才能は確実ですよね！　ラスクの味付け百発百中だし」

「それにしても煙の件は考えたことなかったな」

「言われてみたら確かに？　という感じでしたね～」

「だが、今まで蜂の巣を採るのに煙を使うとは聞いたことがなかった。他は分からないが、少なくとも、代々蜂の巣を採ってきた家のサキが知らないのだから、あまり使わない手法かもしれないな」

そうかもしれませんね～、と言うディークさん。

「ふふ。アーシェの、あの蜂蜜への執念はすごかったな」

「ハハハ。女性と子供は甘い物大好きですからね～！　ウチの妻も新作スイーツ買っていくと、大好きって抱きついてくれるんですよ～！」

「……なるほど。それはいいな」

「おじしゃま！　あーちぇあのはこほちい」

蜂蜜が採れた嬉しさでそう訴えたら、

「蜂蜜は採れるように手配するから、あれを家に持ち帰るのは諦めなさい」

と言われた。……あれって？　さすがにあの巣箱は持ち帰らないよ、叔父様。

でも、蜂蜜を採るって言った？

「ほんと？　いっぱいとりゅ？」

「ああ。あのやり方なら蜂を飼うこともできそうだ」

どうやら、ローディン叔父様は養蜂を進めていくことを決めたらしい。

「ディーク。あの箱とラスクの網……いや、蜂の巣箱を発注してくれ。箱はあの隙間も完全再現で。後は試行錯誤だな」

と、叔父様がディークさんに指示をしている時。

「――あの。お願いがあるのですが」

――と、サキさんが叔父様に真剣な顔をして頭を下げた。

「ウチの父、蜂の巣取り名人なんです。ですが数か月前に兵役から帰って来たら、少し足を引きずってて農作業ができなくなっていたんです。だから木に登ったり梯子《はしご》を使ったりして蜂の巣を採ることも難しくなって。――さっきの方法で蜂蜜採りの仕事ができるなら、その仕事をさせてあげたいんです!!　お願いします!!」

さっき、サキさんのお父さんが足を弱くしてるって言ってたのは、戦争の後遺症だったのか。

ローディン叔父様は笑顔で頷いた。

「もちろんだ。ハロルドのような、蜂の生態を知る者がいればこちらもありがたい。――できれば今すぐ来てもらいたいが、いいか？」

「はいっ！　ありがとうございます！　呼んできますね!!」

そしてその後すぐに、サキさんのお父さんのハロルドさんがやって来て、叔父様やサキさんと一緒に、先ほどと同じ方法でいくつかの蜜の詰まった板を採ることができた。

箱に蜂が巣を作ったことや、煙で蜂がおとなしくなること、蜜だけの板が採れることなど、説明を受ける度に驚き、実演すると「なんと！」とさらに驚愕《きょうがく》していた。

だけど、さすが名人。

すぐにコツを摑んで、その後は早かった。

「こりゃまた画期的ですな！　巣を壊さずに何度でも採取できる！」

そう言って、あっという間に一気に蜜の入った板を採り終えた。

その後ラスクの工房で蜂蜜を絞り、品質を確かめると、来た時は少し沈んで見えたハロルドさんの表情が、今や喜色満面となっていた。

ハロルドさんが来てから採取した蜂蜜の詰まった板は全部で六枚。サキさんが最初に採った一枚と合わせて七枚。

ハロルドさん曰《いわ》く、二枚は蜂のために残しておくとのことだった。

「十枚の板の内一枚だけに女王蜂や幼虫たちがおりましたでな。蜂たちのためにも何枚か残しておきましょう」

「そしたら採れる量が少なくならないんスか？」

「今まで巣を壊して採ってきたが、せいぜいこの板二枚程度だ。あの一箱で三倍は採れている。蜂の巣を壊さないやり方だから、またすぐ溜まるさ」

「幼虫たちを守る巣を作る時間がいらないからな」

「蜂蜜はあの蜂すべての餌ですから。二枚ぐらい残しておきましょう。それに全部取られてしまったら、蜂だってこんなところには居られんと引っ越してしまう可能性も十分にありますな」

「それが賢明だな。数を揃えれば何も問題がないだろう」

「はこいっぱいおく！　いろんなはちみちゅ！」

「そうですな。今までに蜂の巣を見つけたところに設置してみます。それに、蜂はこの時期分蜂します。好みそうな場所に巣箱を置けば増えるでしょうな」

ハロルドさんは楽しそうに笑った。

「今は花の咲く時期が終わっていますが、季節が巡ればレンゲやたんぽぽ、イチゴやブルーベリーの蜂蜜もいずれ採れるでしょうな」

「わーい！　いちご！　ぶるーべりー！　おこめ！」

「ん？　コメ？　って蜂蜜採れるか？」

「おはな、さく！」

「ああ……そうだったな。!!　ってことは、米の蜂蜜は初めてになるのか」

採れれば、この大陸初の米の蜂蜜。

絶対に希少価値が高くなる。

ローディン叔父様が顎に拳をつけたまま「うん」と頷いた。

「よし。ハロルド、田んぼの周りにも蜂が巣を作るようにできるか？」

「はい。耕作地のあちこちに置くことにします。米の花が咲く前に一度採取すれば、ほぼ純粋なコメの蜂蜜が採れることでしょうな」

「巣箱の改良も重ねてみよう。できるか？」

「もちろんです。今そこに積み上がってる古い箱をいただけますか？　注文した巣箱が来る前にいろいろ試しておきたいんで」

「大丈夫っす！　なんなら新しい箱もどうぞ！　何箱か予備としてストックしていたので問題ないです！」

サキさんのお父さん、ハロルドさんはすぐに箱と網を改良し始めた。

最初はさっきの箱と同じもの。蜂の出入り口に台や屋根を付けたもの。箱の側面の一部を少しだけ切り取り、細かい網をつけて通気性を良くしたものなど。

そしてさっき採取した巣の一部を網に付けてセット。

「そこの公園が今アカシアの花盛りですからな。これから行って毎年採っていた場所に設置してきます」

「オレも手伝います！」

「ああ。じゃあ、土台になる丸太を用意してくれ。地面に直接巣箱を置かない方がいいからな。水たまりに浸かるのも虫の侵入もある程度抑えられる」

「物置の横の巣箱、あそこは条件が揃ってたんですね！」

「そういうことだな」

丸太を調達してきます！　とディークさんが出かけたので、ハロルドさんがひと休憩、と右足を少し引きずって椅子に腰かけた。

「うまくいけば十日ほどでたくさん採れますよ」

そうなんだ！

どうやら前世とは少し違うらしい。十日で採れるなんて素晴らしい！

「時間をかけると濃縮されて濃厚になりますよ。昔、ものすごく大きくなった巣を採った時、中央部が濃厚で、外側がアッサリした蜂蜜でした。それにその中央部の蜂蜜は平均的な巣を採った時とは濃厚さが段違いでした。時間とともに巣は大きくなるので見分けるのは簡単でしたよ」

「では箱に設置日を表示して時期を見極めれば、あっさりとした蜂蜜と濃厚な蜂蜜を選んで採取できるわけだな」

ローディン叔父様が不敵に笑った。

たくさんの量。

たくさんの種類。

蜂蜜の濃度別。

希少価値の高いコメの蜂蜜。

うまく道筋を立てれば特産品にできる。

「坊ちゃん、良い読みです。いい表情《かお》しておりますな。その通りですよ」

ははは、と笑って、ハロルドさんは懐かしそうな表情を浮かべた。

「先代様とよく似ていらっしゃる。先代様もこうやって私らの仕事の話や――世間話までよく聞いてくれたもんですよ」

「祖父のことは、私も尊敬している」

そう言ってローディン叔父様は笑った。

そして父親は全く逆だけどな、とぽつりと呟いた。

「……こういっちゃ不敬なのは分かっちゃいるんですが、お父上は夢見がちというか、なんというか」

「分かっている。あの人は現実的な努力は全くしない方だ。皆には苦労をかけてしまったな」

申し訳ない、と素直に謝るローディン叔父様を見てハロルドさんは微笑んだ。

「その言葉を聞いて安心しました。坊ちゃん――いえ、ローディン様。この蜂蜜は本腰を入れれば特産品になります。私にその一切を任せてくださいませんか。必ず軌道に乗せてみせます」

その申し出に対し、もちろん叔父様に否やはなかった。

「――ああ。任せたぞハロルド」

「承りました。――では、巣箱の設置に行きます」

運搬用の台車に丸太を積んでディークさんが戻ってきたので、ハロルドさんが立ち上がった。

「私も一緒に行こう」

きちんと自分の目で見ておくことが大事だからな、と言って叔父様も立ち上がった。

それは私も見たい!!

養蜂の第一歩の瞬間だ!! 絶対に見たい!!

「おじしゃま。あーちぇもみにいきたい!!」

「アーシェ……」

「あ――……蜂もいるところなのでダメだと言いたいところですが。――まあ、ローディン様と一緒に遠くから見るだけでしたら許可しましょう。――ローディン様、決して地面にアーシェラ様を下ろさないようにしてください」

分かった、と頷いて、叔父様が私を抱き上げた。

「さあ、アーシェ。いっぱい蜂蜜とろうな」

「あーい！　はちみちゅ～！」

さあ、楽しいことが始まりそうだ!!

◇◇◇

それから二十日ほど経って。

私とローディン叔父様、それにリンクさんやローズ母様も加わって、ラスク工房に向かう。

今日はラスク工房は定休日なので、サキさんをはじめ、女性たちはお休みだ。

「大成功ですな。すべての巣箱に蜂が入ってくれましたぞ」

ハロルドさんがホクホクしながら、採取した蜂蜜の瓶を並べている。

「ちなみに、こちらが十日で採取したもの。こちらが今朝採取した二十日ものです。朝が早くて寝不足ですよ～～」

そう言うのは、商会従業員のスタンさん。

人当たりがとても良く、ローディン叔父様ととっても仲がいい。

蜂蜜の担当になったので、スタンさんはこの頃忙しい。

蜂は日中に巣に運んできた蜂蜜に対し、翅《はね》で風を起こすことで水分を飛ばして濃縮させる。

だいたい一晩経つと作業は終了。

そしてまた日中新たな蜜を集めるので、夕方採ると水分が抜けきらないサラサラした蜜になるという。

なので、濃縮された蜂蜜を採るために、蜂が活動を始める前の朝早くに採取を行っているのだ。

こげ茶色の髪が乱れて、グレーの瞳に疲れが見えている。

ここ連日の作業で、スタンさんは少しくたびれているみたい。

スタンさんは叔父様と同じ今年十九歳の青年で、平民だけど先代子爵様に見出され、高等教育を受けた人だ。

先代子爵様は、息子のせいでぐちゃぐちゃになった領地経営を立て直すために、孫息子であるローディン叔父様をまともに育て、そして周りを固めるための有能な人材づくりもしていたそうだ。

なので、この商会はまだ日が浅いけれど有能な人材が揃っていると思う。

「幼虫がいる巣板と、蜂蜜だけの巣板に分かれているので、以前より巣を壊す罪悪感が軽くなりましたよ」

「煙を出す道具も出来て効率が上がりましたよね」

巣箱や巣板も改良済みで、絞る際も楽になったとのことだ。

「ただ巣から蜜を採る作業はまだまだなんですよね～～」

前世では遠心分離機にかけて巣板から蜜を採る方法が主流だったが、私に遠心分離機の仕組みを説明できるはずがない。ここは口を出さずに、皆に試行錯誤してもらおう。

「綺麗な蜜を採るには蜜蠟《みつろう》の蓋を削って逆さまにして、網の上で一晩置くと綺麗な蜂蜜が下の器に垂れ落ちる。これが七割程度ですね。後は圧搾機で絞る。そうすると、蜂蜜に蜜蠟が混入して、濾《こ》してても細かい搾りかすが蜂蜜の底にどうしても残るんですよね」

どうせなら全部利用したいです、とスタンさん。

前世と違って網目がものすごく細かい金網は存在しないし、針金を組んで作るのも現実的ではない。布で濾すのにも限界がある。

それなら。

「はちさんにかえしゅ」

「え？」

「はちみちゅ、はちさんのごはん」

蜂蜜は蜂が生きるための大事なごはんなのだ。

数割の蜂蜜が入った巣板を残しておかなければ、蜂さんもごはんが食べられない。

一生懸命採ってきた蜜を私たちがいただくのだから。

「はちさんにありがとうってかえしゅ」

そしたら蜂さんも喜ぶよね？

そう言った瞬間。

はっ、と皆の目が丸くなって、次にとっても優しくなった。

母様は「そうね。蜂さんも喜ぶわね」と、にっこりと笑って頭を撫でてくれた。

叔父様はふるふると震えて「私の天使《アンジュ》」と呟いている。

「いい子ですな。ちゃんと分かっている」

ハロルドさんの大きな手が伸びてきて、力強く私の頭を撫でた。

「～っ！　すみません。恥ずかしながら考え付きませんでした。ハロルドさんにも二割は蜂のために採取せずに残せと言われていたんでした」

スタンさんが項垂れると、リンクさんが苦笑した。

「まあなあ。俺もアーシェに言われるまで気が付かなかった。俺たちは蜂たちの生きる糧《かて》を蜂から奪っているんだな」

「――利益ばかり考えていて大事なことを忘れかけていました」

「ふふふ。アーシェラの言うことももっともよね。商売のことはよく分からないけれど、実際どうなのかしら？」

ローズ母様が問う。

「――そうだね。七割の蜂蜜を食用として商品化。絞った後の蜜蠟は利用価値があるし、圧搾機で絞った蜂蜜の上澄みは医療用や美容用にして、下に沈んだ蜂蜜は感謝を込めて蜂に返す、でいいんじゃないか」

ローディン叔父様がまとめると、スタンさんが力強く頷いた。

「そうします！」

「後は、そうだな。この養蜂箱は登録申請する。改良版の三種類の養蜂箱と煙を出す容器もな」

「皆びっくりしますよ〜〜！」

今度は使用料貰いましょうね！　とスタンさんが声を張った。

「ハロルドにも試作品の製作費用を出すつもりだ」

「あれは二番煎じですよ。最初から基本形が出来ていましたし。とてもじゃないが貰えません」

とハロルドさんは辞退したけれど。

「――……いや。受け取ってほしい理由はそれだけではないんだ」

ローディン叔父様が真剣な顔でハロルドさんを見た。

「ローディン様？」

そして、ハロルドさんの右足に視線を落とす。

「その足……私の父をかばったせいで後遺症が残ったのだろう？　つい先日、父に付いていった者から聞いた。昨年秋のアンベール側の国境での戦闘で岩山を崩されたと聞いた。父は足に矢を受けたが、無駄に装飾の付いた軍靴のおかげでかすり傷だ。……だがその時崩れてきた岩から父をかばって足をやられた。――そうだろう？」

先日子爵家に行き、祖父である先代子爵様に養蜂箱の件を報告していた際にハロルドさんの話を聞いたそうだ。すぐさまお付きで行った子爵家の者を呼び、詳細を聞いて驚愕したという。

奇跡的に骨は折れなかったが、踵骨腱《しょうこつけん》（いわゆるアキレス腱）をやられた。

その部隊には治癒師が不在で、駆け付けた治癒師に切れた腱を繋ぎ合わせてもらったが、手当てが遅かったために痛みが残り、しばらくは歩くことも困難だったという。

半年以上経った今でも後遺症が残っていた。それほどのケガだったのだ。

「ハロルドに助けられたことを父は一言も言わなかった。……本当に馬鹿な親だが、それでも私や姉上の父親だ。――だから」

ローディン叔父様とローズ母様は立ち上がって、ハロルドさんに深々と頭を下げた。

「ありがとう。ハロルドのおかげだ」

「ローディン様！　ローズ様！　そんな!!　頭をお上げください!!」

「申し訳ないが、子爵家としての謝礼金は出せない。あの馬鹿親父に知られるわけにはいかないからな。だから、商会の仕事の対価という名目で渡したい。金で解決するようなことではないとは思うが、私たちの感謝の気持ちとして受け取ってほしい」

「――……ありがとうございます。ローディン様、ローズ様」

「お礼を言うのはこちらの方よ。ありがとう、ハロルド。蜂蜜のおじちゃん」

「……その呼び方……懐かしいですな。ローズ嬢様。お小さい頃、先代様とよく仕事場に来られた時のことを思い出します」

ハロルドさんは瞳を潤ませて、ローズ母様とローディン叔父様を見た。

「ローディン様。ローズ様。これからはお二人のお力にならせてください。全力でお手伝いさせていただきます」

「ありがとう」

「こちらこそよろしく頼む」

リンクさんもスタンさんも微笑んで見ていた。

ディークさんはボロボロと涙を流しながら、うんうんと頷いていた。

「じゃあ、ハロルドさん！　さっそく蜂蜜担当として雇用契約を交わしちゃいましょう！　忙しくなりますよ!!」

スタンさんが嬉々としてたくさんの書類を出してきた。

「スタン、これ」

広げられた図面を見てハロルドさんが驚いた。

「こっちが、蜂蜜工房の見取り図案。採取室、蜂蜜の加工室、後はおいおいですが蜜蠟も加工したいのでそれに合わせて改装したいんです」

「それにしても広すぎる!!」

普通の民家が三つぐらい入りそうな大きな工房の設計図。

「大丈夫です。実はこれは養蜂箱を作る工房も兼ねているんです。ちなみにラスクの綑や木箱を作っていたのは、一昨年廃業した工房です」

「ということはルーンのとこか」

「はい。ハロルドさんと同じで、戦争に行って利き手に障害が残ったので廃業してしまったんです。その時に住み込みの若い見習いを路頭に迷わせてしまう、と商会に相談に来られたので商会で工房を買い取りました。今は戦争中で家を建てる人もいないので、工房の職人やルーンさんには商会の仕事をしてもらってるんです」

「てことは、あのラスクの木枠のささくれや木箱は……」

ディークさんが言うと。

「ええ。見習いさんの作品だったようです。そのおかげで養蜂事業が興せそうなので、感謝ですね。——とは言っても、ルーンさんからは雷が落ちたようですよ。一から鍛え直す！　って言ってましたから、見習いさんたちは今頃しごかれてますね」

その時のルーンさんの勢いはローディン叔父様やリンクさんも見ていたらしく、二人とも苦笑していた。

「そんなわけで、男手も確保できました。工房も既存のものなので、改装すればすぐに蜂蜜を量産できます。それまでは、このラスク工房で採蜜作業しましょう！」

「あーちぇもやる！」

「はい。お手伝いお願いしますね。アーシェラ様」

「これから秋にかけて花盛りだから、うまくすれば来月には店頭に並ぶ量が確保できますよ」

ハロルドさんが言うと、スタンさんが後に続く。

「瓶とラベル発注しますね！　ラベルのデザイン考えておきます」

「種類が分かるものには、その花を入れよう――今の時期はアカシアだな。リンク、鑑定頼む」

「ん、分かった。じゃあいろんな花の蜜が混じっているのは、主な花や植物をラベルに入れよう」

「コメの蜂蜜は初めてだからな。スタン、力を入れてデザインしてくれ」

「分かりました!!　あと、せっかくですので、商品に名前をつけたらどうでしょう」

「バーティア領産の蜂蜜じゃ駄目なんスか？」

ディークさんの言葉にスタンさんが噛みついた。

「何言ってるんですか！　この国初の養蜂での蜂蜜です！　これまで取り扱いしていた蜂蜜とは違うんです！」

「養蜂箱がいずれ普及するにしても、最初の養蜂での蜂蜜には価値がある……か。そうだな。米の蜂蜜を売り出す前に、名前を売っておくか」

米の蜂蜜が採れれば、この大陸で初だ。貴重さゆえに高値で売買されるだろう。

うん、とローディン叔父様が頷く。

「そうですよ！　いい名前を考えましょう！」

というスタンさんの言葉の直後。

「名前なら決めた」

「！　は、早いですね……ローディン様」

「『天使《アンジュ》の蜂蜜』だ」

なあ、私の天使《アンジュ》？　と言ってローディン叔父様が私の頭を優しく撫でた。

はうっ!!

叔父様の愛が止まらない。

嬉しいけど、嬉しいんだけど、なんか恥ずかしい。

「すごいですね！　ぴったりです!!」

「逆に他のは考えられねぇよ」

とリンクさん。

「可愛いラベル用意しますね!!」

「こんなに楽しいのは久しぶりですなぁ」

ハロルドさんが嬉しそうに笑った。


――そして一月後の盛夏の頃。

『天使《アンジュ》の蜂蜜』が無事発売されることになったのだった。

6　王都　ディン辺境伯家

アーシェラ、三歳の秋。

目の前には稲穂が垂れ、金色の原が広がっていた。

「おーい！　網持って来たぞ～！」

「よっしゃ～！　稲木に被せろ～！」

今日は稲刈りと、稲架掛《はさが》けの日だ！

今日は商会の皆も、叔父様も母様もリンクさんも一緒に稲刈りに参加している。

全員で収穫だ！

ローディン叔父様とリンクさんは何度も田んぼに来ているけど、ローズ母様は初めてだ。

「ローズ様、なんだか手際がいいですね！　束ねるのがお上手です」

「ありがとう。こうやって、くるんと回して、ぎゅっと結ぶ」

「それを稲木にかけるんですよ」

ローズ母様からトーイさんが稲束を受け取って稲木にかけていった。

ローディン叔父様もリンクさんも同様に稲束をかけていく。

みんなが笑顔で作業をしている。

収穫は今までの苦労の集大成なのだ。

たわわに実った穂は頭《こうべ》を垂れて、重い。

「これが幸せの重みなのね～」

数年間収穫までいけなかった悔しさを領民たちは知っている。

収穫の喜びはひとしおだ。

「さあ！　鳥に食べられないように網を掛けるぞ～！」

「そうだそうだ！　あいつら大群で来やがるからな!!」

そう言いながら、稲を刈取り、束ねた稲を二股に分けて木の棒に素早くかけていった。

刈り取った稲を稲木にかける稲架掛けは、麦を乾燥させていたのと同じ手法だ。

私が説明しなくても農家さんたちは長年の積み重ねで分かっていたようだ。

前世の実家でやっていたのは家の形にしていたけど、こっちは組んだ木に横棒を一本掛けたものだ。もちろんこちらでも問題はない。

とにかく乾燥させることが大事なのだ。

逆さまにして時間をかけて乾燥させることで、稲から栄養と旨味が穂先の米に集まり、旨味が凝縮されてお米がさらに美味しくなるのだ。

前世ではこの作業が面倒くさくて嫌だったけど、父親が体調を崩して入院し稲架掛けをできなかったことがあった。コンバインで刈り取りと脱穀までした米を乾燥機で乾燥させた年、炊いた米を食べた時に味の違いに驚いたのを思い出す。

こっちの世界に乾燥機があるかは分からない。もしかしたら、魔法で乾燥させることも不可能ではないかもしれないけど。

だけど今年初めての米は、自然の力で時間をかけて乾燥させる。

絶対に美味しいはずだ!!

だけど、すでに美味しいのが分かるのか、スズメが大群でやって来るのだ。

何も対処しないとせっかく実った穂をすっからかんにしてしまうので困ったものだ。

だから、網をかけて防御する。

どこの世界でもスズメは穀類にとって天敵だ。

「アーシェラ様、あと数週間で米が食べられますよ!!」

トーイさんもお祖父さんも農家さんたちも、満面の笑みだ。

「たのちみ!」

「「「そうですね！　楽しみですね!!」」」

皆で食べるのが楽しみだ！

◇◇◇

米の収穫からしばらく経った頃、子爵家から帰ってきたローディン叔父様が居間のソファに疲れたように座って言った。

「今度王宮に行くことになった」

「何で？」

「お祖父様が、そろそろいい頃合いだと仰っていた。例の計画を実行するらしい」

「へえ」

「まあ」

何のことだろう？

でも叔父様の言葉を母様もリンクさんも理解しているようだ。

「でも親父さんは抵抗するんじゃないのか？」

「お祖父様は何か手を考えているらしい。——けど、覚悟しておけと言われた」

「いよいよ、か」

「そうだな……」

何やら難しい話らしい。ローディン叔父様もリンクさんも思案顔だ。

「……」

そして母様がとても辛そうだ。

「今日子爵家に行ったのは、例の計画の他に王宮から召喚状が届いたからだ。——リンクにも来てた」

そう言ってリンクさんに預かってきたという封筒を手渡した。

それを受け取ったリンクさんの表情が一瞬強張《こわば》った。

「――分かった。だけどこの家にローズとアーシェを置いて俺たちだけで行くのか？　今まで必ずどっちか家にいたろう、どうするんだ？」

「連れて行く。許可も取った」

ローディン叔父様がはっきりと言った。

「僕たちのいない家に置いて行くなんて、そんな愚挙はしない」

そうだな、とリンクさんが頷いた。

「王都のデイン辺境伯別邸に姉さんとアーシェの滞在をお祖父様が頼んでくれた」

「ああ、ウチならしっかりと安全を確保できるな」

「りんくおじしゃまのおうち？」

「ああ。アーシェは王都に行くのは初めてだもんな。そうだ、今回は無理だが、いつかウチの領地に連れて行ってやるな。海がキレイだぞ」

「うみ！　みたい!!」

こっちの世界ではまだ見たことがない。絵本で見ただけだ。

「ああ、そのうちな。代わりに王都にあるデイン家の商会に行ってみよう。こっちにはない珍しいものがいっぱいあるぞ」

「いっぱい？」

「デイン辺境伯領は主に川と海に面している。内陸のこととは全く品ぞろえが違うんだ」

デイン領は大きな港を有していて、外国との交易の一端を担っている。

水産物が特産品で、よくデイン辺境伯領からはエビや貝が送られてくる。

なぜエビかというと、単純に母様が魚をさばけないからだ。

いろいろと料理を頑張ってきたけれど、頭を取ったり内臓を取ったりはお嬢様育ちのローズ母様にはハードルが高すぎた。

エビは私をはじめ、皆が好きなので、届いたら全員で殻むきを手伝う。

貝は砂抜きをうまくできれば美味しくいただける。

ちなみにお魚は、魚がさばけないローズ母様のために商会の従業員さんが一肌脱いでくれる、といった感じだ。

「おしゃかな、いっぱい？」

「ああ。運河沿いの市場の近くに商会の支部があるから行ってみような」

「いく！」

「デイン家《うち》の商会も天使《アンジュ》の蜂蜜を取り扱いできるように運んでいこう」

高く売れるぞ、とリンクさんが不敵に笑った。

「米をデイン辺境伯家《うち》にも用意してくれ。親父たちを驚かせよう」

「もちろんだ。お祖父様にもいらしてもらおう」

「食べ方が分からないと困るわね。厨房を貸してもらえるようにお願いできるかしら」

ローズ母様もとっても楽しそうだ。

もちろん私もとっても楽しみだ。

私にとって、家族との初めての旅行なのだ。

楽しみでしょうがない。

◇◇◇

「やあやあやあ！　君がアーシェラか！　さあ！　私のところにおいで!!」

「待て！　兄さんいきなりなんだ！　アーシェが驚いてる!!」

「いいじゃないか。ウチには子供がいないんだ。抱かせてくれてもいいだろう!!」

デイン辺境伯邸の前に着いたとたん馬車の扉がいきなり開けられ、リンクさんそっくりの銀髪碧眼の男性が満面の笑みでぱっと私に手を伸ばした。

リンクさんより三歳年上だけれど、双子かと思うほどそっくりの顔立ち。髪もリンクさんと同じように緩く結んで肩にかけている。

驚いて思わずローディン叔父様にしがみついたので、叔父様は「大丈夫だ」とぽんぽんと優しく背中を撫でてくれた。

「アーシェ。リンクおじ様のお兄様よ。優しい人だから大丈夫。さあ、ご挨拶しましょうね」

悪い人じゃないのは分かる。

こんな馬車の中でいいの？　と思ったけど、ローディン叔父様に座席から下ろしてもらってお辞儀した。

「おはちゅにおめにかかりましゅ。あーちぇ……あーしぇらでしゅ」

言葉がうまく言えない。ゆっくりなら何とかいけそうなんだけど。

近所の同じ年の頃の子供はもう大分話せるのになぁ。

「うん。私はホークだよ。一生懸命挨拶してくれて可愛いなあ。さあ、おいで」

どうやら大丈夫そうだ。

手を伸ばすと、笑顔で優しく抱っこしてくれた。


通されたのはデイン家の居間だった。

気持ちのいいソファに私を挟んで両脇にローディン叔父様とローズ母様。テーブルを挟んだ向かい側にはホークさんとリンクさんが座った。

ホークさんとリンクさんは本当にそっくりだ。違いと言えば肩にかけている銀色の髪がリンクさんはストレートで、ホークさんは少し波打っているくらい。本当に双子みたいだ。

セルトさんがテーブルにおみやげの蜂蜜を並べると、そのまま部屋の隅に控えた。

リンクさんが一つ取ってホークさんに渡す。

「とりあえず試しに持ってきたのは、単花のアカシア蜂蜜、百花蜜を十本ずつ。そして米の蜂蜜が五本だ」

米の蜂蜜は希少なので少なめだ。

前世では米は風媒花だったけど、こっちの世界では蜂が好んで飛んできてくれたのでしっかりと蜂蜜が採れた。

米の花に蜂が来ているのを見ていて、そういえば前世では米の花に蜂がいなかったよな、と気が付いた。やっぱり世界が違うとちょっと違うんだね。

まあ、ちゃんと希少な米の蜂蜜が採れたから大成功だ。

「少なくない？」

とホークさん。

「これはおみやげだから、商会に卸すのは別だよ。陛下に献上後に他領への出荷を解禁するつもりだ」

「よくお目通りが叶ったねえ」

「姉さんに会いたいと王妃様からお話があったので、話を通していただいたのです」

王妃様はローズ母様よりいくつか年上だけど、魔法学院でのお友達だったそうだ。

ローズ母様が王都に訪れることを知った王妃様から、母様と私に会いたいとの連絡があり、おみやげに蜂蜜と米を持っていくことにした。

それを国王陛下へ献上するようにとローディン叔父様に言ったのは、先代のバーティア子爵様だった。

ホークさんが蜂蜜の瓶を取って日に透かして見た。

「どれどれ、これが養蜂の蜂蜜か――へえ、濁りが全くなくてキレイだねえ」

今までこちらの世界では蜂蜜はハロルドさんみたいな、蜂の巣をまるごと採って、布などで絞り取るのが主流だった。

蜂の巣を構成している蜜蠟が壊されて出た細かい絞りかすがネックで、よく見るとそれがほんの少し入っていることが多いのだ。

「いいねえ」

「養蜂が優れているのは巣を壊さなくてもたくさんの蜜が採れることだよ」

「それに巣箱に煙をかけることで蜂に刺される危険性も下がるし。それぞれの領地で咲く花が違ったりするから、特色が出るんじゃないか？」

「面白いね。父上と話して進めることにしよう」

どうやら養蜂箱お買い上げのようだ。

「ウチもなんか新しいものが出来ないかな〜って思って、片っ端から鑑定しまくってるんだけど、なかなか難しいものだよね」

デイン辺境伯家の直系男子は皆鑑定能力を持っていると聞いている。

「新しいものって、デイン領は海に面しているから漁業が盛んで加工場もあるし、内陸では農業も栄えてる。働くところに困らないだろう？」

「身体が資本になる仕事ができない者たちにもできる仕事を作りたいと思っているんだ。ウチは海外との貿易業のほかに、農業も漁業もあるけど、戦争のせいで母子家庭も増えているし、身体に障害が残ってしまった者もいる。そんな人たちもきちんと食べていけるようにしてやりたいと思うんだ」

それに、とホークさんは続けた。

「三国から漁船で逃げてきている者もいる。戦争が長引くほど増えるだろうね――」

この大陸に存在する国はどの国も海に面している。魚が採れなくなったわけでもないから、海近くの者たちは飢えることがないはずなのに。

「小さい数人乗りの船に、がりがりに痩せこけた母子と老人ばかりが何人も乗って来るんだ。――さすがに国境を守っていた兵士たちも、不法侵入者として手を下すどころか、思わず手を差し伸べずにいられなかったくらいにな」

その光景を見たというホークさんは顔を歪めた。

「アーシェラちゃんみたいな年頃の子が、ウチの領に着いた時に――母親の腕の中で死んでたんだ。死因は明らかに栄養失調……本当に痛々しかったよ」

「「――……」」

他の三国が民から食糧を搾り取っているという話は聞こえてきていた。

その結果が、生きるために住み慣れた国を捨て、敵国に助けを求めるまで追い詰められたという現状なのだ。

「なんてこと……」

母様が、ぎゅうっと私を抱く腕に力を込めた。

ローディン叔父様やリンクさんも痛ましげに目を閉じる。

「――だからさ。逃げてくる難民たちも受け入れられる分は受け入れようと決めた。ただその分食糧も確保しなきゃいけないだろう？　無期限の無料配給は一領主には厳しい。働いてもらわなきゃならないから、何か職を増やさなきゃいけないんだよね」

強い瞳でホークさんは言い切った。

難しいことだけど、やれることはやってやろうという気概を感じる。

いい人なんだな、と思う。

助けを求めてくるのは力の弱い人たちばかりだから。

――そういえば。

ホークさんが言った言葉は確か、以前にローディン叔父様も言っていたのと同じことだよね。

ラスク工房を作る時に、『母子家庭や身体が弱くて働けない人たちの受け皿になってやりたい』と叔父様が言ったのだ。

養蜂箱を作っている工房だって、戦争で障害が残った人を助けるために買い取って、いろいろと仕事を作ってあげていた。

新たに立ち上げた養蜂事業でも、同じように女性や老人、障害が残ってしまった人たちを雇っていた。

「おじしゃまとおんなじ、ね。しゅごい」

「アーシェ？」

「らすくこうぼうのひと、おんにゃのひと、おなじ」

「そうね」

私の言おうとしたことが分かったらしい。

ローディン叔父様が頬を染め、ローズ母様が頷いた。

「ああ！　そうそう!!　ウチもラスク工房作ったんだよ!!　すごく助かったよ」

ホークさんが暗くなってしまった空気を切り替えるかのように、明るい声を出した。

デイン領でもラスク工房を作り、女性たちを雇用したそうだ。

「あのラスクって画期的だったよね！　どうやって出来たの？」

その問いに、ローディン叔父様とリンクさんが気まずそうに笑った。

ラスクが出来た経緯については、二人とも先代子爵様にお叱りを受けていたのだ。

ぼそぼそと二人が経緯を話し出すと、ホークさんが次第に呆れた顔になっていった。

「あ～……そりゃあねえ。先代に怒られるのも仕方ないよな。ごめんな～アーシェラちゃん。馬鹿な弟たちで」

ホークさんにとって、ローディン叔父様は弟同然のようだ。

ギロリ、とホークさんに睨まれてローディン叔父様もリンクさんも項垂れてしまった。

でも、叔父様たちは馬鹿じゃないよ。

「だいじょぶ。あーちぇ、おじしゃま、りんくおじしゃま、だいしゅき」

「「アーシェ!!」」

一瞬で二人に抱きしめられた。

え、リンクさん瞬間移動？ 速かったよ！

ふふふ、とローズ母様が笑い、ホークさんも微笑んでいた。

リンクさんのお兄さん。

私はこの短い時間で、ホークさんが大好きになった。

「ほーくおじしゃまもしゅき」

そう言ったら、一瞬驚いた後、リンクさんそっくりの満面の笑みで笑ってくれた。

「可愛いなあ。ねえ、ウチの子にならない？」

「「駄目だ（よ）!!」」

母様や叔父様たちの言葉が重なって、ホークさんが笑い転げた。

どうやら三人をからかうのが好きみたい。

楽しそうな母様たちを見られて私も嬉しくなった。


「おねむ、ね。アーシェ」

気が付いたらウトウトしていたらしい。

そういえばお昼寝の時間なのだった。

母様が優しく頭を撫でてくれたので、すぐに眠りに落ちてしまった。

赤ちゃんの頃、眠っている間に攫《さら》われた過去があるせいで、お家《うち》以外のところではなかなか眠れなかったはずなのに。

――デイン辺境伯邸は安心できる場所なんだ、と。
頭の片隅でそう思った。

7　おばけがでるよ

私がお昼寝から目覚めた後、ローズ母様、ローディン叔父様、リンクさんとデイン家の厨房を訪れた。

今日はこれからお米を炊くのだ。

「食品庫はこちらですよ」

デイン家の料理長クランさんが案内してくれた。

クランさんはミルクティー色の髪と茶色の瞳をした、三十代後半くらいの人の好《よ》さそうな雰囲気の人だ。

「へえ。自分ん家《ち》なのに初めて入るな」

リンクさんがそう言うと、

「普通の貴族の方々は厨房に入ることなどありえませんよ」

と戸惑った感じで返されていた。

そうなのだ。

普通の貴族は、自分の身の回りのことをすべてメイドや従者たちにやってもらう。

掃除や洗濯、料理など一生やることがないのが当たり前なのだ。

さらに、子育ても乳母やメイドが行うものなので、ローズ母様のようにお乳を自ら与えたり、食事を作ってお風呂や寝かしつけなどをする貴族の女性は、ほとんどいない。

けれど母様や叔父様たちは市井の人たちと同じ暮らしをここ数年やってきているので、今は食材や調味料に興味津々だ。

それにしてもさすがは辺境伯邸の厨房。

商会の家の小さな台所しか見たことがなかったので、お店みたいな品ぞろえに驚きながらわくわくしていた。

「お米は持ってきているけれど、他にも何か作りたいわね」

母様がカブとキュウリを手にしながら言うと、クランさんが尋ねる。

「僭越ながらローズ様、何をお作りになるかお教え願えますか？」

「あら。料理長のような立派なものは作れないわ。お米をパン代わりに炊くのと、何か一品足したいの。メイン料理などはいつも通りにお願いするわ」

「承りました。米を扱うのは初めてなので、側で見ていてよろしいでしょうか」

「もちろんよ。手際が悪くて申し訳ないけど勘弁してね」

「とんでもございません。よろしくお願いします！」

私は目の前に広がる食料品店ばりの品揃えにわくわくしていた。

野菜はこっちの世界特有のものもあるけれど、ナスやピーマン、トマトなど馴染み深いものがいっぱいだ。秋なので、キノコや栗もある。

あと、六畳ほどもある部屋まるごとが冷蔵庫になっていてビックリした。

「ここは冷蔵室です。デイン領は海産物が多く獲れるため魚料理を毎日作ります。なので冷蔵室があるのです。肉や傷みやすい野菜もこちらに置いてあります。あと、こちらはですね……」

と、クランさんが調味料の棚の下から、小さめの木箱を取り出して埃を払った。

「数年前にローズマリー様が東の大陸にご旅行された時にお土産としていただいた調味料なんですが、使い方が分からなくて」

ローズマリー様とはローズ母様とローディン叔父様のお母様だ。

「大陸というと、米の種を買ったところか」

そのローディン叔父様の言葉に驚いた。

なんと？　米が主食の国ならば、当然、私が愛してやまないあの調味料が入っているはず!!

クランさんが箱の汚れを濡れた布で拭きながら続ける。

「保存魔法をかけた箱に入れていたものなので、劣化はしておりません。米を使った料理ならこちらが合うかと思いまして」

そう言って、箱を開けた。

そこには。

私がずっと探していた宝物《調味料》が入っていた。

「茶色だったり黒だったりと、どれも食べ物の色とは思えなくてですね」

クランさんが言いながら箱の中身を台の上に出していった。

「へえ。確かに、皆色が濃いな。こっちでは使わない調味料だ」

私の目がきらきらしているのが分かったのか、ローディン叔父様が笑った。

「アーシェ、気になるんだな？」

「あい！」

もちろんだ！

「少しずつその調味料を小皿に入れてくれ。味見してみよう」

小皿に盛られたのは、濃い茶色の液体。

そう、日本人には忘れられない味の『醤油』だ。

もう一つは、少し粒感が残った茶色の『味噌』、しかも私が前世でよく作った『糀味噌《こうじみそ》』だ！

「おいちい！　しゅごいおいちい!!」

日本人だった魂が求めていた味！　やっと見つけた!!

「俺はずいぶん塩辛いと思うが、美味いのか？　アーシェ」

「おいちい！　しゅごくおいちい!!」

何度でも言う！　醤油と味噌は美味しいのだ!!

「ははは。目がきらきらしてるぞ」

「これ、ちゅかってもいいの？」

わくわくしながら聞く。

「よろしいですよ。実は同じものを数箱いただいたのです。ひと箱差し上げますね」

やった～!!　味噌と醤油ゲット!!

「ありがとうごじゃいましゅ！」

箱の中には瓶に入った醤油が二本、陶器に入った味噌が一つ、そして箱の脇には昆布が数本入っていた。私の味覚が欲しくて堪《たま》らなかったものばかりだ!!

ここまで揃うと、懐かしい味が食べたくなった。

私の中で絶対に忘れられない味。

いざ、再現!!

「かあしゃま、ちゅくる！」

「そうね。一緒に作りましょうね」

その後、いくつかの食材を貰って作り始めた。

とは言っても作るのは母様たち。

私は監督（?）だ。

米は鍋を三つ用意した。

一つ目は、基本の、何も入れないシンプルなごはん。

二つ目は、刻んだニンニクと塩とバターを入れたもの。簡単なガーリックライスにする。

ここまでは家で考えてきたものだ。

さっき新たに用意してもらったのは、ごぼうとニンジン。

それをボウルいっぱいにささがきにしてもらった。

「ごぼうはあく抜きしますね」

と料理長のクランさんが手際よく水の中にごぼうをささがきにしていった。

「この水につけているコンブはどうするんでしょう」

クランさんの質問に、隣でニンジンをささがきにしているリンクさんが答える。

「さあな。でも子供のすることだ。まあ、見守ってやってくれ」

「それに、アーシェの作ったものでハズレがあったことはないからね。私は楽しみだよ」

ローディン叔父様はにんにくをみじん切りに、続けてガーリックライスの仕上げ用のパセリを刻んでいる。

「お二人とも上手ですね」

「バーティア領に行ってから、食事は自分たちで作っているからな。簡単なものなら何とか」

「アーシェにはちゃんと食べさせたいからね」

「でも私、未だにお魚はさばけないのよ」

マイタケを手でほぐしながら母様が言う。

「ローズ様。それだけできれば十分ですよ」

お米を研ぎ、食材を切り、調理器具をさっと用意するなど、調理の段取りも手際がいい。手慣れている証拠だ。

「でもウチで一番の料理人はアーシェだよな～」

「そうなのですか？　まだ小さいお子様でしょう？」

「味覚が敏感なんだよ。調味料とか一口、口にするだけで、どれとどれを組み合わせれば美味しくなるかが分かる」

「ラスクの味付けは、全部アーシェが考えたからね」

「す、すごいですね……」

ラスクは基本の味付けでも、結構な種類があった。

絶品と言われる、シュガーバターやガーリックオイル、廃糖蜜の他にも味付けは多岐にわたる。

「あと、面白いのがさ。あれ、なんだよな」

リンクさんが笑いながら夕飯のメインディッシュである海鮮の入ったバットを指さした。

「ああ。エビか」

ローディン叔父様も笑っている。

「エビですか？　そういえば商会のお家ではよくエビを召し上がっているのですよね」

「そうそう。殻ごとオイルで焼いて食べるのが好きなんだけどさ。殻まで食べようとするんだよな、アーシェは」

「か、硬いですよね。子供なら食べないのでは？」

「そう、硬いんだよ。で、結局残念そうに残したんだけどさ」

「次の日の朝に、からっからに乾いたエビの殻をすり鉢で砕いてたんだ」

「は……」

「さすがに、エビの殻は食べさせられないと思って取り上げたら、ものすごく怒って」

「『もったいないおばけがでる！』ってな！」

思い出して爆笑。

母様もくすくす笑っている。

「は……」

「で。泣かせちまったからな。代わりにすり鉢で粉々にしてやったんだよ」

「そしたら、喜んでそのエビの殻を瓶にいれて宝物みたいにして」

「リボンまでつけてな」

くすくすくす。笑いが止まらない。

「そしたら、その日の夕飯のグリルしたカボチャと野菜の上に、エビの殻と塩がかかってて」

「絶品だった！」

ローディン叔父様とリンクさんの声がまた重なった。

「は……エビ殻の粉末と塩ですか……貴族《みなさま》の肥えた舌をうならせたとはすごいですね……」

クランさん、目が点になってるよ。

「エビは殻まで美味いんだっていうのを初めて知ったんだよな～」

「それからはエビの殻は調味料としてウチにストックしてる」

「そうそう、塩も入れてエビ塩にしてな」

「捨てるとアーシェが怒るからな」

「『もったいないおばけがでる！』ってな！」

――そこ、二度も言わないでほしい。

取り上げられた時、悔しくて地団駄踏んだんだよね。

でも大事な命をいただいてるんだから、最後まで大切にいただきましょう。

粗末になんかしたら、もったいないオバケが出るんだからね!!

8　懐かしい家族の味

私はまだフライパンが使えないので、火を使う調理は母様と料理長のクランさんにやってもらうことになった。

オイルをひいたフライパンにごぼうとニンジンのささがき、秋の味覚のマイタケを入れて炒め、砂糖と醤油を入れた。

醤油の香ばしい香りが堪らない。

「いい香りがしますね」

クランさんが醤油の香ばしい香りに驚いていた。

そう。美味しい匂いだ。

そして、これまた東の大陸のおみやげであるお酒を入れる。

食前酒の話の中に米で出来た酒の話が出てきたから、料理酒として喜んで使わせてもらった。

これで深みが出るのだ。わくわく。

後は水戻しした昆布と乾燥シイタケと小魚の出汁《だし》を入れて完成だ。

かつお節はさすがになかったので、干した小魚で代用した。

できたのはマイタケ入りのきんぴらごぼう。

出汁と醤油とお酒がいい味を出している。オイルとの相性も良くて照り照りしてる。

ゴマ油があればなお良かったけど、なかったので仕方ない。

皆で一緒に試食する。

ああ。懐かしい味だ。

醤油があるからこそ出来る、旨味。

塩だけでは感じることのできない、大豆や小麦などの旨味が含まれた醤油は、食材をさらに美味しくしてくれるのだ。

ゴボウもマイタケも旨味が多い食材なので、お出汁とお酒と砂糖、そして醤油を合わせると旨味たっぷりになる。

「醤油、初めて使ったけど、とっても美味しいわね！」

「甘くてしょっぱくて、なるほど、ごはんに合う。それにゴボウやニンジンからも甘味と旨味を感じる」

「この旨味って、あれか？　干しシイタケと干した小魚と――あと、コンブの戻した水入れてたよな」

「こんぶさん、ほちたしいたけと、おしゃかなと、おにゃじ」

「「コンブも旨味が出るんだな!!」」

ローディン叔父様とリンクさんの声が重なった。

ローディン叔父様とリンクさんは私の言いたいことをすぐに汲んでくれる。

さっき干したコンブの端っこをかじったら、しっかりと旨味を感じた。

調味すればおしゃぶり昆布ができるはずだ。

一方でクランさんは不思議そうに私たちを見ている。

「さっき言ったように、アーシェはこういうの外さないんだよ」

ローディン叔父様が言うと、クラン料理長が複雑そうに笑った。

そして、私たちの試食を見てからきんぴらごぼうを口にすると、目を丸くした。

「美味しいですね！　甘じょっぱくて、旨味がある！」

小皿にしっかり山盛りにして、目を瞑って嚙みしめている。

「こうやって醬油を使うんですね。説明書にはどの料理法でも美味しくできるとは書いてありましたが、できればレシピが欲しかったです」

初めての醬油の料理の美味さに感動している。

説明書にはいくつかの料理の絵と名前が載っているだけで、詳しいレシピが載っていなかった。

醬油はオールマイティーなのだ。いちいちレシピを載せていたらキリがないくらいだ。

おそらく外国での需要がないから説明書が簡略化されていたんじゃないかな、と思う。

きんぴらごぼうを食べて美味しいと分かったせいなのか、料理長のクランさんが、三つ目の米の鍋で作ろうとしていた炊き込みごはんの調理を買って出てくれた。

もう一つのフライパンで作ったきんぴらごぼうを米の鍋に入れる。

ストックされていた鶏ガラのスープを入れ、コンブ・干しシイタケ・小魚それぞれの戻し汁と、出汁コンブをもう一枚と、水戻しした後のシイタケを具材として入れた。

調味料は台を持ってきてもらって、私の勘、つまりは目分量で入れた。

これは前世で作り慣れていたし、カップ何杯とかは正直面倒くさい。

前世では油揚げを入れるともっと美味しくなるけど、こちらにはないので仕方ない。

後は酒・醤油・砂糖で調味し、油揚げの代わりにオイルを少し垂らして炊飯する。

私の大好きな思い出の味、炊き込みごはんの出来上がりだ。

「ふわああ。いい香りがします〜〜！」

テーブルの上には白いごはん、ガーリックライス、炊き込みごはんの他、きんぴらごぼうと、出汁を使って作ったアサリの味噌汁が載っていた。

「どれもこれも、初めての料理です！」

感動の声は、クラン料理長と料理人さんたち。

ごはんの試食には、デイン家の料理人さんたちも参加している。

実は厨房の隅でストック用の鶏ガラスープを作っていた副料理長と料理人さんたちが、じ〜っと見ていたのでいろいろ手伝ってもらったのだ。

おかげで品数が増えた。嬉しい。

ちなみに増えた分の料理は少し時間がかかるので、夕飯の時に出す予定だ。

「白いごはんって……美味しいですね……。ほんのり甘くて、パンのように何にでも合いますね」

「このきんぴらごぼうも美味い～～！　白いごはんとすごく合います！」

醬油のラベルにきんぴらごぼうの絵と料理名が書いてあったから、料理名はそのままだ。

それにしても、お米に醬油に味噌、コンブ。

醬油と味噌があるなら絶対糀もある。

米があるなら米酢もあるだろう。

いつかこの国に行ってみたい！

もっともっと私が求める味があるはずだ！

「ガーリックライスも美味しいです!!　バターとニンニクがいいですね！」

「「こっちの、醬油で炊き込んだごはんは、絶品です!!」」

料理人さんたちが、それぞれ炊き込みごはんやガーリックライスの入った皿を掲げている。

ディークさんといい、ディン辺境伯家の料理人さんたちといい、料理をする人たちは感動屋さんが多いらしい。

ローディン叔父様やリンクさん、ローズ母様も、料理人さんたちを見てパン屋のディークさんを思い出しているのか、くすくすと笑っている。

「ごぼうもニンジンもキノコも全部が絶妙に調和して、ほんっっとに美味いです!!」

「全体的に茶色いけど、美味い！」

炊き込みごはんもきんぴらごぼうもお味噌汁も、全体的に茶色い。

でも、旨味たっぷりで美味しいのだ。

――実は、この炊き込みごはんは私にとって、前世の母の味だ。
家族のお祝い事、誕生日、特別な記念日、お盆や正月など。
いつもいつも、私も家族も大好きなこの味が側にあった。
――働き者だった母が、ある日突然病気で亡くなった後。
この炊き込みごはんを自分で作るようになった。
いつも食べていた料理上手な母の味。
もっともっと料理を教えてもらえば良かった、と後からとても後悔した。
最後までちゃんと再現できなかったレシピもたくさんあった。
でも、この炊き込みごはんだけは、絶対に覚えたくて何度も一緒に作ったものだ。
だからこそ、この味は心に、身体に染みわたる。
「おいちい」
「「ほんとに美味しいです!!」」
力いっぱい美味しいって料理人さんたちが言ってくれるから、嬉しくなった。
ローズ母様やローディン叔父様、リンクさんも「本当に美味しい」と言ってくれた。
お母さんの味、みんなが美味しいって言ってくれてすごく嬉しい。
「この調味料、茶色いのに美味い」

醤油の入った瓶を持って、若い料理人さんがボソリと言った。

茶色というより赤褐色なんだけどね。

そう。醤油は美味しいの。

色は詳しくは知らないけど、アミノ酸と糖が反応したりして、結果的に赤褐色になるんだよね。

赤褐色は旨味の色なのだ。

「とりのすーぷ、みじゅがきんいろになる」

「そうですね」

「しょれ、おいちいいろ。しいたけさんも。こざかなさんも。こんぶさんも。おいちいすーぷににゃる」

一生懸命話すと、クランさんが察してくれた。

「水に溶け出した旨味の色ということですな」

うん、と頷いた。

「おしょうゆ。みしょ。いっぱいいっぱい、おいちい、いろ」

何しろ熟成した旨味の塊なのだ。だからいろんな出汁と一緒になると旨味が倍増する。

「おいちいすーぷとみしょでもっとおいちい」

ショウガを少し入れたアサリの味噌汁をスプーンですくって飲む。

アサリはとてもいい出汁が出るのでとっても美味しい。

懐かしい。

これもとても心にしみわたる味だ。

「ローズマリー様がこの味噌をお湯にといた味噌汁というものが美味しいとおっしゃっていましたが、確かにこれは美味しいですな。コンブが箱に入っていたのは旨味を出して使う、という意味だったのですね」

以前貰った時に、『お湯に溶いて飲んだら美味しい』とのことで、ただ湯に溶いただけのものを一度作ったが美味しくなかったそうだ。

それはそうだ。出汁と具材と味噌が一緒になってこそ、美味しい味噌汁が出来るのだから。

「この醤油と味噌、多分子爵家にもあるはずだぞ」

ローディン叔父様が言った言葉に驚いた。

え？

まさか、こんな近くにあったなんて。

「両親が旅行から帰って来た時に、一度これと似たようなのを食べさせられたが、母上が『違う！』って言っててな。料理人が困っていたが、捨ててはいないだろう」

期待にキラキラした私を見て、ローディン叔父様が頷いた。

「ああ。今度子爵家《うち》に行って持って来るからな」

「あい！」

喜びのあまり、ローディン叔父様に抱きついた。

「そしたら、また、この炊き込みごはん食べような」

「あい!!」

今度は私が、大好きな家族に作るのだ。

これが家族の思い出の味になるように。

◇◇◇

夕方になって、出かけていたデイン辺境伯夫妻と前辺境伯が屋敷に戻ってきた。

時を同じくして、バーティア前子爵もやってきた。

リンクさんの家族や、バーティア前子爵様に会うのは初めてだ。

赤ちゃんの頃、私が眠っている時に前子爵様が商会に訪れたことがあるそうだけど、ちゃんと会うのは初めてなのだ。

皆さん子供好きなのか、挨拶すると次々に抱っこしてくれた。

「なんて可愛いのかしら！　辺境伯夫人じゃなくて、おば様と呼んでちょうだい！」

リンクさんのお母さんのマリアさんは緩やかな銀髪が艶やかなとても美しい方だ。

とても二人の成人した息子がいるとは思えないほどの若々しさ。

「では私はおじ様と呼んでくれ」

きっちりと髪を後ろに撫で付けているのは、デイン辺境伯様。

リンクさんとホークさんのお父様だ。

「では私はおじい様か」

と前辺境伯様。眼を細めて優しく微笑んでくれた。

皆銀髪碧眼で姿も話し方の雰囲気もリンクさんみたいな人たちだ。

「む。ローズが母なら、私はひいお祖父様か。よし、そう呼べ、アーシェラ」

前バーティア子爵のひいお祖父様はローディン叔父様がそのまま年を重ねたような方だ。

言葉はちょっとぶっきらぼうだけど、すごく優しい瞳で微笑んでくれた。

とても嬉しい。

「あい。ひいおじいしゃま」

するときゅうって力を込めて抱いてくれた。

ローディン叔父様と同じだ。

デイン辺境伯家の人たちは全員、銀髪碧眼。

ここにいるバーティア子爵家の人たちは銀髪と紫色の瞳。

ものすごく血縁関係を感じる。

私は金色の髪に薄緑の瞳。

――……やっぱり。

私だけ違うのは、さみしい……な。

私は自分がローズ母様とローディン叔父様に拾われて育ててもらっていることを知っている。

だけど、私がそれを知っていることを、母様たちは知らない。

だから私も知らないふりを続けている。

しゅんと俯いてしまった私に気づいたローディン叔父様が顔を覗き込んでくる。

「どうした？　アーシェ」

「ん？　どうしたんだ？　言ってごらん？　アーシェラ」

「そうよ。どうしたの？」

皆が気づいて次々と聞いてくる。

どうしよう。

「……みんなきれいなぎんいろ。あーちぇだけちがう」

誤魔化す言葉が見つからなくて、結局思っていたことが口から出てしまった。

みんながハッと息を呑む。

母様や叔父様たちが青褪めた。

そんな中で、ひいお祖父様が、すっ、と私の前にひざまずいて私の瞳を覗き込んだ。

「——アーシェラ。私たち貴族は父親の髪と瞳の色を受け継ぐことが多い」

それは初めて聞いた。

「だから、ローズとローディンは私と同じ色。リンクやその家族は同じ色彩《いろ》なのだよ」

そう言って、ひいお祖父様は私の頬を優しく撫でた。

「綺麗な金色の髪と薄緑の瞳だ。アーシェラは父親の色を受け継いでいるのだよ」

「おとうしゃま?」

公爵家らしき私の生家の人たちは、私と同じ色だということなのか。

「そうだ。今は会うことは叶わないが、アーシェラにも同じ色を持つ父親がいるのだよ」

「おとうしゃまにあえにゃい?」

今は?　どういうこと?

ひいお祖父様、私のお父様のことを知ってるの?

もしかして、私が生まれたお家のことを知っているの!?

「そう!　そうよ。アーシェラちゃん!　お父様はとってても遠いところにいらっしゃるの。まだまだ帰って来られないはずよ!」

マリアおば様が慌てたように言う。

「あ、ああ。そうだったな」

デイン辺境伯様が相槌を打つ。

「う、うむ。その通りだ」

前辺境伯様も、ひいお祖父様を見つつ頷いた。

……ああ。

そうか、分かった。

皆私が拾い子であることを、自分たちと血の繋がりがないことを、私に隠そうとしてくれているんだ。

子供が受け継ぐ色のことは本当なんだろうけれど。

ひいお祖父様もデイン辺境伯様たちも『父親が遠くにいるから会えない』と、必死に優しい嘘をついてくれているんだ。

……ならば、その優しい嘘に私も応えようと思う。

「いちゅかおとうしゃまにあえる？」

「ああ、そうだ。アーシェラには母様《ローズ》がいるだろう？　ローディンやリンクもアーシェラの側にいる。皆、アーシェラのことを大切に思っている。――もちろん、この私もだ」

「だから、私たちと同じ色彩《いろ》ではないと悲しむ必要はない」

ひいお祖父様のキレイな紫色の瞳がとても優しい。

「私はアーシェラが可愛い。髪や瞳の色など関係なく、な」

きゅうっと、ひいお祖父様が力を入れて抱きしめてくれた。

その心遣いが嬉しくて頭をぐりぐり胸に押し付けると、優しくその頭を撫でてくれた。

「さあ、アーシェラ。早くお前が作った料理をひいお祖父様に食べさせてくれ。楽しみにしていたのだぞ」

ひいお祖父様が、私の金の髪にそっとキスを落とした。

「あい!!」

ひいお祖父様もデイン辺境伯様たちも、とっても優しい。

優しい人たちに囲まれて、私はとっても幸せだ。

◇◇◇

「本日はバーティア子爵領で初めて収穫した『米』を使った料理を用意しました」

改めてローディン叔父様が今日の夕飯のメインである米の説明を始めた。

「楽しみにしていたのよ！　ローズマリーに聞いた時からずっと食べてみたかったの!!」

『米はバーティア領で収穫できた時に』と、デイン家への東の大陸からのおみやげの中には入ってこなかったらしい。

なので、米は数年遅れのおみやげとなる。

料理の入った皿がいくつも並べられた。


まずは、基本の白米。

白米の皿の隣に、きんぴらごぼう。

刻んだパセリをのせたガーリックバターライス。

醤油を使った、ごぼうとニンジン、マイタケ入りの炊き込みごはん。

アサリの味噌汁。

そしてカブとキュウリの漬物だ。

本来夕食は一品ずつ皿が出てくるものだが、今日は米料理の試食を兼ねているので、一気に料理を出している。

「白米は噛みしめると甘味と旨味が出てくるな」

「きんぴらごぼうも美味い。白米とよく合うな」

「父上！　このガーリックライス美味い！」

「こっちの、醬油を使ったっていう炊き込みごはん！　なんて美味しいの!!」

「野菜を一緒に炊き込んで食べるとは面白いな。年寄りにはいい。なあ？」

「お前と一緒にするな。味噌汁も美味い。あのバカ息子が大陸から帰ってきた時に子爵家の料理人に作らせたものとは全く違うな。美味い」

ごはんも味噌汁も皆に好評だ。

「この塩で揉んで漬けたという野菜の漬物もあっさりしていて美味いな。で、この黒いのは何だ？」

デイン辺境伯様、漬物の中に小さく長方形に切ってあるコンブをフォークで取りづらそうにしている。

リンクさんが笑いながら言う。

「コンブを切って一緒に漬けるとコンブの旨味が食材に移るんだよ」

次いで、クラン料理長が説明する。

「食べるには硬いと思います。ですので、野菜のみお召し上がりください。今回はコンブに旨味があることを感じていただくためにあえて一緒にお出ししました」

「「コンブ⁉」」

デイン辺境伯家の皆さん。息ピッタリだ。

「ちなみに炊き込みごはんもごぼうの炒め物にも、お味噌汁にも乾燥したコンブを水戻しした汁を使っています」

「コンブって、あの漁の網にかかったりする、やっかいな海藻のことかしら？」

「コンブって食べられるのか！　今まで捨てていたぞ！」

「私も驚きました。ローズマリー様の東大陸からのおみやげの調味料の中に一緒に入っていたものなのですが、今日初めて使い方を知りました次第です」

クラン料理長が言うと、皆が頷いた。

「あちらでは普通に食されているということね」

「あと、こちらは、旨味を取った後のコンブを醤油と砂糖と東大陸の酒で煮つけたものです」

時間をかけてコトコト煮たコンブの柔らか煮だ。

「トロッとして美味い。ところどころコリッとした食感がいいな」

「お醤油もお味噌も美味しいのね」

ひいお祖父様もマリアおば様も好みの味のようだ。

「戦争が落ち着いたら輸入しよう。米が広がれば需要も高まるはずだ」

前辺境伯様が言うと、デイン辺境伯様が深く頷いた。

「そうですね」

「コンブはウチで採れますね！　網に引っ掛かってやっかいだったコンブが宝物に見えてきましたよ！」

ホークさんはホクホク顔だ。

さて。

メインディッシュが終わったので、次はデザートだ。

クラン料理長が私を見て、いたずらっ子のように笑った。

うん。皆をびっくりさせようね。

◇◇◇

さて、お米の試食も終わったので、料理の説明はローディン叔父様から、クラン料理長に任せることになった。

「んん？　これは？」

皆の前に出されたのは小さな皿。

「水戻ししたコンブの旨味が入った水は料理に使いましたが、コンブ自体が結構残りましたので、こちらも作りました」

そう、乾燥昆布は水戻しすると三倍くらいになるのだ。

コトコト時間をかけて出汁・酒・醬油・砂糖などで煮ると、柔らかくなってとても美味しい。旨味を出した後のコンブの活用法の定番だ。

けれど今出したのは、その柔らか煮にして皆に食べてもらおうと切ってもらっていた最中に、一休みしましょうと貰ったおやつを見て思いついた一品。コンブの柔らか煮の材料から一部を別鍋に分けて、急遽《きゅうきょ》作ってもらったものだ。


実はこれを作る際に大きな発見があった。

醬油・味噌・コンブに続いて日本食に欠かせないものだ。

思いついた一品を作る際に、炊き込みごはんに乾燥したまま入れて炊いたコンブが比較的柔らかくなっていたので、それも細く切って調味料を入れた。

お酢が欲しいと言ったら、副料理長のマークさんが十種類以上の酢を用意してくれた。

ブドウやリンゴを使ったもの、いろいろな果実で出来た酢がたくさん並べられた。

米酢は残念ながらなかったけど。

色が濃い酢は残念ながら醬油に合わないので、色の薄い酢を何種類か小皿に出してもらって味見。

するとその中に、麦やトウモロコシとかから出来たという穀物酢があったのだ！

「これ！　おいちい!!」

この世界で日本食に合う酢に出会えるとは思わなかった！

前世でよく使っていた酢とそっくり！　遜色なし！

原材料とかは日本のとは多分違うだろうけど、問題《ノープロブレム》ない!!

「お酢に感動するとは驚きですね」

と副料理長のマークさんが、味見をして感動している私を見て不思議がっていたけど。

これは私の中で重要なことなのだ！

これでいろんな日本食が再現できるではないか!!

酢の物とか、ちらし寿司とか、お寿司とか!!

「おじしゃま！　りんくおじしゃま！　これおうちにほちい!!」

今すぐ走って行ってお願いしたいのに、テーブルの上に並べられた各種の酢を見るために、靴を脱いで椅子の上に立っていたので、すぐに行動できない。

大きな声で叔父様たちを呼ぶと、試食品を並べていたテーブルの方からすぐに来てくれた。

「これ!!　しゅごくおいちい!!」

自分の目がキラキラしているのが分かる。

ローディン叔父様が笑って私からお酢の瓶を受け取った。

「ん？　この酢か。ああ、このラベルのとこなら知ってる醸造所だな」

「おいちいの!!　おうちにほちい!!」

リンクさんも覗き込んで頷いた。

「美味しいんだな？」

うんうんうん。激しく何度も頷くと、「分かった分かった」と言ってリンクさんが私の髪をぐしやぐしゃと撫でた。

「「よし、商会に仕入れよう」」

ローディン叔父様とリンクさんが同時に言った。

「「アーシェの選ぶものにはハズレがないからな」」

二人ともシンクロしてるよ。

やった～!!

ディークさんや料理人さんたちのように、私もお酢の瓶を持って小躍りした。

――人のことは言えない。

だって、美味しいものは人を踊らせる（?）のだ。

こほん。

気を取り直して、鍋に酢を適量入れる。

酢はコンブを柔らかくする成分があるのだ。

煮込んで、少し乾かして、塩をまぶして作った――塩コンブの完成だ。

そして、その塩コンブが少しずつガラスの小皿に入れられて、晩餐《ばんさん》の席の一人一人に配膳される。

「さっきの煮たコンブとは違うの?」

「細いわね」

「はい。細く切って、先ほどと同じ醤油などの調味液に少し酢を足して煮詰めた後に乾かして、塩をまぶしたものです。塩辛いですが、食材と合わせると美味しい調味料となるのです」

クラン料理長が私を見てにっこりと笑った。

先ほど賄いとして、ゆでたジャガイモに塩コンブを入れてマヨネーズを入れたものを作っていた。

塩コンブは出来上がりがまんべんなく塩の付いている状態であるため、料理人さんたちは腰が引けていた。

『これで完成なのですか⁇』

『こんなに塩がついてて食べられるんでしょうか……』

さっきまではコンブから旨味を出した水を使っていたのに、急にコンブが食材に変わったということもあって混乱していたようだ。

しかも出来たのは、びっしり塩がついて、さらに黒いもの。

日本人は海苔とか食べ慣れていて黒い食材に抵抗はないけど、こちらには黒い食材があまりないらしい。

指示されるがままに作ったものの、完全に腰が引けていた。

でも、この状態が美味しい食材の完成形なのだ。

『できた〜！　おにぎりにしゅる！』

とわくわくしながら言ったら、料理人さんたちが、我も我もと一緒に作り始めた。

作ったら当然食べるわけで。

『交ぜただけなのに、白いごはんが美味い！』

『コンブってとろみがあるんだな！　しかも美味い！』

『塩の分量を考えて作ればいいんだな！』

塩コンブの美味しさと使い方をマスターすると、すぐに塩コンブを使って従業員用の賄い料理を作ったのだ。

さすがにプロの料理人たちだ。

自分たちで作って食べて理解したようだ。

今後、デイン辺境伯家では塩コンブも調味料として活躍しそうで良かった。


――と、そんな風にして料理人さんたちにも受け入れられた塩コンブの隣に、
と、ガラスの器に盛りつけられて置かれたのは、キンキンに冷えたデザート。

「こちらをどうぞ」

「まあ！　アイスクリームね！　私大好きですの！」

マリアおば様が嬉しそうにスプーンを取った。

私もアイスクリームが大好きだ。

だけど、そうそうしょっちゅう食べられるわけではない。

冷蔵庫が高価で貴重であるのと同じく、冷凍庫もこれまた貴重だ。冷蔵庫より高価なのだ。

商会の家にも冷蔵庫はあるけれど、冷凍庫は置いていない。

そもそも商会の家は貴族育ちのローディン叔父様やリンクさんが市井の人と同じような暮らしを

体感して、商会を運営するための目を養うことを考えて作られているので、そうそう高価で便利なものはあえて置いていないのだ。

たまにリンクさんが購入したアイスクリームを魔法で氷結させて持って帰って来てくれる。

けれど、ここは辺境伯邸。

冷凍庫があって、アイスクリームもたくさん作り置きされていたのだ。

いつでも食べられるって羨ましいなあ。

「一口そのままアイスクリームを食べていただき、その後こちらの塩コンブを合わせてお召し上がりください」

クラン料理長の言葉の後を、リンクさんがニヤリと笑いながら続けた。

「味の違いに驚くぜ」

そして、皆同時に食べてもらった。

まず一口目は、アイスクリーム。

ミルクと生クリームのコクとお砂糖の味が舌の上で溶けて堪らないほど美味しい。

定番の美味しさだ。

そして、塩コンブをほんのちょっと載せて、一口。

瞬間、皆の目が驚きに見開かれた。

「――!!　まあまあまあ！　なんて美味しいの!!」

「「う、美味い！」」

先ほどまで美味しくても「うむ」と頷くだけで、あまり多く喋らなかったひいお祖父様まで、はっきりと言った。

いつもはあまり語らず、と、そんな感じなのだろう。

ローディン叔父様が、思わず声を出したひいお祖父様を見て笑った。

そう。

このアイスクリーム×塩コンブの組み合わせは、初めて食べるとびっくりするのだ。

私も前世で初めて食べた時に、味のコントラストに驚いた。

「アイスクリームと塩がどっちも味を引きたてて、美味い！　あとコンブの旨味が分かる!!」

「一気に別の料理になったかと思うほど味が変化する！　すごく美味い!!」

ホークさんと共にデイン辺境伯様まで声が大きくなっているよ。

「甘くて、しょっぱくて、もっともっとアイスクリームが食べたくなるわ!!」

全員、アイスクリームをおかわりして、塩コンブとのコラボレーションを堪能していた。

気に入ってもらえたみたい。

甘い、しょっぱいの無限ループ。

これは私が前世でハマった食べ方だ。

もっと、もっととどんどん食べたくなる。

ちなみに厨房でも、叔父様たちや料理人さんたちも皆同じ反応をしていた。

そう、とっても美味しいよね。

あれ？　美味しいものを食べた時の感動の小躍りしないの？

思わず聞いたら、炊き込みごはんの方が感動したんだって。

なるほど。

◇◇◇

「こちらは、お酒のおつまみにどうぞ」

と、デザートの後、クラン料理長は米のお酒を入れたグラスと共におつまみを出した。

「乾燥したコンブを醤油と砂糖と酒で調味した後、水分が飛ぶまで炒めて再度乾かしたものです。仕上げに唐辛子を少々入れました」

そしてもう一つは、と続ける。

「こちらの方は乾燥コンブをそのままカットしたものです。味の違いをお確かめください」

「へえ。面白い。シンプルだが自然の旨味があるのが分かる。おつまみ用はピリ辛で酒が進むな」

「コンブは水で戻しますと数倍に膨れます。ですので、お腹の中でも膨れることをお心に留めて、少量でどうぞ」

クラン料理長のその言葉にふむ、と前辺境伯様が頷いた。

「軽いし保存性もいいから、携帯食の一つとしても使えるんじゃないか？」

そうですね、とホークさんもデイン辺境伯様も頷いた。

「「面白い」」

デイン家の男性たちが声を揃える中、ひいお祖父様は小さく「うむ」と頷いていた。

ひいお祖父様は、これが通常運転みたい。

でも目が合うと、目が優しくなって笑ってくれた。

嬉しい。

「――こちらは本日の最後のお料理、コンブのサラダでございます」

「まあ！　サラダ？」

「え？　今からサラダ？」

「はい。実は今日届いた魚介の中に、コンブが少しだけ紛れておりました。乾燥したコンブが食材として使えるのであれば、と思いまして。――コンブは想像以上に食材として優秀です」

にっこりとクラン料理長が笑った。

クラン料理長はもう二十年近くデイン辺境伯邸で料理人をしている。

デイン辺境伯家の皆から絶対的な信頼を寄せられているのだ。

そのクラン料理長から食材としてのコンブに太鼓判が押された。

「コンブを食べるのは本日が初めてでしたので、皆様の抵抗感がなくなってからと思い、順番は最後になってしまいましたが、お出しいたしました」

そうなのだ。

乾燥したコンブで料理を作っていたら、料理長のクランさんが『これも使えないか』と持ってきたのだ。

せっかくだから、使わせてもらうことにした。

リンクさんに鑑定してもらったらデイン領のコンブも食べられると分かった。

そこでお湯を沸かして、生のコンブをさっと湯がく。

褐色だったコンブが鮮やかな緑色に変わったのを見て、皆がビックリしていた。

湯がくと赤い色素が抜けるとかだったような気がするけど、色が変わる瞬間は見ていて面白い。

同時にぬめりが大分取れるので、鮮やかな緑色になったコンブをできるだけ細く刻んでもらう。

オイル漬けされていた魚（ツナと同じ味がした！）とキュウリとニンジンを入れて、マヨネーズと塩胡椒で和えて簡単なサラダにした。

マヨネーズがこっちの世界にあって良かった。ストックされていたので簡単に出来た。

「「「――これも美味しい……」」」

皆さん声が重なってるよ。

「生でも乾燥しても使えるんだねぇ……もったいないことしてたな」

ホークさんの言葉に、デイン家の人たちが頷いている。

すべての皿が下げられた後、給仕が食後の紅茶を出したところで、クラン料理長が三つの瓶をテーブルに置いた。

「――それでは最後に。どうぞ、こちらをご覧ください」

「⁉　ビン⁉」

「こちらの瓶に入っているものは、干したコンブの欠片《かけら》を粉末まで砕いたもの、隣は塩を加えたコンブ塩。その隣はエビの殻を乾燥させて粉末にしたもので作ったエビ塩でございます」

どちらも料理に使える調味料です、とクラン料理長が話す。

「エビ塩は美味いから、明日にでも料理に使ってくれ」

リンクさんがクラン料理長にそう言うと声が上がる。

「え？　今ないの？」

え？　ホークさん？

米料理の他にクラン料理長が作った海鮮のメインディッシュまでたいらげたのにまだ食べるの？

「もう米料理で腹いっぱいだろう？　明日でいいじゃないか」

リンクさんも呆れ顔だ。

今日の料理は、コース料理としては順番が狂っちゃったけど。

旬のコンブを使ったサラダ
アサリのお味噌汁
白ごはん
ガーリックバターライス

炊き込みごはん
きんぴらごぼう
カブとキュウリの漬物
数種類の海鮮のグリル（料理人さん作）
コンブの柔らか煮
アイスクリームの塩コンブ添え

の計十品。

あと、おつまみコンブ二品。

ごはんものが多かったから、お腹いっぱいだと思うんだけど。

「こんなの見せられたら、今すぐ食べたいに決まってるじゃないか!!」

まあ、そうだよね。

餌を目の前にした子犬のように、ホークさんが目で訴えてくる。

それなら。

「かあしゃま。しろいごはんおにぎりにしゅる」

「アーシェ？」

炊き込みごはんはもうすべてなくなっていたけど、白いごはんは少し残っていた。

少しだけ時間をもらって、ローズ母様とクラン料理長と一緒に小さなおにぎりを二種類作った。

「お待たせいたしました。コンブ塩とエビ塩のおにぎりです」

ほんのりピンク色のエビ塩のおにぎりと、コンブ塩のおにぎりだ。

ただの塩むすびが美味しいのだから、旨味の入ったエビ塩とコンブ塩のおにぎりは絶対に美味しい。

それに小さめにしているから、皆食べられると思う。

「まあ、可愛い！　ピンク色ね！」

「うま!!　エビ塩うっま!!」

ホークさんは各個人に出した他に、別皿に用意しておいたおかわり用のおにぎりも全部たいらげた。すごい。

「コンブ塩のおにぎりも美味いな」

カトラリーを用意していたけど、リンクさんが手で食べたので、ホークさんも辺境伯様たちも手でつまんで食べていた。

マリアおば様だけはフォークとナイフで上品に食べたけどね。

「――ホーク、コンブ漁の船の手配を」

「コンブを乾燥させる場所と――加工品も出来るから、加工場の確保もな」

前辺境伯様とデイン辺境伯様が言うと、ホークさんも頷きながら、

「エビの加工場でエビ塩も作れるね」

と返す。

それから私を見て、思いっきり噴き出した。

どうやら、おにぎりを作りに厨房に行っている間に、リンクさんやローディン叔父様から、エビ塩の経緯を聞いたらしい。

「これ以上捨て続けてたら、『もったいないオバケが出る！』ってアーシェラが怒るからね！」

とホークさんがひーひー笑いながら言うと、デイン家の皆も、ひいお祖父様も声を上げて笑った。

ううう。

ホークさんが笑い転げながら、ローディン叔父様の背をバンバンと叩いた。

「じゃあ、ローディン！　米と蜂蜜を融通してくれ！　ウチも来年から米作りを始めるよ！」

「「養蜂もな」」

デイン辺境伯様と前辺境伯様の声が重なった。

――デイン家の皆さん、シンクロ率が高いよね。

9　教会に咲く花

今日は叔父様やリンクさん、セルトさんと王都にあるデイン家の商会に行く日だ。

「アーシェラ様。こちらにどうぞ」

セルトさんに馬車から降ろしてもらって、ローディン叔父様と手を繋ぐ。

デイン家の商会は、王都の中心街の他に、王都の外れにある大きな川の船着き場近くの市場の中にもある。

今日は船着き場近くの商会に行くのだ。

「市場にはいろいろな果物があるぞ」

「秋だからな、秋採れの野菜もたくさんある」

「王都中心街の商会は加工品が中心で、こっちの市場店はデイン領の海で獲れた魚介類を主に扱っているんだよ」

「市場店の近くには焼き菓子の店もあるし、そうだ！　アイスクリーム好きだろう？　そこにも行ってみような！」

「あい!!」

アイスクリーム！　お店で選ぶのは初めてだ！

ミルクのアイスクリームは定番だけど、それ以外にもいろいろな種類があって、リンクさんはいつも基本のミルクアイスともう一種類のアイスクリームを買ってきてくれる。

イチゴ味がお気に入りだけど、もっともっと別の味も食べてみたい！

どんな味があるんだろう。楽しみだ。

「ただ、アーシェ。これだけは約束してくれ。リンクやセルト、そして僕からは絶対に離れないこと。いいね？」

「あい!!」

意思表示にローディン叔父様と繋いだ手にぎゅっと力をこめると、「いい返事だ」とにっこり笑ってくれた。

「ローズも来られりゃ良かったんだが。明日の準備があるからな」

「王都の商会には一緒に行くことにするよ。今回は仕方がない」

明日は王宮に行くので、ローズ母様はドレスの試着で忙しい。

マリアおば様が張り切って用意していたので、今頃は着せ替え人形と化しているだろう。

デイン家の商会に着くと元気よく声をかけられる。

「いらっしゃいませ！　リンク様！　お久しぶりです！」

この市場店は、海で獲れた海産物を船で王都へと運び、新鮮な海産物と加工品を販売している店だ。

うん。お魚屋さんの匂いだ。

海に面したデイン領が出しているこの店には、海の魚を買いにたくさんの人が来ている。

前世で見たことがある魚や、見たことがないこっちの世界のものなど様々だ。

その中に馴染み深いものが。

「あ！　いかさんとたこさん!!」

転生して初めて、昨日のデイン家の夕食で食べたのだ。

「アーシェ、お気に入りだったからな。今度うちにも入れてもらおうな」

「あい!!」

嬉しい。

さすがに刺身は駄目だろうけど、煮ても焼いても揚げても美味しいのだ。

「タコはローズが悲鳴を上げそうだから、ある程度処理してもらってから送ってもらおう」

うん。

タコは見た目グロテスクなのだ。

魚の処理で涙目になる母様にとって、タコは魚よりハードルが高いと思う。

イカなら私が処理方法を知っているから、たぶん母様でもいけるはずだ。

「そういえば、これも美味かったよね」

ローディン叔父様が瓶に入った魚のオイル漬けを指さした。

昨日サラダに使ったツナそっくりの加工品だ。

「ああ。それなら多少保存がきくから、これもバーティアの商会に置くか」

ということは、家でも食べられるということだ。

嬉しい。

日本人の味覚の記憶を持つ私は、お肉も好きだけど、魚も大好きなのだ。

◇◇◇

「リンク様、ローディン様。あの……少しご相談したいことがあるのですが、よろしいでしょうか？」

市場を一回りした後、デイン家の店内のテーブルで休憩していたら声をかけられた。

ちなみに私は、夏秋限定のトウモロコシのアイスクリームを買ってもらって、うまうまと食べている。美味しい。

声をかけてきたのは、市場の店を任されているカインさんだ。

ホークさんと同じ年の、茶色の髪と瞳をしている人で、漁にも出ているからか日に焼けてがっしりしている。

「ん？　どうした？」

「……実は以前から、この近くの教会に、店で売れ残った魚を寄付していたのですが、この頃教会に身を寄せる人数が増えたらしくて」

「ああ、聞いている。デイン領にも他国の難民が流れ着いているからな。国内では働き手をなくした者たちがあちこちの教会に身を寄せていると聞く」

「はい。ですがそのような者たちが増えたにもかかわらず、各領地では受け入れてもらえずに、王都なら助けてくれる、と考えた人たちが集まってきているのです」

「それで、教会か」

確かに真っ先に頼れるのはそこだろう。

「デイン領は海産物が豊富に獲れますので、この頃は少しばかり多めに寄付をさせていただいております」

デイン商会の皆さん、いいことをしている。

「――ですが、それを快く思わない者たちもいまして、嫌がらせを受けるのです」

そう言ってカインさんが眉を寄せる。

困っている人に寄付をして何が悪いんだろう？

「嫌がらせ？　うちの商会が受けているのか？」

「――はい。ある貴族の方から『人気取りだ』と言われたこともあります」

「言わせたい奴らには言わせておけ」

「そういう奴はどうせロクな輩じゃない。デイン商会がやっているのは人気取りではないことを私は知っている」

「ありがとうございます。ですが、私たちが一番辛いのは、この辺りに住んでいる一部の住民たちからの罵声です」

「「住民!?」」

「はい。普段から何とか生活をしているような、困窮した住民たちです。戦争の弊害といいますか、ここら辺でも建築の工房やら服飾の店に受注がなくなって」

「ああ。戦争中に家を建てる人はいないな。服飾職人も、普段着ならともかく贅沢な服は注文も少なくなるだろう」

「王都には職人が多くて、少しある受注も取り合いになるそうで。そうなると、少し立場の弱い人たちが仕事を貰えず、たちまち困窮してしまうんです。それでも、戦争が終わったらまた工房で働ける、と貯えを切り崩して細々と暮らしている人たちが多くて。そんな人たちが……教会に身を寄せている人たちに向かって――『タダで毎日食事を貰うとは、この恥知らず！』と罵っていたんです」

カインさんはそれを実際に見たそうだ。

その言葉を言った方も言われた方も、擦《す》り切れたぼろぼろの服を着ていたらしい。

「仲裁に来た役人も、戦争になったために生活が苦しくなって愚痴を吐き出す住民と、戦争のために寡婦や孤児になった者たちの間に挟まれて、困ってしまっていて――今では、教会に向かう商会の荷車を見ると、生活に困窮している住民が『うちにも寄こせ！』と言ってくるんです。……どうしたものかと」

あくまでもデイン商会が行っているのは、教会に対しての寄付行為だ。

一般人が数人に分けてあげるのとは訳が違う。貴族がバックにいる寄付なのだ。

そして、ここは王都。

王家や役人たちが率先してやるべきところを、断りもなく一地方領主が出しゃばって住民に施しなどをすると後々大変なことになるのは目に見えている。

『一貴族が寄付により民の人気を高めて、王家の信用を低下させている』

『王家に対して叛意あり』

と謂われもないことを言う輩もいるのだ。

「辺境伯様にも、『やりすぎるな』と言われておりましたし。だからといって教会への寄付もやめたくはありません。彼らも辛い思いをしてきたんですよ……せめて食べさせてあげたいんです」

生活に困窮している住民たちも大変だろう。

けれど、教会を頼らずにいられなかった人たちはもっと大変な思いをしてきたんですよ、とカインさんは言った。

「私は……数か月前、デイン領でホーク様と一緒に難民の亡くなった子を見ました」

はっ、と、ローディン叔父様とリンクさんが息を呑んだ。

「私にも子供がいます。私の娘と同じ年頃の女の子ががりがりにやせ細って……。あの時の、娘を抱きしめて泣く母親の泣き声が今でも聞こえてくるような気がするんです」

「「女の子……」」

「ですから、諦めたくないんです」

カインさんが目を真っ赤にしながら、強い瞳をローディン叔父様とリンクさんに向けた。

「――仕事を作るのが手っ取り早いんだがな」

「そうだな。今現在生活に困窮している者たちにも、一時的でも収入が得られるようなものが出来ればな。それに教会に寝泊まりしている者もきちんとした仕事がありさえすれば自立できるかもしれないし、そんな罵りを受けることもなくなるはずだな」

「だが、ここは王都だ。うちの領地《バーティア領》のようにすぐ対処できるわけじゃない。小さな領地と違って、かなりの規模と人数だからな」

「既存の商売でなんとかできないものかな」

カインさんが潤んだ目を拭いながら言う。

「この市場でも、教会の孤児たちには同情的なんですが。でも、生活に困窮している人たちの事情も分かるのであまり悪くも言えず……でも私たちもいっぱいいっぱいで他の人を雇ったりするほどの余裕もないですし。バーティア領では、この頃画期的なことで母子家庭や障害を負った方たちを救済していると伺っております。だから何か良い案があれば、と思いまして」

「……難しい問題だな。だが、とりあえずその教会に行ってみるか」

「そうだな。何か見つけることができればいいな」

その会話で、ローディン叔父様とリンクさんが動いてくれると分かったカインさんが喜びの声を上げた。

「ありがとうございます！　ではすぐ馬車を回しますね」

ローディン叔父様もリンクさんも行くなら、もちろん。

「あーちぇもいく！」

「ん？　アイスは食べ終わったのか？　よし、じゃあ行くか」

そう言って、リンクさんが椅子から抱き上げてくれた。

「え、と。子供が行くには危険ではないですか？　もし住民たちに囲まれたら……」

当然のように私を抱き上げて歩き出したリンクさんを見て、カインさんが戸惑った。

そんなカインさんに、

「側にいない方が危ない。連れて行く」

とローディン叔父様がきっぱりと告げていた。

危ないって、叔父様。そうそういつも転ばないよ？

と目で訴えたら……

「アーシェは転んだり、ハマったり、自分から蜂に突進して行ったりするんだよ？」

「そうだな。同感だ」

あう。反論できない。

「魚はいつも夕方持っていくんだろう？　今はまだ午前中だし大丈夫だろう」

そうカインさんに言って、さっさと回された馬車に乗り込んだ。

――ローディン叔父様もリンクさんも行動が早いなあ。

◇◇◇

今問題となっているその教会までは、市場から馬車で十五分くらい離れた、少し小高い場所にあった。

馬車から降りて下を見ると、市場や船着き場、大きな川が見えた。

そして反対側を見ると、周りを木に囲まれた白い教会が佇んでいる。

「教会に身を寄せているのは昨年までは孤児が数人だけでしたが、大人も子供も増えて今では二十人くらいです。——まずは教会の中に入って司祭様とお会いしましょう。——今の司祭様は以前王都の大神殿にいらした神官様です。後進に道を譲って、昨年教会に来られた方なのです」

「そうか」

礼拝堂の中に入ると、女神像のあたりに司祭様らしき人がいた。

六十歳くらいだろうか。白髪交じりの茶髪に優しそうなブルーの瞳をした司祭様が、にこやかに笑いながら歩み寄ってきた。

「おや、デイン商会のカインさんだね。一緒にいらっしゃる方は……」

ローディン叔父様とリンクさんが、すっと礼をした。

「——お久しぶりです、レント神官長様。ローディン・バーティアです」

「リンク・デインです。お久しぶりですね、レント神官長様」

なんと、司祭様は神官長さんだったのか！

レント神官長さんは驚いた顔でローディン叔父様とリンクさんを見ると、嬉しそうに目を細めた。

「いやいや。私はもう神官長を辞しました。神官長は二十年を期に入れ替わる決まりでしてな。私は円満な定年退職をしたのですよ。今はこの教会をお預かりしているだけの司祭です」

「そうなのですか……。でも、なぜこちらに？」

「実は新しい神官長から、戦争が終わるまでは王都にいてほしいと懇願されましてな。ここの教会の司祭が病気で故郷に帰ることになったので、ここに来た次第ですよ」

にこやかに話すレント司祭に、ローディン叔父様とリンクさんは頷いた。

「納得しました」

「おや、小さな子供も一緒ですね」

「ええ。私の大事な姪です」

さあ、とローディン叔父様が促してくれたのでご挨拶。

「あーちぇ……あーしぇらでしゅ」

ぺこり、とお辞儀をすると、優しく笑ってくれた。

「可愛いらしいですな。三歳くらいかな？」

「あと数か月で四歳になります」

「では、魔力の鑑定はまだなのですか？」

「ええ。私たちは七歳を待たずにレント神官長、いえ、司祭様に鑑定をしてもらいましたが、この子はまだです」

へえ、皆七歳になってから鑑定を受けると思っていた。貴族は違うんだね。

「この子も貴族の色彩《いろ》を持っているし、七歳を待たず鑑定しても身体に負担はないでしょう――やってみますか？」

え？　私の魔力鑑定？

今ここでできるの？

わ～！　やってみたい!!

ローディン叔父様とリンクさんも驚いている。

「！　――お願いしたいです！　……ですが、この子の魔力鑑定は姉――この子の母が一緒にいる時に行いたいと思います」

大事なことなので、家族で立会いしたいとのローディン叔父様の言葉に、リンクさんもレント司祭も頷いた。

「そうですか」

「数日後にまた参りますので、その時にお願いします」

「承知しました。――それで、今日はどのようなご用向きですかな」

一瞬、ローディン叔父様は私の鑑定のことで当初の目的を忘れてしまっていたらしい。

気を取り直して話し出した。

「――食材の寄付の件でいろいろあったと聞きました」

「――ええ。その通りです。困ったものです。己が同じ立場になったらどう思うのか」

ふう、とため息をついた。

「それだけその者たちも困窮しているのでしょう」

「なんとか事態を収拾できればと、訪問した次第です」

「ありがたいですな。……あの小さかったご子息たちが、こうやって動いてくださるとは。これも創世の女神様たちのお導きかの」

ローディン叔父様とリンクさんの申し出に、レント司祭様は嬉しそうに目を細めた。


デイン商会のカインさんはローディン叔父様とリンクさんに話を任せて、セルトさんと一緒に側に控えていた。

聞けば教会に身を寄せているのは、女性が五人、子供が十二人と、男性が三人。

五人の女性たちは夫を戦争で亡くした寡婦。

子供は女性たちの子供が八人と、身寄りのない子供が四人、男性は戦争で身体が不自由になった二人と、病気の老人だ。

「役所にも費用の増額をお願いしておるのですが、どこも同じような有様で手が回らないようでいつになることやら。今は皆さんからの食材の寄付で最低限の食事だけはなんとか。ですが、ここにいる大人のほとんどが身体を弱くしているのに加え、今現在王都では健康な者でさえ職を得ることは容易ではない。この者たちが働かずに施しを受けていることを罵る者がいますが、彼らが働きたくてもそうできない現状だということを理解できないのですな」

「それだけ他の者たちも苦しいのでしょう。だから施しさえも羨ましくて嫉妬する」

と、リンクさんが難しい顔をした。

「教会の敷地内を見せてもらえないでしょうか」

ローディン叔父様が言うと、にこやかに司祭様が答えた。

「よろしゅうございますよ。こちらへどうぞ」

礼拝堂の奥の扉から外に出ながら、レント司祭様が続ける。

「こちらの庭の奥は小さな森です。迷うほど広くはありませんが、背の高い植物が生い茂っています。小さい子供が入ると見えなくなってしまいますので、ご注意ください」

「子供がたくさん居るのでしょう？　危ないならどうにかしなければならないのでは？」

「あの花は生命力が強く、刈り取ったとしても、数日でまた花を咲かせます。年中咲いているんです。その伸びる力はすごいですよ」

年中咲いているなんて、不思議な花だ。

「こちらです」

と案内されたのは、教会の奥の、生活する建物脇の庭。

その奥には森が広がっており、一面に背の高い、黄色の花が咲き誇っていた。

「しゅごい。なのはなばたけみたい」

「ああ、すごいな。森いっぱいに広がっているんだな」

「森の奥までこの花が咲いているのか。圧巻だな」

森としては小さいかもしれないが、見渡す限りの花畑だ。奥が見えない。

「あ～……重弁花か。これじゃあ養蜂はできないな」

近づいてみたら、ローディン叔父様が残念そうに言った。

重弁花とは花びらが重なっている花のことだ。あまり蜜が取れず養蜂向きではない。

ローディン叔父様は養蜂箱を寄贈するつもりだったみたいだけど、ここには不向きだ。

「アーシェ？」

この花は私の背丈より高いということで、私はローディン叔父様に抱っこしてもらっていた。

そのため、上からしっかりと花を見ることができた。

見事な大輪。鮮やかな黄色。

これって。これって。

「きくのはな」

だよね。

日本人に馴染み深い菊の花。

桜に並び、日本の象徴の花だ。

ん？　でもちょっと待って。

――これって。

ローディン叔父様に一輪花を手折ってもらった。

そして、花びらを一枚途中からちぎってみると、花びらが筒状になっていた。

これって。あれよね。

黄色だし。いや薄紫色のやつもあって、あっちも好きなんだけど。


――食用菊だ！


「りんくおじしゃま。これどくありゅ？」

「なんで毒……。わ、ちょっと待て！　食べるな!!」

記憶の通りなら、黄色のこれは食用菊だ。

味噌汁やお浸し、酢の物だっていける!!

「待てって！　『鑑定』。うん。毒はなし。って、食用!?　鑑定で薬用とも出てるぞ！」

『毒はなし』って言葉を聞いて口に入れた。

うん。大丈夫だ。

「おいちい！　おじしゃま。これほちい！」

花びらの特徴を見て分かった。

前世での両親が好きで、家庭菜園で育てていたものと花が同じだったのだ。

ちなみに農家の家庭菜園は植える量が半端ではない。

売れるのではないかと思うほど大量だったので、冷凍して年中食べたおなじみの食材なのだ。

食用とする菊は花びらが筒状になっていて、食べるとシャキシャキといい食感。

ある猛者《もさ》は観賞用の菊を食べたらしいけど、ちょっと風味が強かったそうだ。そんな勇気は前世ではなかったけどね。

「？　この花を？　食べられるのですか？」

レント司祭様もカインさんも驚いている。

こっくり。頷いた。

生でもいける。

刺身用の小菊は刺身の解毒作用もあったのだ。

小さい頃から家で菊の花のお浸しやお味噌汁を食べていた。

刺身についていた小菊も花びらをほぐして食べたものだ。

鮮やかな黄色が料理を華やかにしてくれて、さらに美味しいのだ。

塩ラーメンに入れて食べた時には、シンプルなラーメンが菊の黄色と青ネギのコントラストが美しく、また食材の味を邪魔せず美味しく『食べられる花』であるため、私の中では完璧に野菜の仲間に分類されている。

それに、前世でも解毒・解熱・鎮痛などの薬効成分があったし、さっきのリンクさんの鑑定でも薬用と出ていた。

食べられて、薬にもなるなんて一石二鳥ではないか！

それにそれに、一年中咲いているなんて最高だ!!

「おやさいみたい。おいちいよ！」

「キクの花が野菜のように食べられる……で、薬になるんですね」

　カインさんがへえ、と感心する。

「これと、おしゃかな、こうかんしゅる」

「！　確かに、物々交換できますね……でも、これを食べられると言っても需要があるかどうか分かりませんし」

　それなら、食べてみたらいいよね。

「おじしゃま！　おひるごはんちゅくる！」

「「よし、分かった」」

　叔父様たちは即答である。

　そんな叔父様たちを見て、カインさんが驚いている。

「ちょっと待ってください！　貴族が料理ですか!?」

　急な展開に驚いているが、叔父様たちは通常運転である。

「レント司祭様、炊事場をお借りしていいですか？」

「構わないですよ。しかし、貴方がたが炊事するのでは大変でしょう。女性たちにも声をかけましょう」

「ええ。大人数分ですからね。手伝いをお願いします」

「花が食べられるんだよな？　なら花だけ摘むか」

　菊の花は背丈が高い。大体百二〇センチから百三〇センチくらいだ。

私の身長よりもずっと高いので、数歩中に入るとすっぽりと隠れてしまうだろう。

おとなしく叔父様たちが花を摘むのを待っていることにした。


——それにしてもこの菊の花は大きい。

大輪で直径二〇センチくらいはある。

なので一輪の花が私の両手いっぱいに広がっている。

一輪でも食べられる部分が相当採れる。

ふふふ。

「アーシェ。楽しそうだな」

「きいろきれい！　かわいい！　おいちい！」

「美味しいのか。楽しみだな」

ローディン叔父様もリンクさんも、私のことを全面的に信用してくれている。

すぐに大きなカゴいっぱいになった。

「おりょうりに、きのうのおしゅほちい」

「おしゅ？　ああ酢か。うちにあるものは商会にもある。カインとセルトに持ってきてもらおう」

リンクさんが指示して、二人には商会に行ってもらった。

下処理のために炊事場に向かうのかと思ったら、リンクさんが「ちょっと話がある」と言って礼拝堂の方に私とローディン叔父様、そしてレント司祭様を呼んだ。

リンクさん、少し気まずそうだったけど。
――どうしたんだろう？

10　女神様の祝福

「ちょっと先に話しておきたいことがあってな」

リンクさんが少し話しづらい感じのまま、礼拝堂の中に入った。

「菊の花を鑑定したらな」

「うん」

「菊は食用になる。薬効もある。解毒・解熱・鎮痛・消炎効果がある。うまくすれば、菊で少し教会もラクになるかもしれんが……」

ああ、こっちの世界でも薬効成分があるんだっけ。

美味しいし、薬にもなっていいことだらけだ!!

でも、リンクさんは何か大きな気がかりがあるみたいだ。

「いいことばっかりじゃないか。どうした？」

「——この菊の花は神気のあるところにしか生えない、と出ている」

え？　神気のあるところって、神聖なところってことだよね？

菊の花って、神様の花だってこと??

「レント司祭様。そうなのですか？」

「私は、神官として長く勤め、すべての文献を読みましたが、そのような記述は神殿の膨大な資料の中でも見たことがございません。――ですが、この教会はもともとここにあったわけではありません。ここよりもっと上の場所にあったのですが、老朽化で一部が崩れてしまったので、数年ほど前にこの森の一角に急遽教会を建てました。――この花は教会がここに建つ以前から咲いていたのです。――ここが元は王家の私有地であったということから、もしかしたら陛下はご存じだったかもしれませんが……」

なんだか話がどんどん大きくなっていく。

王家の私有地。

神気の満ちた森に咲く菊の花。

もしかしたら、菊の花は王様たちが秘密にしておきたかったものかもしれないということだ。

「――そんな特別な花を採って流通させてもいいのかってことか」

ローディン叔父様もレント司祭様も難しい顔になった。

なんと！　そんな大きいハードルがあったなんて!!

それじゃあ、なんにもできなくなってしまうじゃない！

誰に言えば許可してくれるの？

王様？　神殿？

元は王家の私有地だったなら王様なの??

もしかしたら、特別な花だからと採取さえ許されなくなってしまうかもしれない。

そんなの駄目だ！

皆が飢えずに済むし、薬にもなって、いいことばっかりなのに。

——ふと、女神像が目に入った。

女神様。

女神様の神気がこの花に入っているなら、女神様にお願いする！

私は礼拝堂の女神様の像の前に行った。

「アーシェ？」

ふらりと側を離れたのに気がついたローディン叔父様が、私を呼んだ。

私は女神様の像を見つめながら、膝をついて手を組んで祈る。

「めがみしゃま。おねがいしましゅ。みんなのために、きくのはなをわけてくだしゃい！」

皆が少しでも飢えずに済みますように。

お薬になって皆が楽になりますように。

「「——————え!?」」

後ろでローディン叔父様たちの驚いたような声がして振り向くと。

——レント司祭様の胸のあたりが金とプラチナの光を放っていた。

「——なんと——……」

レント司祭様が驚愕の表情を浮かべている。

ローディン叔父様やリンクさんも驚いている。

もちろん私もだ。

よく見ればレント司祭様の胸の光と共に、複雑な魔法陣が浮かんでいる。

びっくりして見入ってしまった。

ローディン叔父様が魔法を使った時も魔法陣は見たことがなかった。

前世でも今世でも初めて見たのだ。

うわああ。

前世のアニメで見たことのあるような魔法陣……

レント司祭様が魔法陣の中央にあたるところに手を当てると、金とプラチナの光と一緒にすうっと、六角柱状の結晶石の上に丸い水晶が鎮座したものが現れた。

え!?　それ胸に入っていたの？　どうやって？

レント司祭が手のひらにその水晶を載せると、水晶はレント司祭の手から離れ、私の方にすーっと滑るように浮かんできて、目の前でピタリと止まった。

「にゃに!?」

思わず両手で受け止める形をとったら、すっと、その中に収まった。

水晶はそれほど大きくはないけれど、すごい力を感じる。

水晶の光が身体の内側に入ってくるような感じで、水晶は私の手の中でキラキラと光ったままだ。

光は金とプラチナの色だが、よく見ると緑や青やオレンジ、赤、紫、白、黄色など様々な色が水晶の中を駆け巡っている。

「きれい」

思わず感嘆の声が出た。

「なんとも……驚きましたな……」

レント司祭様がポツリと呟いた。

「――これは、大神殿の奥に収められている水晶から作られたものでしてな。神官長となった時に授けられたものです」


大神殿の奥には王冠と、王冠を作り出した大きな水晶がある、というのは周知の事実だ。

神官長になる時は、前神官長からの推挙、王の選定、そして大神殿の奥の女神様の水晶により決定される。

不適合者であれば、大神殿の奥の間にも入ることができず、弾かれてしまうのだそうだ。

レント司祭様はそれらをすべてクリアして、女神様の水晶から分身である水晶を与えられたという。

今は引退されてはいるが、その存在は今でも国にとって重要な方なのだ。

ローディン叔父様、リンクさん、そしてレント司祭様が女神様の像のところにやって来た。

「神官長の水晶……話には聞いたことがあるけれど、実際に見るのは初めてです」

ローディン叔父様がそう言うと、リンクさんも頷いた。

「私も初めて見ました……これは、魔力の鑑定の際に使う水晶とは違うのですか？」

「ええ。これはこの国の神官長を務める者のみに授けられる特別なものです――ですので、紋章の中に常にあり、こうやって外に出すことは滅多にないのです。けれど、今回は授かった水晶自身が意思を持って私の中から出てきました」

それがどういうことなのか分かりますか、とレント司祭様が言う。

「神官は女神様の御心に添い、人を導く。――けれど女神様の御心を知ることは容易《たやす》くはございません」

なので、神官長に授けられるこの女神様の水晶は、国や民にとって、真に導きが必要な時になんらかの反応を返す――とのことだった。

それを知っているということは、今までにもこんな現象をレント司祭様は何度も見てきているんだよね。

ああ、びっくりした。

「女神様が、問いに対して悪しきことと判断するならば、この水晶は黒く濁ります。逆に良いとのことであれば、光り輝くのです。――先ほど、アーシェラちゃん……いえ、アーシェラ様の願いに、女神様が水晶を通して『良い』とのお答えを下さったのですよ」

「――めがみしゃま？」

一瞬、水晶の光が強くなった。

それを見て、レント司祭様が強く頷いた。

「そうですよ、アーシェラ様。女神様が菊の花を使って良いとのお答えを下さいました」

「いいの？」

本当に？

信じられない。本当にいいのかな。

そう思ったら、さっき摘んだカゴの中から、菊の花が一輪ふわりと飛んできた。

そして、菊の花が金色とプラチナの光を纏って、目の前でくるくると回った。

その光景に、こぼれんばかりに目を見開いたのは私だけではなかった。

ローディン叔父様もリンクさんも驚いて口をあんぐり開けている。

その中で一人冷静に、レント司祭様が頷いて私の頭を撫でた。

「はい。女神様が大丈夫だとおっしゃっていますよ。良かったですね」

ぱあっと私は顔を輝かせた。

それって、菊の花を採って、食べて、薬にしてもいいってことなんだよね!!

「ありがとうごじゃいましゅ!!」

これで、ここの教会に身を寄せている人たちは飢えることが少なくなる！

そこで、もう一つ気が付いた。

ここ以外の教会にも同じような境遇の人たちが身を寄せている。

ここだけでいいわけじゃない。

——それなら。

「めがみしゃま。きくのはなを、ほかのきょうかいにもうえたいでしゅ!!」

そうしたら、各地で困っている人たちのためにもなる!!

再び、手の中の水晶が金色とプラチナの光を放った。

さらに、カゴの中の菊の花が一斉に飛んできてキラキラと光って回り始めた。

これって、いいってことなんだよね!?

「――なんと――……」

レント司祭様が呆然としている。

ローディン叔父様やリンクさんも、言葉もなくその光景にただただ見入っていた。

「分かりました。王都の大神殿に話を通して、各地の教会に菊の株をお分けすることにしましょう」

やはり、女神様の奇跡に慣れている元神官長のレント司祭様が先に我に返った。

「ですが、ここの教会の菊の株がすべての教会に根付くかの確証は得られません。それでよろしいですかな？　アーシェラ様」

「あい！　おねがいしましゅ」

やった！　レント司祭様は元神官長様だ。

ちゃんと各地の教会に行き渡らせてくれるに違いない。

それでうまく根付いてくれれば、多少なりともみんなのためになってくれるはずだ。

「めがみしゃま！　ありがとうごじゃいましゅ！　うれちいでしゅ！」

ありがとう!!　と何度も何度も言うと、菊の花たちが応えるように私の頭上でくるくると回った。

ふと、目を上げると女神様の像が微笑んでいるような気がした。

――いいのよ。わたしたちの可愛い子――

誰かが何か言ったような気がしたけど、気のせいだよね？

11　女神様の祝福（ローディン視点）

先ほどの奇跡のような光景が収まったすぐ後。

「お待たせしました～！　お酢持ってきましたよ～！」

と、礼拝堂の中にカインが入ってきた。

「酢だけのはずなのに、なんで箱なんだ？」

リンクがカインの持つ箱が意外に大きいのに気づいた。

「皆様が調理をされるということでしたので、調味料もいくつか持ってまいりました」

と、セルトがカインの後に続いて礼拝堂の中に入ってきた。

「もうお昼に近い時間です。遅くなって申し訳ありませんでした。そろそろアーシェラ様もお腹が空いたのでは？」

セルトがアーシェに聞くと、その言葉で空腹を感じたらしい。

「おにゃかしゅいた」

小さな両手でお腹をさすった。

――可愛い。

すぐに行ってお昼ごはんを用意してあげたいところだが、僕たちにはまだしなければならないことがある。

「アーシェ。私たちはまだ話があるから先に炊事場に行っててくれるか？」

「あい！」

「セルト、カイン、頼んだぞ」

「はい！　では先に行きますね～！」

カインが調味料の箱の上に菊の花が入ったカゴを載せて歩き出した。

セルトはアーシェを抱いて歩く。

セルトはアーシェの護衛を兼ねているので、僕やリンクがいない時は不測の事態にすぐに対応をするため、手に物を持たないようにしている。

アーシェを抱いて歩く時は自らが盾になるつもりでいる。

セルトならば僕やリンクがいない時でもアーシェを守ってくれると信頼している。

アーシェを炊事場に一足先に行かせた後、礼拝堂の中は僕とリンク、元神官長のレント司祭だけとなった。

レント司祭が神官長の顔になって話し出した。

「ローディン・バーティア殿、リンク・デイン殿。――――これは大変なことです」

「――――」

その言葉が何を指しているのか分かっている。

僕もリンクも何と返していいか分からずにいる。

レント司祭が再び胸の紋章から水晶を取り出して見せる。

先ほどとは違い光は放っていないが、手に持つことすら躊躇《ためら》わずにいられないほどの力を感じる。

「この水晶が応えたのは、数年前に一度だけです」

レント司祭が神官になったのはもう四十年以上も前だ。

平民として七歳の時に魔力鑑定を受けた彼は、神官の素質があるということで魔法学院を卒業すると同時に神官となった。

平民出身とはいえ、母親が高位貴族出身だったおかげかは不明だが、魔力の強さは当時追随する者がいなかったという。

勤勉であり、読んだ書物をすべて記憶するという能力を持ち、現在のアースクリス国王の幼少期の教師を務めたほどの人物だ。

女神様に仕え、二十年と少し前に大神殿最高位である神官長となり、その証の水晶を授けられた。

女神様の水晶は胸の紋章の中に収まり、長き間に己の一部となった。

このまま神官長としての二十年を勤め上げられるかと思っていたが、突然にその時はやってきた。

数年前の、アンベール、ウルド、ジェンド三国からの理不尽な宣戦布告を受けた際、この国は大きな決断を迫られた。

民を護るために戦うことは逃れられない現実ではあったが、停戦まで持ち込むか、他の三国を属国にするかで方向性は変わってくる。

戦争は民の生活を変え、命さえ奪う。

停戦しても、再び戦争を仕掛けられる可能性は限りなく高い。

だからといって、戦争が長引けば失われる命は多くなる。

負けるという意識はアースクリス国王にはなかった。

浅慮でも傲慢でもない。

彼はこの国を含めてこの大陸を俯瞰的《ふかんてき》に捉えていた。

——逃れられぬ戦いならば、勝利する。

数え切れぬほどの犠牲者が出るであろう。

しかし。

それを乗り越える覚悟を持たなければならない。

そして、悩みに悩んだアースクリス国王が少数の信頼のおける重臣と神官長を呼びよせ、宣言したのだ。

『これは国を大きくするための戦いではない。この大陸を一つの国とし、いずれは戦いをなくす。そのための戦いとする』

その言葉をアースクリス国王が発した瞬間、神官長の胸に収まった水晶が金とプラチナの光を放った。

すべての上級貴族が戦争に反対せず『是』と答えたのは、創世の女神様たちの肯定があったからだ。

「――これまでに数多の願いや思いを目の前にしてきましたが、水晶を通して、創世の女神様方の肯定を得られたのは、陛下が宣言された『戦争の意義』が初めてでした」

そして、今回が二度目なのです、とレント司祭が続ける。

「非常に重要で、途轍もなく重い陛下の決断に対してお答えくださった」

そう言うと、レント司祭は女神様の水晶を胸の紋章に収めた。

そして改めて僕とリンクを真っ直ぐに見る。

「アーシェラ様のお言葉にお答えを返されたのがなぜなのかは分かりません。ですが、これは紛れもなく事実であり、創世の女神様方のご意向でございます。私はそれに従う義務がございます。

――先ほどのことは神殿を通して、陛下へご報告させていただきます。むろん、アーシェラ様のこ とも」

その言葉にリンクも僕も身構えた。

「それは――仕方がないことですが、アーシェラはどうなるのです?」

アーシェがどこかに連れていかれるかもしれない、と思うと知らず声が震えた。

王家が相手では逆らい切れないのが貴族なのだ。

リンクの顔も強張っている。

「――それは陛下がお考えになることです。ですが、おそらくアーシェラ様を悲しませることはならないかと思われます」

「「え？」」

「アーシェラ様は女神様からのご加護を受けていらっしゃいます。どのような祝福《ギフト》を贈られているかは分かりませんが、アーシェラ様の心を曇らせるようなことはなさらないと思います。――もしも、アーシェラ様を無理やりあなた方から引き離すことになったら、アーシェラ様は悲しみましょう。あれほどの加護を与えられているのであれば、望まぬことを強いられたアーシェラ様を護るために『何か』が起こるかもしれません。ですので、おそらくはアーシェラ様は身の安全を図られた上で自由を許されるのではないかと推察します」

その言葉を聞いて、安堵のため息が出た。

元神官長の言葉は真実に近い。

アーシェラはまだ三歳だが、自分で考えて正しい道を選べる子だ。

加護があるからと慢心することはないとはっきり言える。

そもそもそんな人間に加護は与えられないだろう。

加護の強さに驚いたが、そのせいで脅《おびや》かされるどころか保護されるのならばそれに越したことはない。

「――私のアーシェラは、名実ともに天使《アンジュ》ということか」

ふと笑みが浮かんだ。

創世の女神様方の加護を持つ、僕の天使《アンジュ》。

「どんな祝福《ギフト》か気になるな！」

リンクも安堵を隠せないようだ。

「アーシェはアーシェだ。私の可愛い姪っ子だ」

「当たり前だ。加護があろうとなかろうと、祝福を持っていようとなかろうと、アーシェは大事な可愛い俺たちの子だ」

ふと、聞きづらそうにレント司祭が聞いてきた。

「アーシェラ様のお血筋は」

その問いには、「分かりません」としか答えられなかった。

レント司祭はアーシェラが拾い子であることを知っている。

貴族の戸籍は貴族院と神殿に収められているからだ。

姉の戸籍は未だ婚家に入っている。

夫の生死が不明なためだ。

この国では離婚が認められていないため、旧姓に戻るのは夫の死亡が確実になった時だ。

それは姉にとっては身を引き裂かれるようなことであるから、未だ安否不明なのは姉にとって一縷《いちる》の望みなのだと思う。

夫が生きて戻ってくれれば、姉はいずれ婚家に戻ることになる。

姉は絶対にアーシェラを手放さないだろうが、婚家は上位貴族であるし、拾い子であるアーシェラを受け入れてくれるかどうかは定かではない。

さらに婚家には、姉とお腹の子供を害そうとした義叔父夫妻がいるのだ。

今でもアーシェラを姉が産んだ子と疑い、付け狙っている。

義叔父の手の者とおぼしき者たちを、何度追い払ったかは数え切れないほどだ。

そんなところにアーシェラを送り出すわけにはいかない。

以前、アーシェラを私の養子にしたいと祖父に申し出た時には『反対はしないがきちんと結婚してからにしろ』と言われた。

だからアーシェラはまだ貴族籍を持っていない。

『血筋』と聞いて忘れようとしていた怒りが腹の底から湧き上がってきた。

「アーシェラの血筋は、神殿と王家の力で調べたらいい。どちらにしろ、アーシェを捨てるようなところに返すつもりはないし、渡すつもりもありません」

アーシェラが貴族の血筋であるのは一目瞭然だ。

魔力を血で繋ぐ貴族は、金髪と銀髪であることが多いのだ。

平民が茶系や色の濃い色をしているため、その判別は容易い。

混血によりいろいろな髪色が平民や貴族の中にも出てはいるが、魔力のあふれた者の髪色はどこか違う。アーシェラの髪色は貴族のそれで間違いない。

――この国は一夫一妻制だ。

離婚も認められていないが故に、貴族同士で不倫を楽しんでいる者もいる。

その結果望まぬ子を宿し、アーシェラのように捨てる。

アーシェラを自分の手で育てて、子供の可愛さと愛しさを知った今、己の子を捨てる親の理不尽さが許せない。

もし、その自分勝手な実の親が加護を持つと知って、アーシェラを引き取ったとしたら？

自分の都合のいいように、利用するだけ利用するだろうことが目に見えている。

——ふざけるな。

「アーシェラはうちの子だ。それは絶対に譲らない」

「当たり前だ」

怫然《ふつぜん》として言うと、リンクも怒りを含んだ声で同意した。

「いずれにしても、アーシェラ様はいつか危険に巻き込まれると思います。お気を付けくださいませ」

あの愛らしさと能力の高さ、そして祝福《ギフト》があると知れれば、遠くないうちにその身を狙われることになる。

王家と神殿が護ってくれていたとしても、間隙をついて狙ってくる者は必ずいるのだ。

「『肝に銘じておきます』」

絶対にそんなことはさせない。


ふと、視線の先に先ほど運んで行く時に落としていったらしい菊の花が一輪。

その花を拾う。

「さあ、アーシェがお腹空かせているだろうから、行くか」

「ああ。今頃、『おにゃかしゅいた』って腹さすってるぜ」

「確かに」

——リンクと二人でその姿を想像して笑った。

12　戦争の足音

炊事場には数人の子供と二人の女性とその子供たちがいた。

女性は五人いるのだが、乳飲み子を抱えた人や病弱の人もいるので、食事を作っているのはここにいる二人だということだ。

女性たちはとても若く、だいたい二十歳過ぎくらいだろうか。

明るい茶色と同色の瞳をしていて、とてもそっくりだったので姉妹なのだろう。

どこか怯えたような感じが気になった。

まずはご挨拶。

「あーしぇらでしゅ。あーちぇ……あーしぇとよんでくだしゃい」

ぺこり、と頭を下げると、女性たちはハッとして挨拶してくれた。

「わ、私はサラよ。よろしくね」

「私はサラサ。サラとは双子なの。よろしくね」

「しゃらしゃんと、しゃらしゃしゃん」

私の発音で二人とも少し笑った。

あ。笑顔が素敵。

「ふふ。呼びづらいわよね」

うむ。本当だ。

表情が柔らかくなったサラさんとサラサさんが二人の後ろに隠れるようにして立っている子供を紹介してくれた。

「子供たちも双子なの。サラサの子供のメイとメイサ。こっちは私の子でランとライラ。ランだけ男の子。この子たちはみんな二歳になったばかりなの」

サラサさんの子供はこげ茶色の髪と瞳、サラさんの子供は黒髪に明るい茶色の瞳だった。

双子だけに見分けがつかない。

でも、ここに来る前にカインさんから聞いていたより服が綺麗だ。

だけど、男の子のランがオレンジ色の女の子の服なので、たぶんどこからか貰ったものなのだろう。

「……ああ。気になるわね。近所の奥さんがくれたのよ。子供のお古だけど良かったらって」

「昨年の秋頃に、ここに受け入れてもらったの。子供たちは一歳になったばかりだったのよ。子供は日々育つから、あっという間に着られる服がなくなってしまって。教会に礼拝に来る近所の奥さんが見かねて娘さんのお古をくれたのよ」

もちろん私たちの服も他の奥さんがくれたのよ、とサラサさんが笑った。

けれど、その笑顔が哀しく見えた。

子供たちはまだ言葉がうまく話せないらしい。

痩せ気味なところを見ると、あまり栄養状態も良くないみたいだ。

笑いかけても、母親の後ろに隠れたままだ。残念。

「私たちはどちらも夫が戦争で亡くなってしまったから……。もう両親も親戚もいないし、サラと話し合って王都まで来たのよ」

「地元には小さい子供を抱えて働ける場所はないし、たちまち食べていけなくなっちゃったのよ」

一歳の子供を連れて住み慣れた土地を離れるには、どんなに勇気がいったことだろう。

夫を亡くして心が潰れそうなほど辛い中で、頼る親戚もなく、姉妹で寄り添って子供を守ろうとして、ここまでやってきたのだ。

その胸中を思うととても心が辛くなった。

「ここまで来てやっと教会に受け入れてもらえてありがたかったけど……いろいろ言われてね」

「こんな風に私たちの着るものとか、子供たちの服とかくれるいい人たちもいるんだけど……」

はー、とため息をついている。

「働きに出たくても、働き口もないし。子供がまだ小さいし。それなのに、連日教会に来て罵る人たちもいるし」

だから子供たちも人に怯えるようになって、あまり言葉を発しなくなっているらしい。

「毎日ですか!?」

私の近くに控えていたセルトさんが驚いて声を出した。

セルトさんは控えている時は基本話さない。
それが思わず声を上げてしまったのだ。
その気持ちはよく分かる。
私も驚いたのだ。
なんてことだ。
人を非難するためだけに連日来るなんて、人間性を疑ってしまう。
それって、サラさんたち相手に、自分たちの憂さ晴らしに来ているだけじゃないの⁉
自分より弱い立場の人たちを攻撃するなんて許せない‼
怒りで地団駄を踏みたくなった。
いや、無意識にふんふんと踏んでたらしい。
サラさんとサラサさんが私を見て笑っていた。
「ふふふ。ありがとう、アーシェ。――さて、今日のお昼ごはんよね！」
「うちの子供たちは見学させるわね。ほら、こっちにいらっしゃい」
サラさんが炊事場の壁側の木箱に子供たちを座らせて戻ってきた。
おう。四人並んで座ってるとそっくりだから四つ子みたい。
「今日は、こちらのカゴの菊の花を使ってほしいんです」
とカインさんがカゴいっぱいの菊の花を差し出した。

「『花??』」

「これって、ここの教会の森に咲いている花よね？」

サラさんとサラサさんはカゴから一つずつ菊の花を取って、首を傾げている。

見事に仕草がシンクロしている。

「はい。先ほど鑑定していただいたら、食用になるとのことでしたので」

「『ええ!?　本当!?』」

さすが双子。言葉も表情もそっくり同じだ。

「おいちい。おやさいみたいにたべられる」

「『花なのに……』」

正しくはエディブルフラワー。食用に適する花だ。

確かバラとかパンジーとかも食べられる。

食べられる花はたぶんもっとあるのだろうけど、今確実に食べられるのはこの菊だ。

鮮やかな黄色。さっきつまんだら、大きさは違えど昔食べていた食用菊と同じ味だった。


食用菊の話をしているうちに、炊事場にローディン叔父様とリンクさん、レント司祭様がやってきた。

「『アーシェ。お待たせ』」

「おじしゃま。りんくおじしゃま。おはなちおわった？」

「「ああ」」

ローディン叔父様とリンクさんも、サラさんたちと同じく息ぴったりだ。

サラさんとサラサさんがローディン叔父様たちを見て、目を見開いた。

「「き、貴族様??」」

銀髪碧眼と銀髪紫眼の組み合わせは、一目で貴族と分かる色彩だ。

あれ？　とりあえず私も貴族の色を持っているけど、サラさんたちは驚いていなかったよね。

子供だから？　高貴さがないのかな……。

前世庶民だったからそれがにじみ出ているのかな。……複雑だ。

「ああ。あなた方が、近ごろやってきた方たちでしたか」

ローディン叔父様もリンクさんも、サラさんたちに優しく笑って話しかけていた。

他の貴族の人たちのことは分からないけど、叔父様たちが身分に関係なく対応する姿はとても素晴らしいと、いつも思う。

「「は、はい!!」」

サラさんとサラサさんは先ほどと同じ自己紹介と家族紹介をしていた。

「旦那さんを亡くして――一歳になったばかりの子供を二人も抱えて、ここまで来るとは大変でしたね」

誰も頼る人がいなかったサラさんたちの境遇に、痛ましい表情でローディン叔父様が言うと――

突然サラさんとサラサさんがぽろぽろ涙を流した。

「そうだよな。俺たちアーシェ一人育てるのに三人がかりでやっとだった。それも周りからいろいろ助けてもらって。――二人で四人の子を連れてよくここまで来られたな。大変だったな」

リンクさんの言葉でさらに号泣した。

サラさんとサラサさんに今まで共感してくれるのは、同じ境遇の人たちだけだった。

大変な思いで、やっと教会にたどり着いて受け入れてもらったのに、心無い人たちから日々存在を否定されて苦しかったと思う。

その気持ちを、ローディン叔父様やリンクさんに思いがけなく慰撫されて堪らなくなってしまったのだろう。

愛する夫を亡くしたこと。

幼い子を育てなければならないこと。

食べていけなくて住み慣れた家を離れなければならなかったこと。

大変な思いをしてやっと受け入れてもらえる教会にたどり着いたこと。

それなのに、日々罵倒されること。

いっぱいいっぱいだった気持ちの糸がプツンと切れたように見えた。

「すみません……おかしいな。今までこんなに泣くことなかったのに。急にこんな……」

「涙が止まらないです……」

哀しくてもするべきことが多すぎて泣けなかったのだろう。

「それだけ今まで気を張っていたんでしょう。気が済むまで泣いていいんですよ」

ローディン叔父様がそう言ってリンクさんと共に、二人にハンカチを渡す。

サラさんとサラサさんは涙を拭くと、顔を上げた。

「ありがとうございます。でも、もう大丈夫です」

そう言った二人の顔は、すっきりした表情になっていた。

良かった。

ため込んだままだと心が辛くていずれ悲鳴を上げてしまう。

涙と共に吐き出せたら少し楽になるのは、私も前世で経験済みだ。

私がサラさんたちにしてあげられなかったことをしてくれた、ローディン叔父様とリンクさんに感謝だ。

——でも、今は。

まずごはんを食べたい。

「おにゃかすいた」

もうお昼を過ぎた。

私もお腹が空いたし、教会にいるみんなもお腹が空いているはずだ。

お腹を手でさすると、炊事場の壁側に座っているサラさんとサラサさんの双子たちも一緒にお腹をさすっていた。

四人とも見事なシンクロだ。

「「まあ」」

「かわいい！」

と思わず言ったら、

「アーシェもな！」

とリンクさんが爆笑する。

おや、私も含めて、五人同時だったようだ。

炊事場に皆の笑い声が響いた。

◇◇◇

「私たちは何をすればいいのかしら？」

晴れやかな表情と声で、サラさんとサラサさんはやる気満々のようだ。

「いちゅもは？」

「あまり贅沢はできないから、お昼はいただいたジャガイモで朝作ったスープを温めるだけよ」

大人と子供が全員で二十人。さらに司祭様や司祭様のお付きの人の分も入れれば、毎日の食事の用意は大変だろう。

昨年までは前司祭様とその家族が身寄りのない子供を数人この教会で預かっていたようだが、司祭様を交代するあたりにサラさんたちがやってきたので、子育てのできる女性が来たとのことでバトンタッチしてしまったようだ。

そのままサラさんたちはずっと増え続ける人たちの世話をしてきたとのこと。

それって、立派な労働だよね。

司祭様のお付きの人のようにお給料出してもらえばいいのでは？　と思ったけど、サラさんたち親子も教会にお世話になっているので、そういうわけにはいかないのだそうだ。

うーん。

うまくいかないものだ。

鍋の中は野菜くずとジャガイモが少しだけ入った、ほとんど具なしのスープだった。

こういうのが毎日なら、栄養はあまり取れていないはずだ。

「夜はデイン商会さんからいただいたお魚の料理を作るのよ」

「お肉屋さんからも鶏ガラとか貰えるからスープも美味しく出来るし」

カインさんが顔を曇らせる。

デイン商会からの寄付の量は流動的だし、近所からの寄付も毎日ではないだろう。

国から教会に渡される維持費だけでは足りないので、レント司祭様が自分の私財も出しているが、このご時世、やりすぎてはいけないし、他の教会も苦しいのだ。

ただでさえ施しを敵視している輩に、司祭様が教会に身を寄せる人に施しすぎればさらに反発が広がる。

「親子離れずに寝泊まりできて、三食食べられるのよ。ありがたいわ」

そう言ってサラさんたちが小さく笑った。

なんだか切ない気持ちになった。

夫を亡くしたのはサラさんたちのせいじゃないのに。

家を出なくちゃいけなかったのも、教会に身を寄せなければならなくなったのも。

ぜんぶ、サラさんたちのせいじゃない。

——戦争のせいなのに。

それでもサラさんたちは子供のために一生懸命だ。

私には何もできないけど。

せめて、ごはんだけはちゃんと食べてもらいたい。

「先ほど昼食を作るということでしたので、調味料とパンをお持ちしました」

セルトさんが持ってきてくれた箱を開けると、お砂糖や塩、乾燥した小魚とかがいろいろ入っていた。

「まあ！　ありがたいわ!!　ありがとうございます!!」

子供が多いとはいえ、大人数だ。

普段いただく食材は主に野菜や魚。たまにお肉も貰うことがあるが、なかなか調味料は貰えないとのことだった。

「……なんかすみません。盲点でした」

カインさんが項垂れていた。

「いえ！　何をおっしゃいますか!!　ほとんど毎日お魚を持ってきてくれて、ありがたいんです!!」

「そうです！　いつも子供たちのことまで考えてくれて！　ここの生活で私たちを気にかけてくれるカインさんにはとても感謝しているんです!!」

「まあ、皆さん、それくらいにしないと、お昼がどんどん遅くなりますよ」

レント司祭の言葉で皆がはっと気が付いた。

「「は、はい!!」」

サラさんとサラサさん、カインさんの声が重なった。

やっと料理に取りかかることになった。

それでも菊の料理は簡単なのだ。

「このきくのはなをほぐす」

一つ大輪の菊を持ってボウルの中に花びらをほぐしていく。

まん中は少し苦いので使わない。

さすがは神気があるところでしか咲かない花。

前世でついていた細かい虫が一切ついていない。

昔、菊をほぐす手伝いをした時、小っちゃい虫が出てきて騒いだものだ。

虫を気にすることが不要なのはとってもありがたい。

これなら安心して食べられる！

「みんにゃでやる」

一つほぐして見せると、後は皆でやる。

大輪なので一つほぐすだけでも結構な量だ。でも湯がくので嵩《かさ》が減る。

全部で五十輪ほどの花をほぐし終えるとボウル三つ分出来た。

埃取りのために さっと洗って、沸騰させたスープに洗った菊の花弁をボウル一つ分どっさり入れる。

「お、多くないでしょうか」

「おやさいいっぱいにしゅると、おいちい」

再度沸騰すると完成。

生でサラダにしても食べられるぐらいだから、さっと煮るだけでいいのだ。

「お湯沸きました〜！」

「そのふたつのぼうるのきくぜんぶいれる」

「はい！」

サラさんが菊の花を鍋に入れてサラサさんがかき混ぜる。

そして私が酢をほんの少し鍋に入れると──

「あれ？　黄色が濃くなった？」

「ほんとだ」

「じゃむ、ちゅくるとき、れもんいれる。しょれとおなじ」

「！　色を鮮やかにするのね!!」

「しょれ」

すぐにざるに上げて冷ましてから、ボウルに砂糖と塩、酢を適量入れて、湯がいて冷水でしめた菊の水気を絞ってボウルに投入。

よく混ぜ合わせたら菊の酢の物が出来た。

「できた！　みんなでたべよう！」

「「「はい!!」」」

試食を兼ねて隣の部屋で皆でテーブルを囲んだ。

ジャガイモと野菜のスープに菊の鮮やかな黄色が映えて、とっても美味しそうだ。

皆にとっては初めての菊の花の料理だけど、その食欲を誘う色に、躊躇わずスプーンを口に運んだ。

「へぇ～。菊の花ってまったく癖がない」

「美味しいですな」

リンクさんも司祭様も満足そうだ。

ローディン叔父様も頷いている。

「じゃがいもだけのスープが具だくさんになったわ！」

「黄色が鮮やかよね！」

「「菊って癖がなくて美味しいのね!!」」

サラさんとサラサさんの子供たちも夢中で食べている。

ちょっとだけ笑顔が見られたので嬉しい。

やっぱり美味しいものは人を笑顔にするのだ。

「菊で作った酢の物とやらも美味い！」

「ほんとに!!」

この穀物酢を見つけることができて本当に良かった。

これからもいろんな食事に活躍してくれるだろう。

食事が終わると、レント司祭様がサラさんとサラサさんに話した。

「この菊の花は、今後食材として採取することが許可されます」

「良かった!!」

声を揃えて喜ぶサラさんとサラサさんに、カインさんが声をかけた。

「あの、サラさん、サラサさん。今後この菊の花をこのように加工してもらえませんか？」

「え？」

「菊は一年中咲きます。食材として認識されれば需要が出ます。その先駆けとして菊を野菜として認識させることが必要なんです。今のように食べられることを知らせるために、花びらをほぐして袋に入れて販売したい！　あと、こうやってこの酢の物を作って瓶に入れてもらえませんか。試食に使いたいんです！」

「まあ、確かに。定着するまでは試食させるのも一つの手だな」

「ええ」

「でも、この菊は教会のものです」

「女神様はお許しくださっています。責任者の私も承認しておりますので、大丈夫ですよ」

サラさんたちの当然の疑問に、レント司祭様が答える。

「この菊は食材として買い取ります。その代金は教会へお支払いしますので、それでうちの魚を購入するんです。そうですね、魚の箱一つにつき同様の箱二つ分の菊を用意してください。手間賃はサラさんたちに直接お支払いします」

カインさんの言葉にサラさんたちが目を見開いた。

「女神様の教会に咲く菊です。皆が誰でも食べられるように価格設定はできるだけ抑えます」

「その方がいいな」

リンクさんが頷いた。

「ですので、菊を加工する人たちを雇うんです！」

「なるほど」

「でも、摘むだけならそんなに人員は必要ないのではないでしょうか」

セルトさんが口を挟んだ。

「その通りだな……」

リンクさんがうなり、ローディン叔父様も難しそうな顔をした。

菊の花といえば、あの方法がある。

「きくのはなをむして、かんしょうしゃせる。んーと。ほじょんしょく？」

「かんしょう？」

カインさんが繰り返して聞くので、言葉を変えよう。

「えーと。ほしゅ」

「ほしゅ？」

あう。発音が。伝わらない～！

カインさんが首を傾げていると、

「蒸して、乾燥させる。保存食と言いたいんだな」

と、ローディン叔父様が私の言いたいことを拾ってくれた。

「『ほしゅ』は干す、だろう？」

リンクさんも分かってくれた。

「あい!!」

「でも年中咲いているのであれば保存食の需要はないのではないですか？」

サラサさんが疑問を口にすると、リンクさんが答えた。

「教会より多少離れた場所であれば需要は出る。――それに、兵糧にもできる」

次いでローディン叔父様が言う。

「乾燥させると保存性も上がる。確実に採用されるだろう」

「――そうですよね!!　そうしたら、たくさん加工しなきゃ!!」

カインさんの声がはずんだ。

「しばらくの間は需要が出るな」

リンクさんが言うと、ローディン叔父様が提案した。

「花を摘むだけなら、この教会にいる他の女性たちにもできるのではないか？」

「では、花を摘んで、ほぐして袋に入れる。しばらくの間は試食用のこの酢の物を作る。後は保存食用に蒸して乾燥させたものを作る。とりあえずはこれをお願いします」

「「はい‼」」

「これでランに男の子の服を買ってあげられるわ‼」

「そうよね！」

やっぱり女の子の服を着させていたのは母親として辛かったのだろう。

サラさんたちが明るい顔になったのが嬉しい。

「レント司祭様。先ほど言った、保存食用——称して干し菊ですね。これを作るためにはおそらくここにいる人たちでは手が回らないと思いますので、教会の外から手伝ってくれる人を探すことはできますか？」

「できれば、彼女たちとやっていけそうな女性がいいですね」

それはとても重要なことだ。

ローディン叔父様がそう言うと、リンクさんが思いついたように続けた。

「この近くにも困っている家庭があるだろう。仕事がなくて困っている服飾職人がいるとかなんとか」

「そうですね。では、商会の店や市場の方たちにお願いしてその人たちに声掛けしてみましょうか」

レント司祭様は一気に事が進んで、少し戸惑っているようだ。

「レント司祭様。駆け足でいろいろと決めてしまいましたが、よろしいでしょうか？」

カインさんが一瞬沈黙してしまったレント司祭の様子に申し訳なさそうにそう言うと、レント司祭様は気を取り直して、にっこりと笑って言った。

「承知しました。人選はお任せください」

その言葉にリンクさんも頷いた。

「その方がいいですね。司祭様のおめがねにかなった者なら安心でしょう」

レント司祭がふふっと笑った。

「面白いですな。アーシェラ様の一言でいろんなことが回っていきます」

菊の花が食材となり、民のお腹を満たしていく。

女神様の気が入った菊には薬効もある。

それを、戦争に赴いた兵たちが食すれば、体調も整うことだろう。

今まさにこの場で職を作ることに繋がって、たずさわる者の心まで癒していく。

これまでどうしようもなかったことが一気に良い方向へと動いていく。

「天使《アンジュ》ですか……」

ポツリとレント司祭様が言って、

「ええ。そうですよ。私の大事な天使《アンジュ》です」

ローディン叔父様がしっかりと頷いていた。

え。

なんでレント司祭様まで。

恥ずかしいから天使《アンジュ》呼びは勘弁して!!

◇◇◇

菊の花を使った試食兼昼食を終えた後、サラさんとサラサさんが教会に身を寄せている人たちのお昼ごはんを用意するということだったので、私とローディン叔父様、リンクさんで菊の花の咲いている森が見える庭に出た。

もちろんセルトさんも少し離れてついてきている。

「おにゃかいっぱい」

菊の花で具だくさんになったので、満足だ。

それにセルトさんが気をきかせてパンを購入してきてくれたので、今日のお昼は皆お腹いっぱい食べられるだろう。

「せるとしゃん。ぱん、ありがと」

「いいえ。そのせいでお昼が遅くなって申し訳ありませんでした」

「これからは、サラさんたちにも僅かながら自分たちで使える金銭が手に入る。教会にも菊の花の代金が入るから食生活もだいぶ改善されるだろう」

「教会の維持費増額分がいつ来るか分からないからな。でもこれで少しは明るい兆しが見えたと思うぞ」

教会に支給されていた金額は、以前の司祭様がいた時と同じ額。

つまり、前司祭家族と孤児四人分だったのだ。

今では、大人八人と子供八人が増えている。

けれど、倍以上の人数になっても、支給額が増えなかったのだ。

当然レント司祭様が役所に掛け合ってはいたのだが、何か月経ってもその状況は変わらなかった。

「その役所にテコ入れしなきゃいけないんじゃないか？」

「さすがにサラさんが来て一年経っても前と同じ支給額じゃあおかしいだろう」

「レント司祭が神殿に預けている私財を教会に投入しようとしたら、今の神官長に止められたらしい。――もう少し耐えてくれってな」

「あー……、やっぱりか。どっかで不正がされてるってことか」

おそらく神殿の方でも調べているのだろう。

それにしても時間がかかりすぎていると思うのだが。

「それでもレント司祭が、月々自分に支給される金品をすべて教会に身を寄せている人たちのために使っているらしい」

「二十人超えだぜ。司祭の給与は神官長の時とは雲泥の差だ。大変だったと思う」

「そうだな。だが、レント司祭が今日のことを報告しに行く際に、教会の現状についても伝えると言っていたから事態は早々に動くかもな」

あえて口に出さない。『報告』とは、アースクリス国王にだ。

レント司祭は昨年秋に神官長を勇退した後は、王宮を訪れていない。

もしも訪れることがあるとすれば、それはとても重要な意味を持つ。

そんな約束を、アースクリス国王としていたとのことだ。

「早く動いて状況が改善されればいいな」

「ああ」

サラさんたちの子供は、食べさせてもらっているとはいえ、やはり小さい。

役所の怠慢なのか不正なのかは分からないが、このままでいいわけはない。

それと、もう一つ。

「子供たち……最後まで俺たちに怯えてたな……」

リンクさんがポツリと言った。

「ああ、アーシェには最後辺りにちょっとだけ笑顔を見せたが……大人が怖いんだろうな」

毎日飽きもせずに罵倒しに来るという馬鹿がいる。

「そっちもどうにかできればな～……」

本当にね。

◇◇◇

「おーい！　誰かいないか～！」

礼拝堂の脇から、男性の声が聞こえた。

「あ！　薬師《くすし》のドレンさんを呼んでたんでした！」

カインさんが居住用の建物から飛び出してきて、速攻で声の方へ走って行った。

「すみませ～ん！　こっちです～」

カインさんが薬師を案内してくる間に、レント司祭も菊の花のところへやってきた。

カインさんが呼んだという薬師さんは、リンクさんより少し年上くらいの、長い黒髪を無造作に結んで肩にかけた、明るいブルーの瞳をしたイケメンさんだった。

「王都で大きな薬屋を営んでいる、ドレンさんです。菊の花が薬にできるということでしたので、来ていただきました」

カインさんが紹介する。

レント司祭様と挨拶を交わしたドレンさんは、少し離れたところにいた私たちの方を向いた。

「あれ？　リンクじゃないか。ローディンも。久しぶりだな！」

ドレンさんが笑って軽く手を上げた。

「「お久しぶりです」」

ローディン叔父様とリンクさんも笑顔だ。

悪い人ではなさそうだ。

「おや、知り合いかね？」

「ええ。ドレンさんは魔法学院での先輩です」

「おお。この子がローズさんの子か。初めまして」

「あーしぇらでしゅ」

「かっわいいなあ！　うちの子もこんな風に可愛く生まれてくるといいなあ！　でも、俺と奥さんの子だから可愛いに決まってるけどね!!」

　ブルーの瞳がキラキラしている。

　子供が生まれるのが楽しみで仕方ないようだ。

「テルルさん、おめでたなんですね」

「そう！　初めての子供だよ！　楽しみで仕方ない!!」

　奥さんのテルルさんも薬師なのだそうだ。

　同じく魔法学院出身で、大きな薬屋の一人娘。

　テルルさんは綺麗で勉強も運動もできて、また性格が男前なかっこいい女性で、テルルさんの方が年上だけど、ドレンさんが一目ぼれして、在学中に一生懸命アプローチ。

　卒業後も一生懸命口説いて、やっとのことで恋人になった。

　大きな薬屋の一人娘であったため、ドレンさんが婿入りしたそうだ。

「で？　どれ？　食用にも薬にもなるってのは」

「目の前の菊の花です」

「って、何万本あるんだ、この花」

森の奥まで一面に咲く菊の花。

さらに摘んでも刈り取っても数日でまた咲くと聞いて、ドレンさんが驚いている。

「――すごいな。普通薬草は全部取り切らないように調整して摘んでるのに」

まずは鑑定しますね、とドレンさんが告げて、数歩森の中に入った。

「どれどれ？　『鑑定』――へぇ。解毒・解熱・鎮痛・消炎か。優秀だな」

白い鑑定の光がドレンさんの周りに見える。

あ。少しブルーの光が混じった。

どうやらじっくり鑑定しようとすると光が変わるみたい。

「粉末にするか。――お茶にしても効能がある。へぇ……。単体でもこんなに薬効があるなら、いろいろ組み合わせて試してみたいな」

どうやら採用らしい。

菊の花畑から出てきたドレンさんが言う。

「司祭様、こちらの菊をうちの薬屋に仕入れさせてください。きちんと代金お支払いしますんで」

「承知しました。――できれば鑑定の中にあった『特別な内容』については伏せておいていただければ」

その言葉にドレンさんはしっかりと頷いた。

どうやら女神様の神気が入っている花だとはっきり見えたらしい。

「とりあえず、毎日百輪。花弁はほぐさずそのままで」

今後増えるかもしれませんが、とのことだ。

「ああ、うちの薬屋は遠いんで、花は取りに来させます。今から摘んでもいいですか？」

レント司祭様が了承したので、ドレンさんは大きな布袋を広げて、文字通り、あっという間に百輪摘んだ。

風魔法を使ったのだ。

「ふああ……すごいですね～」

風で運ばれて袋に入っていく菊の花。

カインさんと同じく、まだ魔法が使えない私も目をキラキラさせて見入ってしまった。

「今日は持って帰ってすぐ薬づくりしたいからさ。――司祭様、明日からは摘んでおいてもらいたいです。その手間賃は支払うので」

「分かりました」

「じゃあ、うちの馬車で運びましょうか」

ドレンさんが馬で来たということだったので、カインさんが提案した。

「大丈夫だよ。教会の前で伸びてる奴らに運ばせるから」

「伸びてる⁇」

「うん。ここに着いたらさ、難癖つけてきたからのしちゃった」

「おいおい……」

リンクさんが呆れている。

「手加減はしたんですよね？」

ローディン叔父様が確認する。

手加減って。

ドレンさん相当強いの？

「当然。丸腰の相手だよ？　軽く二、三発入れただけ」

「え？　あいつらを一人で!?」

とカインさんが驚いている。

「だってさ。急に『また何か持ってきたのか!!　あいつらにやるくらいなら俺たちに寄こせ!!』って問答無用で突っかかってきたんだよ。五人がかりで」

「「五人がかり……」」

ローディン叔父様とリンクさんが驚いている。

言いがかりをつける人がいるとは聞いていたけど、徒党を組んで来ているとは思わなかった。

ドレンさんの言葉にカインさんが頷いている。

どうやら例の難癖をつける困った人たちのようだ。

それじゃあ、子供たちが大人の男の人を見て怯えるはずだ。

なんて大人げないんだ。許せない!!

ドレンさんにのされて当然だ!!

「で、この袋を勝手に摑んだからさ。こう、ね」

と軽くジャブのジェスチャーをした。

「あれって、完全に強盗だよね。いくら生活が苦しいからってやっていいことと悪いことがある」

ドレンさんの表情が厳しくなった。

うん、もっともだ。

人から奪おうと実力行使するなんて許せない！

「で、そいつらに運ばせるってのは？」

リンクさんが聞くと、ドレンさんがニヤリと笑った。

「アイツらは引き取って行くからさ。あの口ぶりからすると、いつもここに来ているんだろう？」

「「「引き取る??」」」

ローディン叔父様やリンクさん、カインさんの声が重なった。

司祭様もセルトさんも目を丸くしている。

ほら、これ、とドレンさんが菊の花を指さした。

「今は戦地で使う薬をたくさん用意しなければならないんだ。これから忙しくなるよ。こんなに優れている薬なら絶対に必要になる」

だからさ、と言葉を続ける。

「あの馬鹿たちを、働き手として引き取って行く。――その前に『しつけ』が必要だよね」

――と、不敵に笑うドレンさんの顔に黒いものが漂っていたように見えたのは見間違いではないだろう。

「で、でも！　あいつらが納得するかどうか！」

カインさんはあの男たちのしつこさを知っている。

彼らは建築の仕事をしていたから、腕力も強いし気性も荒い。

その上性格に問題があったから、仕事を頼むとしてもあいつらには頼みたくない、と顧客からはじかれてしまったのだそうだ。それは自業自得ともいえる。

そのフラストレーションを自分たちより弱い立場の相手にぶつけているのだから、最低だ。

「ん？　別に職業替えしろってわけじゃないんだよ。飢えているからこんな馬鹿なことをしでかす。まあ、実際にやる馬鹿な奴らだけどさ。つまり、腹いっぱい食えれば文句ないんだろう？　今はプライドだなんだって言ってるご時世じゃない。飯を腹いっぱい食えるだけの仕事を与えてやるだけだよ」

そこに、セルトさんが一言口を挟んだ。

「――もしかしたら、薬を盗むかもしれませんよ」

「その通りだね！　でも、軍用の薬を盗んだら、それこそあいつらはもう終わりだよね。だからこそ、誓約書を書いてもらうのさ」

ドレンさんの言葉を聞いて、叔父様たちが納得の声を上げた。

「『誓約魔法か。なるほど』」

「軍用のものを扱う時には、秘密を外に漏らさないようにしなければならない。薬はその最たるものだ。『下っ端でも必要だ』とでも言って書かせればいい。まあ、あれほど馬鹿なんだから、絶対破ると思うけど、その時誓約魔法の怖さを思い知ればいい」

「あの、誓約魔法ってなんですか？」

カインさんの当然の問いに、私も乗っかってドレンさんを見つめる。

それって何？

「ああ。今じゃあああんまり使われない古い魔法なんだけどな。簡単に言うと、約束事を破ると破った方に報いが来るってやつだ。――昔々、ここから遠い大陸で、敵対する国々が手を取り合う時に行ったそうだ。もともと敵対してたんだから裏切る可能性もあるだろう？　だから裏切った時は心臓が破れるという誓約魔法をお互いにかけた、という話がある」

「結構すごい話ですね。それって結局どうなったんですか？」

「一人が裏切った、と聞いている。凄絶だったらしいぞ。今でも語り継がれるくらいだからな」

「怖いですね……」

約束事を破ると報いが来る――それが誓約魔法なのか。

「だから、誓約魔法を使う時は役所の許可がいる。正当な理由がな」

カインさんに分かるようにドレンさんが説明をしてくれる。

誓約魔法は強力であり、意思を捻じ曲げることにも繋がるものだ。

だから、大きな犯罪を起こしたものの罰を受け釈放を許された者に対して、再犯を防止するため国王と神官長の裁可のもとで行われる。

犯罪者以外への使用はされていなかったが、戦争に際して、軍の武器を扱う部署や薬を扱う部署で増員する場合に、敵国の間諜や敵国に買収されて情報を横流ししようとする者が入りこむことがある。

そのため、一時的に役所と魔法省にその権限を与えているそうだ。

もちろん、不当な私欲や私怨のための誓約魔法の付与は認められておらず、しっかりと管理されている。

「うちにも一般から働きに来ている者がいるよ。でもウチの奥さんは見る目があるからね。いい人たちばっかりだから誓約魔法なんて書かせていない。軍属になる誓約書だけ。誓約魔法付きの誓約書を用意するのは、異例中の異例だってこと」

「役所に連れて行ったら、あいつらビビるだろ」

リンクさんが言うとドレンさんは事もなげに答える。

「そこで、軍用の薬を作る要員として登録させる。そしたら軍属になって、給料が貰えるようになるだろう?」

「軍属の薬師の直轄にするんですね」

セルトさんが言う。

「そう。軍属でいながらそれにそぐわない行動をしようものならきつい罰則が下る。世の中には腕のある職人でも金のためなら道徳心もへったくれもないような奴らがいるだろう?」

それはまさに彼らのような人たちを指す言葉だ。

「誓約書の禁止事項には、軍用の薬草である菊の花を扱う者たちに対しての妨害や暴力行為も入る。うちに一度入ったら、あいつらはここに来て脅《おど》かすこともできなくなるよ。一石二鳥じゃない？」

ドレンさんがにっこり笑う。

すごい！　こんな解決方法があったなんて！

「完璧です!!」

カインさんが頬を紅潮させている。

「平和になったら元の職業に戻るだろうけど、薬の製造方法は機密保持が原則だ。薬師の誓約魔法は生涯続くと思っていい。それに、痛い目に何度か遭ったら悪いことはできなくなるんじゃない？」

くくく、と笑うドレンさん。なんか悪役顔になってるよ。

誓約魔法はあくまで警告の魔法なので、命は奪わない。けれど、身体に相当なダメージを食らうらしい。

それに、魔法を管轄する省に通じる魔法であるため、発動するとそこで犯罪者として捕縛されるとのこと。

「確かに。それなら製薬に関するものだけだとあえて話さないでおいた方がいいな」

ローディン叔父様がそう言うと、リンクさんも頷いた。

「悪いことをしたら誓約魔法でがっつり痛い目に遭うって覚え込ませる方が有益だ。余計なことは言わないでおいた方がいい」

「縛り上げて教会の前に転がしておいたから、もう少ししたら引き取っていくよ。……って、あ！　俺、馬で来たんだった！」

「ウチの馬車で王都の役所まで連れて行きますよ！」

カインさんが声を弾ませる。

「縛り上げたまま連れて行った方が信憑性が上がりますな。私も同行します。教会での暴力行為をきっちりと役人に伝えましょう」

どうやら、元神官長であるレント司祭様は、誓約魔法に同意であるらしい。

「そうですね！　元神官長様の口添えがあれば、確実に誓約魔法付きの誓約書を貰えますよね！　それなら、さっそく男たちを馬車に詰め込みましょう！　セルトさん！　手伝ってください!!」

「分かりました」

「乗せる際に私からも少し脅しておきましょう。誓約書に進んでサインするように仕向けておきます」

レント司祭様も一緒に、菊の花の森を離れて教会の門の方へ歩いて行った。

残ったのは、ドレンさんとローディン叔父様、リンクさんと私。

ドレンさんが菊の花に触れてしみじみとこぼした。

「――びっくりしたよ。この花が神気のあるところにしか生えないって。これって女神様の恵みなんだろうね」

ドレンさんが鑑定で見た内容に感心している。

「食用にできて、薬にできて、人に職を与えることができる。それに刈り取っても数日でまた花を咲かせるなんて、まさしく神の御業《みわざ》だよね。――それなら、俺も応えなきゃいけないと思うんだ」

ドレンさんが真剣な眼差しでローディン叔父様とリンクさんを見た。

「――俺さ、明日王宮に呼ばれてるんだ」

「私もです」

「俺も」

ローディン叔父様とリンクさんも答える。

「それってさ。いよいよってことだよね」

「――はい」

そうだと思います、と続ける。

「ならさ、行く前に菊の薬を販売ラインに乗せたいんだよね――軍用に大量に必要になるし。そしたら俺が不在になっても残った薬師で作り続けられる」

ドレンさん、菊の花を撫でながらもその声は辛そうだ。

「忙しくなるなあ」

それでも、ドレンさんは強い瞳をローディン叔父様とリンクさんに向けた。

「お互い無事に戻ってこような」

「ええ。絶対に戻ってきます」

ローディン叔父様とリンクさんも強く頷いた。

「俺、絶対に子供の顔を見たいんだよ。だから絶対に戻ってくる」

「テルルさん似だと可愛いですよね」

「なんでだよ。俺似でも可愛いはずだぞ」

「性格はともかく可愛いだろうな」

三人で軽口を叩いていると、

「ドレンさん！　用意できましたよ〜〜!!」

カインさんが呼びに来て、ドレンさんは「じゃあな」と、笑顔で去っていった。

「では、私も同乗していきますので戻るまで教会でお待ちいただけますか？」

「ああ。頼んだぞ」

セルトさんたちを乗せた馬車が遠ざかっていく音を聞きながら、

「僕たちはもう少し菊の花を摘んでおこう。今日の夕食用に少し買い取っていこうな」

とローディン叔父様が言って、カインさんから貰った布袋に菊の花を摘んで入れていった。


私は、そんなローディン叔父様とリンクさんから目が離せなかった。

さっきのドレンさんとローディン叔父様とリンクさんの会話と、その時の様子に心がざわついていたのだ。

「これぐらいでいいか」

「今日の夕食も親父たちびっくりするぜ。楽しみだな〜！」

「ん？　アーシェ、どうした？」

「元気ないな。どうしたんだ？」

ローディン叔父様とリンクさんが地面に片膝をついて私の顔を覗き込んだ。

「おじしゃま。りんくおじしゃま。どっかいくの？」

不安で声が震えてしまった。

二人の顔が強張った。

「――そうだね。……少し遠いところに行くことになると思う」

ローディン叔父様がポツリと答えた。

リンクさんも目を瞑って、ゆっくりと頷いている。


――それで。

分かってしまった。

この前からの少し寂しげな家族の顔は。

ドレンさんとの会話の意味は。

ローディン叔父様とリンクさんが『戦争に行く』のだということだ。


「「アーシェ」」

私の右手をローディン叔父様が。
そして左手をリンクさんが握った。
「アーシェ。泣かないでくれ」
私の目からぼたぼたと涙が流れ落ちていく。
もしかしたら。
けがをするかもしれない。
病気になるかもしれない。
ハロルドさんやルーンさんのように障害を負ってしまうかもしれない。

――そして、サラさんとサラサさんの旦那さんのように。
――もう帰ってこないかもしれない……

哀しくて哀しくて、不安で不安で胸が潰されてしまいそうなほど苦しい。
人を戦場に送り出すというのはこんなにも辛いのか。
皆こんな思いをしているのか……
涙がぼたぼたと止めどなく流れていく。

「アーシェ。僕たちは必ずアーシェのところに帰るから」

「俺たちはアーシェに嘘は言わないぞ。それに俺たちは魔力持ちだ。強いんだぞ」

「そうそう。風で防御壁だって作れるし」

「隠れるのだってうまいんだぞ」

「それ、魔力に関係あるかよ」

「しぶとく生き残るってことだよ」

気持ちが溢れて、ローディン叔父様とリンクさんの膝に抱き着くと、二人は頭と背を撫でてくれる。

「あーちぇ、おじしゃま、りんくおじしゃま、だいしゅき」

ローディン叔父様が私を抱き上げて、きゅうっと抱きしめた。

「ああ。僕たちもアーシェが大好きだよ」

そう言って私の金の髪にキスを落とす。

「だから絶対に無事で戻ってくるよ」

リンクさんも叔父様と同じく、抱きしめてキスをくれた。

「やくしょくちてね」

「ああ、約束だ」

——女神様。

女神様、お願いします。

私の命を削ってもいいから、どうか――どうか、ローディン叔父様とリンクさんの命を守ってください。

――その祈りが、祝福《ギフト》を発動させることになったのは、かなり後になってから明かされたのだった。

13　ことばのひみつ

今日は生まれて初めて、王宮に足を踏み入れる日だ。

ローズ母様と私は王宮の敷地内に入った後、デイン辺境伯家の馬車から出迎えの馬車に乗り換えて、王宮の奥まで送られた。

ローディン叔父様やリンクさんは、バーティアのひいお祖父様やデイン辺境伯様たちと共に謁見のため、一足先に王宮入りしている。

馬車から降りて、前世でも今世でも初めて実物を見た王宮に圧倒されているうちに、王宮の執事さんに抱っこされて、母様と一緒にこれまた驚くほどの贅沢な扉の前まで案内された。

扉を護っている兵士がゆっくりと扉を開けて中に通されると、あまりの広さと豪華さに圧倒される。

前世で見たヨーロッパとかのお城のお部屋だ。

調度品の一つ一つが芸術品みたい。

天井が高いし、広い。

そのだだっ広い部屋の中に、応接セットのようなテーブルとソファだけが置いてあった。

え？　何ここ？

もしかして応接室みたいなところなの？

こんなに広いのに？

デイン辺境伯邸でも前世庶民の私はびっくりし通しだったけど、上には上があるんだなあと思った。

まあ、王宮だからここと同じくらい豪華な部屋がたくさんあるんだろうな。

キョロキョロしていたら、執事さんと一緒に金髪の若い女性が入ってきた。

母様より年上の王妃様に会いに来たはずだけど、どう見ても二十歳いくかいかないかだ。

王妃様とはこの後で会うのかな？

女性が近くに来たところで、母様がドレスをつまんでカーテシーをしたので、一緒にする。

練習してきた通りに、自分ではうまくできたつもりだけど、どうだろう？

ちなみに私のドレスは桜色でふんわりしていて、とっても可愛い。

ローディン叔父様は、マリアおば様に私やローズ母様のドレス選びをお願いしていたので、私はそのドレスを着るつもりだった。

けれど昨日、ローズ母様とお揃いの色のドレスにしようとしていたマリアおば様に、ひいお祖父様が無言で私用のドレスの入った箱を渡したらしい。

とっても可愛かったので、ひいお祖父様がくれたドレスを選んだ。

今日は時間が合わなくて叔父様たちにドレスを着た姿を見せることができないということで、昨日の夕方、先にドレス姿を披露した。

『ディークがドレスを選んだだと!?』

とデイン前辺境伯様が叫んで大騒ぎしたけど、ひいお祖父様は『うむ』と頷いただけだった。

ひいお祖父様、ファーストネームはディークっていうんだね。

パン屋のディークさんと同じ名前だったんだ。

ホークさんが笑い転げて、ローディン叔父様が『いつの間に用意してたんですか……』と呆れていた。

既製品ではなく、ちゃんとオーダーメイドでしかもぴったりだったので、驚いた。


――そんなひいお祖父様がくれた、ピンクの可愛いドレスのスカートをつまんでお辞儀をすると、若い女性は頷いてにっこりと微笑んでくれた。

『王宮では話をしていいと言われるまで静かにしていなさい』

とマリアおば様に言われていたので、その教え通りにした。

やがて執事さんが退室したとたん、その若い女性が急に母様に抱きついてくる。

「ローズ！　会いたかったわ！　久しぶりね!!」

「!?」

私はびっくりしたけど、母様は微笑んでいる。

「お久しぶりでございます、王妃様」

「まあ、哀しいわ！　名前で呼んでくれないの？　ローズ！」

「ふふふ。会えて嬉しいわ。フィーネ」

「ああ、嬉しいわ！　本当に！　もっともっと会えると思っていたのに、こんなに会えなかったなんて！」

聞いていた年齢とは違い、王妃様はずっと若く見えるのでびっくりした。

どちらかというと、ローズ母様の方が年上に見える。

王妃様は波打った金色の髪と、琥珀色の瞳をした、すごく綺麗な人だ。

ローズ母様と王妃様は魔法学院でのお友達と聞いていたけど、とっても仲がいいみたい。

「今は人払いをしているから、ここには私たちだけよ。たくさんお話したいわ！」

王妃様も母様もすごく嬉しそうだ。

バーティア商会の『家』には、ほとんどと言っていいほど訪ねてくる人はいない。

だから、ローズ母様やローディン叔父様たちの友達はもちろん、バーティア子爵家やデイン辺境伯家の家族でさえ、ついこの前まで会ったことがなかったのだ。

それにしても、今日のローズ母様はとっても綺麗だ。

商会の家での普段着しか見たことがなかったので、ドレスを着た母様を見て感動した。

瞳に合わせた薄い紫と、髪の色の銀色を基調としたドレスを着た母様は、本当にお姫様みたいだ。

派手さはないけれど、落ち着いた雰囲気と上品さが、その美しさを際立たせている。

王妃様は白地に金色の刺繍《ししゅう》が入ったドレスで、金色の髪と琥珀色の瞳に映えてこれまた綺麗。

さらに、美しい人たちが抱き合っている光景は眼福だ。

思う存分母様を抱きしめて満足した王妃様が腕をとくと、母様は続き部屋の扉の方を見やって言った。

「あ、あの、フィーネ。女官長様は……？」

「……ああ、やっぱり気になるわね。所用があって席を外しているのよ。彼女もあなたたちに会いたがっていたわ。時間があったら会って行ってちょうだい」

「ええ。もちろんよ」

母様がこの部屋に入った時から何かを探すような感じでいたのは、女官長様を探していたのか。

でも何でだろう？

「さあアーシェラ、ご挨拶なさい。アースクリス国の王妃様、フィーネ様よ」

「あい！　おはちゅにおめにかかりましゅ！　あーちぇ……あーしぇらでしゅ――です」

うわ！　なぜ発音が～!!

張り切って、ちゃんとご挨拶しようと思ってたのに！

どうやら私は成長が遅いらしい。

身体も言葉もまだ二歳くらいの成長具合のようだ。

心は大人なのに、言葉が伴わない。

もう少しで四歳になるのに言葉はまるで二歳児だ。

……王妃様にちゃんとご挨拶しようと思ったのに。

――恥ずかしい。

ひいお祖父様がくれたドレスをぎゅうっと握って、真っ赤になって俯いてしまった。

すると、涙目になった私の前に王妃様がしゃがみこんだ。

「まあ！　そんなに恥ずかしがらなくていいのよ。さあ、アーシェラ。顔をよく見せてちょうだい！」

王妃様が優しく頬を撫でて、瞳を覗き込んできた。

ローズ母様より年上だと聞いていたのに、なんだか元気な少女のような方だ。

琥珀色だと思った瞳の奥は金色で、その奥にうっすらと何かの印みたいなものが見えた。

⁇　印⁇

首を傾げると、「あら、見えたのね」と王妃様が笑った。

「ああ……。レント前神官長の言った通りだわ。緑の瞳の奥に加護の印が見える」

にっこりと微笑みながら、王妃様が言った。

加護の印？

「まあ……本当にそうなのね……」

ローズ母様は少し不安そうだ。

「ああ、気になるわね。アーシェラ、私の実家のクリスウィン公爵家は、『そういうもの』が見えるのよ」

そうなのか。

でも、さっき私も王妃様の瞳の中に何か見えたよ？　と言葉に出さずとも首を傾げたら、分かってる、と笑顔で返された。

「アーシェラ。うまく言葉を話せなくても恥ずかしがらなくていいわ。強い魔力を持つ子は成長が遅いのよ」

「まあ、そうなの？」

ローズ母様が声を上げると、王妃様が頷いた。

「ええ。特に強い魔力を持つ女子にその特徴が顕著に出るわ」

なんと。成長があまりに遅くて心配してたのに、そんな理由があったなんて。

「まりょく？　あーちぇにもある？」

「ええ、もちろんよ！　さっき私の瞳の奥の印を見たでしょう!?　あれは私と同じか、それ以上の魔力を持っていなければ見えないのよ！」

「フィーネと同じって……」

母様は、私と王妃様を見て、ポツリと言った。

何か思い当たることがあるらしい。

「――だからフィーネも若いのかしら。今だって、出会った頃とあまり変わらないわ」

母様は十四歳から二年間全寮制の魔法学院に在学していた。

王妃様は母様と同じ頃に在学。

母様より五歳年上の十九歳だったけど、母様と同じ十四歳くらいの容姿だったらしい。

「そうよ。私ったらローズより五歳も年上なのに、化粧をとると少女なのよ！　他の人は化粧で若作りするのに、私は化粧をしないとお子ちゃまなのよ！」

「その言葉もお子様だけど……」

母様が控えめに指摘すると、王妃様は胸を張って言った。

「いいのよ！　言葉は身体に引っ張られるの！　だから、アーシェラ！　目の前にいいお手本がいるでしょう？　あなたは強い魔力を持っていて、さらに創世の女神様方の加護を持っている。だから、身体の成長が遅いの。そのせいで、言葉がうまく話せないのよ」

こくり、と頷いた。

そうなんだ。

理由が分かってほっとした。

「とはいえ、成長が遅いのは女子だけなのよね。それに稀《まれ》だからなかなか周りが理解してくれなくて困っているんだけど。幼い頃同年代の子に、よく『チビ』って馬鹿にされたわ」

それは私も現在通っている道だ。

だからこそ自分の成長の遅さが気になっていたのだ。

「でも考えようによっては、相当の年齢になっても『老けない』のよね！　そう考えたら儲けものじゃない？」

うん。

それはいいかもしれない。

王妃様が言うなら大丈夫だ。

そう納得したら、自然と笑顔になった。

「これからは私がいろいろと教えてあげるわ！　だからたくさん遊びに来てちょうだいね！」

「あい!!」

そのことに安心したら、次に気になるのは魔法だ。

魔力があるなら、やっぱり……

「まほう！　ちゅかってみたいでしゅ！」

ローディン叔父様やリンクさんがたまにだけど使うのを見て、ずっと、私も使えればいいのにって思っていた。

「うふふ。本当は七歳から訓練するのだけど、アーシェラはその前から必要になるわね」

魔法を教える教師の選定は任せて！　と王妃様が申し出てくれたので、お願いすることにした。

「適性を判定してからだけど、使ってみたいものから試してみるのもいいわね。どれがいいかしら？」

「あいしゅくりーむ！」

「アイスクリーム？」

リンクさんがアイスクリームを溶けないように持ってきてくれるのを見て、それが一番使いたかった！

「ふふふ。アーシェラらしいわね。実は、商会の家には、あえて冷凍庫を置いていないのよ。リンクがアーシェラに食べさせるために、アイスクリームを買って、氷結魔法で持って帰って来てくれるの」

ローズ母様が笑いながら説明すると、王妃様も声を上げて笑った。

「アイスクリームね！　なるほど！　目標があると成長が早いと思うわ！　まずは水魔法をマスターして、それから氷結魔法を覚えましょう!!」

「あい!!」


いつか、氷結魔法を使って、アイスクリームを家で作れるように頑張ろう！

――その日が楽しみだ！

◇◇◇

王妃様とお会いして歓談していると、部屋に食事が配膳されてきた。

私たちが用意したお弁当向けの料理を揃えた食事だ。

といっても、今は午後のお茶の時間。

お茶請けにはどうかと思ったけれど、王妃様のたっての希望だったため用意してもらった。

「嬉しいわ！　これをいただくために、お昼はフルーツだけにしておいたの！」

メニューは先日デイン辺境伯家の夕食で出したモノとほとんど同じ。

小さなおにぎりを五種。

塩おにぎり

ガーリックバターライス

炊き込みごはん

エビ塩おにぎり

コンブ塩おにぎり

おかずは、きんぴらごぼう、コンブの柔らか煮、お漬物、そして菊の花の酢の物だ。

すべてごはんに合うおかずを用意した。

美しい絵柄が描かれたお皿に綺麗に盛り付けられていた。

そして汁物は、菊の花とインゲン、ジャガイモの味噌汁と、アサリの味噌汁の二種類。

菊の花の味噌汁は、ジャガイモの白、インゲンの緑、それに菊の花の黄色が鮮やかで、見た目にもとても綺麗で美味しそうだ。

実は、昨晩の夕食に菊の花を使った料理を作ったら、クラン料理長や厨房の料理人たちが目を丸くしていた。

デイン辺境伯邸に戻った時は、だいぶ夕食の準備が進んでいたので、味噌汁と酢の物だけを新たに作らせてもらったのだ。

教会でのお昼はスープに菊の花をたっぷり入れたけど、私は味噌汁に入れたものが好きなので、前世でよく作ったそれにした。

ジャガイモとインゲンに菊の花を入れた味噌汁。

菊の花で鮮やかさが出るのはもちろんのこと、味噌汁にジャガイモが少し溶けると美味しさ倍増になるのだ。

『ジャガイモの味噌汁美味しいですね！　昨日のアサリとは違って、野菜の旨味を感じます!!』

『菊の花……初めて見ましたが、鮮やかな黄色の大輪なのですね。……まさか花が食べられるとは思いませんでした』

夕食用に用意されていた生野菜とベーコンのサラダに菊の花びらをパラパラとかけたら、すごく鮮やかになった。

『いつものサラダが大変身ですね！　癖がなくて、シャキシャキの食感がすごくいいです！』

前世で刺身についてきていた小菊は少し苦みがあったけど、女神様の菊の花はまったく癖がなくて美味しい。

料理人さんたちは花を食べることに少し抵抗があったみたいだけど、癖のない食材だと知るとすぐに価値を分かってくれたようだ。

菊の花の酢の物は、作り方を教えたら料理人さんたちでさっくりと作っていた。

今回は菊の花の美味しさを知ってもらうために酢の物を花だけで作ったけど、キュウリとか他の食材と合わせても美味しいよ、と言ったら『明日試します』とのこと。

しっかり食材として受け入れられたようだ。

そして、菊の花がデイン商会で扱われることを知ってとても喜んでいた。

そして、今日。

昨夜の食事も好評だったので、急遽菊の花を使ったレシピを取り入れた料理になった。

ちなみに、今王妃様に出されている料理は、デイン辺境伯家のクラン料理長が王宮の厨房で作ったものだ。

さすがにデイン辺境伯家で作ったものを王宮に持ち込むことは憚《はばか》られる。

実はこれらの食事はお昼に行われた王宮での試食会でも出されている。

そこで配膳されるまでに毒が混入されては、デイン辺境伯家が取り潰しになってしまうだろう。

なので、以前からクラン料理長が王宮の料理人と共に作ることになっていたのだ。

クランさんは王宮の厨房に自分の兄弟子がいたので気が楽ですと言って、今朝早くデイン辺境伯様と一緒に王宮入りして試食会用のお弁当を作っていた。

なぜ試食会かというと、献上するつもりだった米をパーティアのひいお祖父様の提案で、軍用の食事として提案することになったからだ。

お弁当にしたのは、おにぎりは冷めても美味しいということを示したかったから。こちらは四角い箱に入れた正真正銘のお弁当だ。

クランさんは監視というか、注目された中で作って、その都度説明と味見をしていたので、毒見も当然クリアしたとのこと。

王妃様に料理の説明をするために入室した女性の料理人が頬を紅潮させて、厨房での様子と共に一つ一つ料理の説明をしていた。

配膳は王妃様がクリスウィン公爵家から輿入れした際についてきたという女官と、国王夫妻付きの執事が行った。

その執事から、お昼に合わせた試食会は大成功だったとも教えてもらった。

良かった!!

「お米って、甘いのね！　どれもこれも美味しいわ！」

王妃様には箱に入れた冷めた弁当ではなく、温かいものを綺麗な皿にワンプレートとして盛りつけてもらった。温かいとさらに美味しいのだ。

「はい！　初めて作るお米料理でしたが、全部美味しくて、料理人皆で驚いていたのです」

「この炊き込みごはんは絶品よね！　もっと食べたいわ！」

王妃様のリクエストに応えて、炊き込みごはんがもう一度サーブされた。

「試食会でもこれが一番好評でした。陛下は大陸の調味料を急遽輸入するとおっしゃって、料理人皆で喜びました」

こげ茶色の髪と瞳の女性の料理人が、興奮して話す。

その言葉に私も目をキラキラさせた。

戦争中は民間レベルでは大陸との行き来が制限されている。

でも、国交レベルでの貿易はある。

戦争がいつ終わるか分からない以上、醤油や味噌は節約しながら使おうと思っていたので、輸入は嬉しい。

できれば職人さんを誘致してくれないだろうか。

その方が確実に安定供給できるはずだ。


「お米の料理……おにぎりですが、調理にさほど手間がかかりません。戦地に精米した米を持っていくことに決まりました」

昼の試食会の際に国王の側に控えていたという執事が言った。

「まあ！　でもバーティア領のお米は今年初めての収穫でそんなに量はないのではないの？」

「今回の兵糧にあてる分は大陸から輸入し、バーティア領の米は来年の作付けの種として、供出可能な分を国で買い上げるとのことでした」

ほっとした。

種もみ分だけなら、領民の皆さんが食べられる分はだいぶ残るはずだ。

一生懸命作ったんだもの。農家の皆さんにもちゃんと食べさせてあげたい。

その後、塩コンブのアイスクリームを三度もおかわりをした王妃フィーネ様は、とっても満足そうだった。

◇◇◇

食事が終わり、再び三人だけになった。

食後の紅茶を飲みながら王妃様がほう、と息をついた。

「菊の花の効能はすごいわね。目の疲れが少しラクになったわ」

王妃様はたくさんの書類に目を通すので、少し疲れ目のようだった。

菊の花には疲れ目を改善する効能もあるのだ。

しかも女神様の花なので効果はすぐに表れている。

そして、紅茶の脇に置かれた蜂蜜の入った瓶を手に取って満足げに眺めていた。

ローディン叔父様が名付けた『天使《アンジュ》の蜂蜜』だ。

さすがにたっぷり食事をとった後はお腹いっぱいだと思うのだけど、紅茶と一緒に出されたパンケーキにたっぷりと蜂蜜をかけて食べていた。

これも試食会で出されたので、王妃様にも出されたのだ。

「本当に……どこに入るの？　そんなに」

私も母様もお腹がいっぱいで、パンケーキまでは食べることができなかった。

そしたら、王妃様が「食べないならちょうだい」と言って、ぺろりと食べてしまったのだ。

王妃様は先ほど男性と同じぐらいの量を食べ切り、何品かはおかわりまでしていた。

もちろん私と母様の分は子供や女性用に少なめに調整されていたのだが。

「前からよく食べるとは思っていたけど」

「クリスウィン公爵家はこんな感じよ。家族皆食べることが大好きだから、この米も来年絶対作付けするわね！　お父様とお兄様、試食会場でローディン殿をつかまえて揺さぶっていたはずよ！」

目に浮かぶようだわ、と王妃様が笑った。

王妃様と同じならかなりの甘党だろう。

パンケーキにかけた蜂蜜の量を見たら、養蜂箱も漏れなくお買い上げとなりそうだ。

パンケーキを食べ終わって満足した王妃様が、「さて、今後の話をしましょう」と言った。

「でも嬉しいわ。今後どんな形であなたたちに会う口実を作ろうかと思案していたの。アーシェラに教えるって形ならきっと陛下からお許しが出るわ！」

「あまり周りを刺激したくはないのだけど」

母様は頻繁に王宮に出入りすることで、私を危険に晒すのではないかと心配している。

私に女神様の加護があるというのは、昨夜ローディン叔父様とリンクさんから、ローズ母様、バーティアのひいお祖父様とデイン辺境伯家の皆さんにも伝えられた。

私もレント司祭様から直接教えられていた。

『アーシェラ様の他にも女神様の加護を与えられた方がいるので安心してください』と言われたから、特別なことじゃないんだと、私はあまり気にしていなかったけど。

ひいお祖父様と、前デイン辺境伯様にぎゅうぎゅうに抱きしめられて、ものすごく心配された。

??

加護って、守護霊みたいなものじゃないの？

――そう気楽に思っていたら、王妃フィーネ様から怖い話をされた。

「陛下や神官長、一部の信頼できる重臣にはアーシェラのことは昨夜のうちに伝えられているわ」

もちろんその場には王妃様もいたようだ。

「!!」

母様は覚悟していたようだったが、実際に聞いて声をなくしていた。

「本当は王宮か神殿に引き取る話が濃厚だったのよ。重臣たちの中から、今日このままアーシェラを帰さないという話も出たわ」

――その言葉に私も母様も固まった。

――帰さないってなに!?

イヤだ!!

母様や叔父様たちから離れたくない!

母様が私を離すまいと抱きしめたのを見て、王妃様が「大丈夫よ」と言いながら手を振って否定した。

「レント前神官長が反対したのだけど、それを重臣たちが押し切って決まりかけた時にね――女神様の水晶が怖いくらいに真っ黒な光、というか闇を放ったの」

「「え……」」

私と母様の声が重なった。

「それも、今の神官長の水晶と、レント前神官長の水晶、二つ同時に」

王妃様はその時のことを思い出して少し顔を強張らせていた。

レント司祭様は言っていた。

肯定は、光り輝き。

否定は、黒くなると。

「女神様の否定ってすごいわね！　誰一つ、もう何も言えなかったのよ」

否定は『怒り』に繋がるという。

女神様の明確な『怒り』を向けられて、その話はなくなったそうだ。

――ああ、良かった。

女神様ありがとう！

「だから、今まで通り暮らしていていいのよ。そのかわり、ひそかに護衛が付くわ。それくらいは許してね」

「あい！」

母様と叔父様たちとの暮らしを壊されることを考えたら護衛がつくくらい大丈夫だ。

「ああ……良かった……」

母様が私を抱きしめながら、安堵の涙を落とした。

「かあしゃま」

母様と離れなくていいと分かったら、安心して私もえぐえぐと泣いてしまった。

「かあしゃまと、ずっといっしょにいたい」

「ええ、ええ。ずっと一緒よ。私のアーシェ」

母様と私が少し落ち着くと、王妃様が口を開いた。

「ごめんなさいね、びっくりさせて。でも護衛が付くのを納得してもらうには、話さずにはいられなかったのよ」

「ごえい。どうちて？」

「嫌な話だけど、加護を持つ者を利用しようとする者は多少なりといるのよ。……加護があるから結果的には大丈夫だったけれど、その時に向けられた悪意には……私もとても傷ついたのよ。攫われる恐怖は二度と味わいたくないわ」

王妃様も女神様の加護を持っていると教えてもらった。

瞳の奥に見えたのは、女神様の加護の印なのだそうだ。

生家である公爵家の中では守られていても、出かけた先で隙をつかれて攫われたことがあると教えてくれた。

「私の場合は、実家が公爵家で、生まれた時から陛下の婚約者だったことから、血筋を狙う者と、魔力的なものを狙う者の二通りだったわね。――血筋は仕方ないわ。高位貴族の家に生まれた女性には付いて回る危険よね。ただ、それに加護を授かっているということがどこからか漏れて、危険性が上がったのよ」

それは私にも分かる。

貴族は結婚相手の身分で立身出世をはかることができる。

これ以上はない血筋と加護を持った者を妻にすれば、出世は思いのまま――と思い描く自分勝手な者たちに狙われたということだ。

「だから、全寮制の魔法学院に行くのも遅くなってしまったのよ。同年代の子たちにチビって馬鹿にされるのが嫌で時期をずらしたと言われていたけれど……まあ、それもあったけど。大きな理由は、自分で身を護れる魔力をしっかりと身に付けてからってことだったのよね」

「え……。それって、入学する前に魔力の使い方をマスターしていたってことよね？」

魔法を学ぶために入学する魔法学院に、魔法をマスターしてから入学するなんて、とローズ母様が驚いている。

「ええ。魔力を扱ったり、その力を高めるために勉強しに行くところなのにね。でも、陛下に輿入れする前に、絶対に魔法学院の卒業資格は取らなければいけなかったのよ。この国を象徴する魔法学院の卒業資格がない王妃だなんて、貴族たちにも示しがつかないでしょう？」

王妃様は魔法学院の卒業と同時に現在のアースクリス国王に嫁ぐことが決まっていたそうだ。

「だから、魔法学院在学中は、私にとって復習になるから真剣に勉強はしなくても良かったわ。強い魔力のおかげで、魔法を使って私をどうこうしようという人たちにも対処できたし。それに、ローズとも友達になれて、とってもとっても楽しかったのよ！」

ローズ母様と目を合わせて、王妃様が声を弾ませて笑った。

けれど、次の瞬間、王妃様が声を落とした。

「だけどね、厄介なのが何人かいたのよ――血筋とか関係なく、ただただ自分たちの魔術の研究のために私を使おうとした奴よ。……親切そうに私に近づいてきて、急に髪を何本か抜いてきたし、少しだけでもいいから血をくれとも言われたわ」

母様が「そんなことが」と目を見開いて驚愕した。

もちろん私もだ。

血なんて痛い思いをしなければ出るものじゃない。

それを『くれ』だなんて、どうかしている。

辛そうに話す王妃様は、次いでギラリと強い怒りを宿した目をした。

「そんな奴らはどんどん増長《エスカレート》する。人を助けるための万能薬を作るだとか、お為ごかしに！　――ふざけないで!!　――『禁書』とやらに、そんなものが書かれているというわよね。禁術なのに、いつの時代でもそんなものに傾倒する者たちがいるのよ」

ふう、と王妃様がため息をついた。

これまでにそういう目的で王妃フィーネ様に近づいた者たちは、陛下主導のもとで処分されているとのことだった。

護衛は、主に魔術に長けた者が付き、不心得者は片っ端から潰していくのだそうだ。

片っ端からって。そんなに危ない人がたくさんいるの？

「だからね、アーシェラ。加護を持っていると、一部の暗黒面に晒されるのも事実」

つまり。

加護を持った王妃フィーネ様が辿った道は、同じく加護を持った私も辿る可能性が高いということなのだ。

ひいお祖父様やデイン前辺境伯様があんなに心配していたのは、王妃フィーネ様のことを知っていたからだ、とやっと分かった。

「こわい。かご、いりゃない……」

怖くなって母様にしがみついた。

そんな闇の秘密結社みたいなのに攫われたら何をされるの？

血を抜かれてしまったりするの？

もしかしたら、もっともっとおぞましいことをされるかもしれない。

母様も私を抱きしめながら震えている。

「怖がらせてしまってごめんなさいね。私たちもアーシェラを全力で護るわ！　ただ、ごく一部の危ない馬鹿な者たちがいるということを頭の片隅から離さずに、気を付けてほしいの。――だから、今この話をしたのよ」

王妃様が膝をついて私の手を取って撫でた。

「アーシェラの前に体験した私が言うのよ。絶対に大丈夫。ちゃんと信頼できる護衛が付くし。それに、加護を授かっちゃったものは仕方ないわ」

「ちかたにゃい？」

「そうよ。創世の女神様はきまぐれで加護を与えるわけじゃないということよ」

「――『創世の女神は必然を与える』」

母様がポツリと言った。

私に加護があるのは必要だったから？

ならこれは必然なのか。

「私はこの時代に女神様から加護を授かった。それも国を支える立場で。だから私の力はそのためにあるのだと思っているわ。――あなたは今別の場所で皆に影響を与えているわ。たぶんそれも必然よね。――選ばれちゃったんだから、仕方ないわよね！　私たち」

王妃様がふふ、と笑う。

「あなたは一人じゃないのよ、アーシェラ。――それに、私も嬉しいわ！　一人じゃないって分かって！」

え!?　じゃあ。

「今この国で加護があるのは、あなたと私だけなのよ。……そしたら、私たちって、女神様繋がりよね！　女神様の子で、姉妹みたいよね！」

「フィーネ。姉妹にするには年が離れすぎてはいない？」

うむ。年の差は二十三歳だ。

王妃様の素顔だとギリギリ年の離れた姉妹といってもいいのか？

「では、私の娘ってことでどう？」

「アーシェラは私の子よ」

母様が少しすねた。

なんだか可愛い。

「私たちの娘ってことにしたらいいじゃない。私、女の子も欲しかったの」

力の強い者が王家に嫁ぐと、大抵子は一人しか生まれないという。実際、王妃様も王子一人しか産んでいないらしい。

「今はまだ、ははうえ～って絡みついてくれるけど。お兄様の家族を見ていて思ったの。男の子って自分の世界を作って、早くから母親から離れちゃうのよ。私はお母様のことが大好きで今でもよく会っているから、それを考えたら娘も欲しかったな～って」

王宮では気の許せる相手があまりいないから、と少し寂しそうに笑った。

「だから、王宮でのお母様にしてくれると嬉しいわ」

そしていっぱいお話してね、と私の手を撫でる姿はやっぱりちょっと寂しそうだった。

そんな王妃様を見て母様が折れた。

「仕方ないわね、フィーネは。……いいわよ。アーシェラを守ってくれるなら」

その言葉に王妃様が目を輝かせた。

「ありがとう！　当然よ!!　アーシェラは絶対に守るわ!!　――よろしくね！　アーシェラ！　私があなたのもう一人のお母様よ!!」

ぎゅうっと、王妃様が私を抱きしめた。


――あれ？

なんとなく、腕の感触に覚えがあるような気がする。
王妃様の香りもどっかで……。
どこだっけ⁇

14　氷の女官長

私が王妃様に抱きしめられていたら、にわかに廊下が騒がしくなった。

どうやら、誰かが騒いでいるらしい。

「――どうやら、余計な客が来たみたいね」

王妃様がいる部屋の近くで大きい声を出すなんて非常識じゃない？

それともそれなりの権力を持った人なんだろうか。

その声の主は王妃様の部屋のすぐ近くまで来たようだ。

なんだろう。怖い。

身を固くした私を王妃様が優しく抱きしめた。

「ああ、大丈夫よ、アーシェラ。この部屋には私が許可しないと入れないから」

やがて騒ぎ声は近くの部屋に移った。

「女官長様のお部屋……」

母様がポツリと言った。

「気になるわよね。少し見てみましょうか」

王妃様はそう言うと、続き間になっている女官長様の部屋との間の壁にかけられた大きな風景画のもとに行きそれに触れる。すると大きな風景画が前世のテレビのように変わった。

どうやら、隣を覗けるようになっているらしい。

「こちらの姿も声も、あちらには伝わらないわ。あちらのものを見ているだけよ。安心して」

映し出されたのは、四十代くらいの、きっちりと女官の服を着て金色の髪を結い上げた女性で、意志の強そうなグレーの瞳をもう一人に向けていた。

女官服を着た人が、母様が会いたがっていた女官長様だろう。

一方は鮮やかな赤いドレスを着た二十代後半くらいの、派手という言葉を体現したような豊満な体型をした女性だ。

金色の波打った髪と、とても濃い緑色の瞳の、勝気というか傲慢な雰囲気を持つ女性だった。

「なぜですの!?　なぜリヒャルトが処罰を受けることになったんですの!?」

甲高い声が、扉を隔てても聞こえてくる。

隣の部屋が誰の部屋か知っているだろうに、常識がないのだろうか。

それともわざと聞かせているのか。

「それを私に聞く方が間違いではないですか。あなたの夫は役所の長。不正をした部下への監督責任がありましょう」

「不正をしたのは部下の方じゃありませんか!!　リヒャルトは何も知らなかったのです!!」

おや、女性の夫は何か問題を起こしたらしい。

「ほう。書類にはリヒャルトの直筆サインがあったではないですか。知らないでは済まされませんよ」

「リヒャルトは知らないと言ったのです!!」

「と、なると。リヒャルトは書類の内容を見もせずにサインをしていたと。なるほど。――職務怠慢も甚だしい。その結果、その不正によって得た金品はどこに消えたと?」

女官長の視線が鋭く女性を射た。

あなたは知っているわよね、という視線だ。

女性は明らかにぎくりとしたが。

「そ、そんなの私に分かるわけないじゃないですか!!」

「――いいですか。上に立つ者はしっかりと仕事に責任を持たねばなりません。部下の指導ももちろんのこと。仕事で生じた事柄すべてを把握し、そのすべてに責任を持たねばならないのですよ。――知らない、というのはただの言い訳に過ぎません」

女官長という責任のある立場で、女官すべての仕事をまとめ上げてきた彼女には仕事に対する矜《きょう》持《じ》がある。

女官長は真っ直ぐに女性を睨みつけているが、女性にはその矜持が分からないのだろう。

何を言っているのか分からない、という感じだ。

それを見て、女官長は呆れた表情と共に大きくため息をついた。

「本当にその不正で得た金はどこに行ったのでしょうねえ。リヒャルトの直属の部下はぶるぶると震えていたそうですよ。上司に助けを求めるように見つめていたそうです。もし自らが不正をしていたのなら、あえて上司に助けを求めることはないのではないかしら？　捜査側はその上司が黒幕と睨んでいるようです……その上司が誰か、あなたは知っているのではないのかしら？」

リヒャルトさんとやらの直属の部下の上司、ということは、黒幕はリヒャルトさんではないの？

女性は一瞬のけぞった。

夫が黒幕として完全に目をつけられていることを理解したのだろう。

「し、知りません!!　知るわけないでしょう!!」

大きな声で否定しながら、その目はキョロキョロと泳いでいる。

うわあ。これ、この女性も絶対知ってるやつだ。

というより、一緒に着服金をせしめていそうな感じだ。

「……まあ、いいでしょう。ですが、あなたの夫に下された処分は変わりません。役所の長の解任。不正で得た金品の返還と罰金。そして、アンベール国境での一年間の従軍です」

下された処分を淡々と話す女官長。

すると女性は両手を組んで大きな声を上げげた。

「それを、取り下げてほしいのです!!」

え？　罪を犯したのに何を言っているのかな？　君は。

「馬鹿も休み休み言いなさい。私に何の権限があるというのです」

うん。女官長様の言い分はもっともだ。

「お、王妃様にお願いしてください!!」

「――なんですって!?」

女官長が思わぬ言葉に驚いて目を見開いて固まった。

女性はさらに強く言葉を重ねた。

「王妃様の権限でなかったことにしてください!!　王妃様ならそれくらいできるでしょう!!」

――なんて傲岸不遜なんだろう。

見ているだけで気分が悪くなる。


腕を組んで映し出された状況を見ていた王妃様の瞳が冷たく眇《すが》められた。

厚顔無恥な女性を見つめるその目には鋭利な光が見える。

わあ。王妃様、怒ってる。

母様もとても嫌そうな表情をしている。

王族を利用して自分の夫の罪をもみ消そうとしているのだから、当たり前だろう。

誰より怒りのオーラを放っていたのは、女官長様だ。

一気に空気がブリザードのように冷えたのが、扉のこちら側からも分かる。

向こう側のテーブルの水差しの中の水がピキピキと音を立てて凍っていくのが見えた。


「さ……寒い？　――ひっ!!」

女性が女官長を見て息を呑んだ。

恐ろしいまでの威圧感。

女官長を本気で怒らせたことを悟ったようだ。

「――あなた、王族を自分のために動かそうというの!?　――それが、我がクリステーア公爵家に連なる者の言うことですか!!　恥を知りなさい!!」

女性は、女官長の迫力に慄いて一歩後退したが、

「でも、リヒャルトはクリステーア公爵家の後継者ですよ!!　いなくなったら公爵家が困るじゃないですか!!」

すぐに言い返すとは、ずいぶんと心が強いらしい。――とても、残念な方向に。

「どの貴族も半年間の従軍を義務付けられています。例外は認められません」

「でも、今じゃなくても!!　それに一年間って長すぎます!!」

今じゃなくても？　どういう意味だろう。

「それが、不正に加担した者への罰です。ああ、加担ではないですね。主導していたのですから。リヒャルトはバレていないと思っているようですが、証拠が挙がっているのですよ。その一つを身に纏っているあなたがそれを言うとは――見苦しい」

女官長の視線が女性の胸元の大きな宝石を刺す。

「――!!」

「それに、リヒャルトが後継者と言いましたが、私の息子《アーシュ》の死亡は確認されていないのですよ。

『後継者』などと、私の前で言うなんて無神経な」

「～ですが。アーシュは五年経った今でも戻ってきていません!! ローズだって、子供を――」

最後まで言うことができなかったのは、女官長の瞳が、相手を殺しそうなほど鋭く睨みつけていたからだ。

「――あなた。自分たちがいくらでも取りかえのきく『後継者候補』だということを分かっているのかしら?」

「で、でも……」

「こんなことをしでかしておいて、責任はないとでもいうつもり? 罪を犯した自覚さえないあなたたちに、クリステーア公爵家の名を名乗らせることさえおぞましい」

その目は怒りに満ちていて、女性を震え上がらせた。

さっきまで女性と少し距離を置いていた女官長が、一歩彼女に近づいて、言った。

「クリステーア公爵家の名をこれほどまでに貶めておきながら――あなたたちが公爵家を継ぐ可能性は消えたと思いなさい。その時は来ないわ――絶対に」

「――――!!」

女官長から発せられた言葉に驚愕して、女性は声を詰まらせた。

「さあ、お帰りなさい。――ああ、公爵家に帰るのではなく、『あなたたちの家』に帰りなさいね。私は親切だから、教えておいてあげるわ――今回の件で、宝飾店の店主が捕縛されたそうよ」

言外に公爵家に『帰る』のは許さないと言われて固まった女性は、その後に続けられた言葉にぎくりとした。

「!!」

女性の顔がみるみるうちに青褪めていく。

「魔法省がすでに動いているそうだから、隠したものも根こそぎ見つかるでしょうね。ふふふ」

女官長は楽しそうに、さらに爆弾投下した。

あなたの罪もつまびらかになるわよ、と。

「――し、失礼します！」

一刻も早く帰ろうと身を翻した女性に「待ちなさい」と女官長が声をかけた。

「言っておくけれど、二度と王妃様を利用しようとは思わないことね。今は見逃してあげるけど、

――次は、ないわよ」

女官長は真っ直ぐに女性を見つめて言った。

「――身内であろうと、不敬罪でバッサリ切って差し上げるわ」

泰然として、それでいて凄烈なオーラが女性を慄かせた。

女官長の言葉に明らかに震え上がった女性が慌てて退出した後、廊下で派手に転んだ音が聞こえてきた。

相当慌てていたのか、それとも恐怖に足がもつれたのか。

そして、足音が遠ざかって消えた後に、女官長が『こちら』を見た。

「お騒がせして申し訳ございませんでした、王妃様。今からそちらに参ります」

どうやら、見られていたのを分かっていたようだ。

王妃様が映し出していた映像を消し、壁面が元の風景画に戻ると同時に、扉がノックされ、女官長が入室してきた。

「大変だったわね、女官長」

「いつものことでございます。お見苦しいものをお見せしまして申し訳ございませんでした」

女官長が優雅に礼をする。

先ほどの激情はどこに行ったのかと思うような、物腰の柔らかさ。

「まあ！　いいのよ！　カロリーヌの鼻がへし折られた姿が見られて、せいせいしたわ!!」

カロリーヌというのは、さっきの傲岸不遜な女性のことだろう。

「カロリーヌは当家の分家の血筋で、金色の髪と緑色の瞳を持つということで、義弟のリヒャルトに見初められたのです。——髪と瞳の色だけで後継者気取りとは勘違いも甚だしい」

そういえば、カロリーヌという派手な女性はとても濃い緑色の瞳だった。

と、いうことは。

クリステーア公爵家は、金色の髪と、濃い緑色の瞳なんだ。

王妃様の実家である、クリスウィン公爵家は、金色の髪と琥珀色の瞳なのだろう。

他の公爵家の色はどんなのだろう？

もしかしたら、王宮に何度も来たら、私を捨てた家の人に会うことになるのかな。

——そう思ったら、なんだか怖くなった。

でも、私が攫われる前、公爵家の血とか、長子とかって言葉を耳にしたことがあるけど。

本当にそうなんだろうか。

今さらだけど、私が勝手に公爵家の長女と思っているだけで、庶子とか、分家の子である可能性もあるんだよね。

それに——捨てられるくらいだから、どちらにしても歓迎されない子だったに違いない。

生まれてから捨てられるまでの期間、最低限のお世話で放置されたことが心に残っている。

もし、生まれた家が分かったら私はどうなるんだろう？

生まれた家に帰されて、また放置されるのかな……

さっき王妃様に聞いた怖い話に血の繋がった人たちが乗っかって、怖い目に遭うかもしれない。

だけどその前に、何よりもローズ母様やローディン叔父様、リンクさんと離れるのは絶対に嫌だ!!

「どうしたの？　アーシェ？」

考えていたら怖い想像に行きついてしまって、思わずぎゅっとローズ母様の手を握っていた。

母様がしゃがんで私の瞳を覗き込んできたので、そのまま抱き着いた。

「ああ。さっきの話は子供にはきつかったかもしれないわね。女官長の迫力もすごかったし」

私が怖くて震えているのは女官長のせいではないのだけど、女官長が謝罪する。

「それは……そうですわね。申し訳ございません」

母様は私を抱いたまま、女官長に挨拶をした。

「こんな姿勢で申し訳ございません。お久しぶりでございます。お義母様」

女官長も先ほどの厳しい顔とは変わって、優しい笑顔で答えた。

「お久しぶりね。元気そうで良かったわ。ローズ」

——お義母様⁉

ローズ母様が嫁いだ家って、クリステーア公爵家だったの⁉

そういえばカロリーヌという派手な女性が『ローズだって、子供を』って言ってた。

あれは、『ローズ母様が子供を死産した』って言おうとしてたんだ。

だから、カロリーヌさんは夫のリヒャルトさんがクリステーア公爵家の後継者だって言ってたんだ。

クリステーア公爵家の嫡男がアンベール国で捕縛されたことは、ウルド国、ジェンド国で捕縛された人たちの話同様に国民全員が知っている。

それがこの長年にわたる戦争の引き金になったのだから。

女官長の一人息子のアーシュさんが生きて戻って来なければ、クリステーア公爵家の直系の子供がいなくなる。

だから現クリステーア公爵の弟であるリヒャルトさんが『仮の後継者』になっていたのだ。

もしかして、アーシュさんが戻ってきたら、ローズ母様はクリステーア公爵家に戻るのかもしれない。

——そうしたら、私は？

拾い子である私はもう母様と一緒にいられなくなるかもしれない。

不安な気持ちがぐるぐる渦巻いて、ローズ母様の胸に顔をうずめて震えてしまった。

「～～……」

「ごめんなさいね。怖がらせてしまって」

女官長が優しい声と共に私の髪を撫でた。

顔を上げると、やっぱりとても優しい顔で――そして、とても戸惑っているようだった。

そうだよね。

クリステーア公爵家のローズ母様が拾い子を育てているんだもの。

戸惑うのは当たり前だよね。

女官長は私の瞳を真っ直ぐに見て、ふわりと笑んだ。

女官長さんは、さっきのカロリーヌさんに対しては怖かったけど、私を見るその瞳は、真摯で穢れがない。

それに、悪い人を王妃様が信頼して側に置くはずがないのだ。

「はじめまちて。あーちぇ……あーしぇらでしゅ」

ちゃんと挨拶しなければ。

ローズ母様にしがみついた手を少し離してぺこりと頭を下げた。

「まあ！　……そうね、はじめましてよね。はじめまして、私はレイチェル。――あなたのお祖母様よ。アーシェラ」

女官長の言葉に私もローズ母様も驚いて声を上げた。

「おばあしゃま?」

「お義母様!?」

拾い子の私に、この国の王家の流れを汲む公爵家の人間である女官長がお祖母様だと名乗るとは思わなかった。

にっこりと微笑んだ女官長は、驚いている母様に頷きながら言った。

「ローズの子でしょう! では私たちの孫だわ。何も問題ないでしょう?」

「お義母様……。ありがとうございます……」

母様が目を潤ませながら女官長に頭を下げた。

ああ。私にも分かった。

レイチェルお祖母様は、バーティアのひいお祖父様やデイン辺境伯家の皆と同じだ。

血の繋がりのない私を、ちゃんと母様の子と認めてくれている。

とても優しい人なのだと。

「おばあしゃま!!」

嬉しくなって手を伸ばすと、レイチェルお祖母様がにっこりと笑って、母様から私を抱きとった。

「――可愛い! 可愛いわ! このまま公爵家に連れて帰りたい!!」

レイチェルお祖母様に頬ずりされて、ぎゅうぎゅう抱きしめられた。

あれれ? さっきの氷の女官長はどこに行ったんだろう。

◇◇◇

ソファに戻った王妃様と母様は、レイチェルお祖母様も含めて、今後の私のことについて改めて話をした。

一人用のソファに王妃様。

二人用のソファの一方にはローズ母様が。そしてこちら側にはレイチェルお祖母様と私が座った。

ちなみに、私はずっとレイチェルお祖母様の膝の上だった。

「お義母様……」

母様が私を離さないレイチェルお祖母様に苦笑していた。

レイチェルお祖母様は、夫であるクリステーア公爵から私の加護のことを聞いていたらしい。

「大丈夫よ、ローズ。アーシェラはクリステーア公爵家が護ります。本当は二人とも公爵家に連れて帰りたいくらいなのだけれど、うちにはあのリヒャルト夫妻がいますからね。今回の不正の責任を取って、リヒャルトはしばらく国からいなくなるけれど、カロリーヌがまだいるから。――あなたを実家に戻す決断をした時も、あの二人を排除してから迎えに行こうと思っていたのよ」

「――――!!」

母様が息を呑んだ。

「リヒャルトたちは、アーシュがいなくなったのをいいことに、あなたを亡き者にしようとしていた。だからリヒャルトの手の中ともいえる公爵家からあなたを逃がして実家《バーティア》に戻そうと思ったの。そちらの方があなたを護れると思ったから」

追い出されたわけではなかったと知って母様が涙を落とした。

「あの時は戦争が激化していて、旦那様も戦地に行ったり、私も王宮がバタバタしていてあなたに会わずじまいでバーティアに帰してしまって……。ずっと誤解をさせていたのね。ごめんなさい」

いいえ、と母様がかぶりを振る。

「――けれど、今でもリヒャルトの手の者が付け狙っているということは知っているわ」

それは私も知っている。

害意は肌に突き刺さる。

私はその感覚に鋭敏で、時折商会の家の周りでそれを見つける。

大抵はローディン叔父様やリンクさん、そしてセルトさんが私と同じくらいにそれを感じて対処していた。

だからローズ母様はあまり外出しない。

外出する時は、しっかりと安全を確保してからにしているのだ。

あの害意がさっきのカロリーヌと夫のリヒャルト（呼び捨てでいい！）のせいだったなんて！

それを知ったらすごく腹が立ってきた。

「弟や従兄弟が護ってくれました……」

母様の言葉にレイチェルお祖母様が頷いた。

「ローディン殿やリンク殿は相当強いのね。公爵家の護衛からもよく聞いているわ。自分たちの出る幕がないって」

「――え？」

驚いた母様に、レイチェルお祖母様が実はね、と話す。

「実は、公爵家からも護衛を秘かにつけているのよ。あの馬鹿《リヒャルト》、アーシェラの命も狙っていたの」

え？　私も標的だったの？

「自分たちが確実に後継者になりたくて、小さな芽でも摘んでしまいたかったみたいよ。――こんなに可愛いアーシェラの命を狙うなんて。――あの二人の方こそ刈り取ってしまいたいわ」

レイチェルお祖母様の後半の呟き……。本音が駄々漏れだ。

「彼らなら納得よね。そこまでクリステーア公爵家が欲しいのかしら。そんな器もないくせに」

王妃様が厳しい。

でも器ってなんだろう？

「クリステーア公爵家を継ぐ者はね、公爵という高い位だけを継ぐのではないのよ、アーシェラ。私たちが女神様の加護を持って役目を果たすように、クリステーア公爵家にはクリステーア公爵家の役割があるの。それは、あの馬鹿リヒャルトではできないことよ」

――王妃様。とうとうリヒャルトの名前の前に馬鹿ってつけたよ。

どうやらリヒャルトという人物は相当厄介な人らしい。

「でも、義叔父様《リヒャルト》は次期後継者です……」

母様がポツリと言うと、レイチェルお祖母様は「それはもう大丈夫」と言った。

「アーシュにもしものことがあっても、リヒャルトには継がせません。後継者は別の者を選定しているわ。リヒャルトたちには知られないように手続きもすでに終えてあるの。ただ、彼らを排除する前に公表しては殺されてしまいかねないから伏せていたのよ。――もちろん、その者にも護衛は付けていますよ」

なんと。

すでにリヒャルトは後継者から外されていたのか。

「なかなかリヒャルトがボロを出さなくて。今回の件でバッサリ行きたかったけれど、とどめは刺せなかったわね」

バッサリ。

その言葉はカロリーヌさんにも言ってた。

それって、世間的に？　それとも実質的なものなのだろうか。

考えるのはやめよう。なんだか怖い。

「まあ、だいぶダメージは与えられたと思うわ。あいつは陛下からの信用は元から持っていなかったけど、今回の件で化けの皮が剝がれたから、今までリヒャルトの表の顔に騙されていた周囲の認識は変わったし。二度と重要なポストには就けないわよ」

ふふふ、と王妃様が楽しそうに笑った。

「その不正とは何だったのですか？」

ローズ母様が聞いた。

そうだ。それは私も聞きたい。

レイチェルお祖母様が説明してくれた。

「昨日、王都の役所と魔法省にレント前神官長と大店《おおだな》の薬屋店主が来訪して、特例の誓約魔法付き誓約書を申請されました」

「――それって、昨日の教会の……。ええ。その話はローディンたちから聞いています」

ああ、昨日のサラさんたちを虐めてた人たちのことか。

薬師のドレンさんが、サラさんたちを憂さ晴らしのように虐めていた五人を役所に連れて行って誓約魔法付き誓約書にサインさせるって言っていたよね。

「誓約魔法付き誓約書は、特例中の特例です。そして確認したところ――なんと、その申請された五人の名前が公共工事で雇われている人員の名簿に入っていたのです。――つまり、人件費の水増しのために名前だけが無断で使われていたと。実は前々から不正がされているのではないかとの疑いがあったのですが、その公共工事を管轄する役所の長がクリステーア公爵家のリヒャルトだったわけです。――公爵家の権威を笠に着て調査官を脅して、不正を隠ぺいしていたと。腹立たしい」

すぐさま捜査官が呼ばれ、その五人を足掛かりに調査したところ芋づる式に雇ってもいない人員の存在が次々と判明した。

そうして水増しして国から与えられた給与分の金銭がどこに行ったか調べたら――リヒャルトの懐の中に入っていたそうだ。

その日リヒャルトの妻カロリーヌの祖父名義の口座に、不正で得た日雇いの給与をリヒャルトの部下が入金している現場を確保。

その部下は、リヒャルトが捜査官の前で部下である自分を助けないどころか罪をなすりつけて保身に走ったために、魔法省の捜査官に自ら『真実を話す誓約魔法』を申し出て、己が知りうる限りのリヒャルトの横領や不正について暴露したという。

その部下はリヒャルトに対して相当怒っていたため、誓約魔法には『真実を話さなかった時は死ぬ』と宣言したそうだ。

驚いた捜査官に、

『だって、あれだけ横領したのを俺のせいにされたら、俺があいつの代わりに処刑されるんだろ』

とも言ったのだとか。

その段階で、レント前神官長からアースクリス国王へ報告され、そして不正に関わった者の一斉検挙に繋がったそうだ。

国王の命令でリヒャルトが捕縛され、その他にも教会の維持費を不正に取得していた彼の仲間も捕縛されたらしい。

我欲のために横領して、必要なところに渡さずに飢えさせていたとは許しがたい。

元々リヒャルトの周りでは不正が蔓延していて、証拠集めもされていた。

今回確実な証拠が出たので一斉に摘発されたとのことだ。

何年もかけて行われた不正の総額はとてつもなく、さらに業者からの賄賂《わいろ》の他、諸々の余罪もあるらしい。

「類は友を呼ぶといいますが……呆れてものが言えないですわ」

「その着服金は豪遊に使っていたようね。このご時世に」

「着服した金品は、リヒャルトの個人資産でお返しいたしますわ。ふふふ。戦地から帰った時のリヒャルトの顔が見ものですわね」

罰金も入れたらすっからかんですわよ、ほほほ、とレイチェルお祖母様が楽しそうに笑った。

「そんなに横領していたのですか……」

ローズ母様が驚いている。

「ええ。リヒャルトが前クリステーア公爵から相続した家屋敷と土地すべてが国に没収されるわ」

けれど、今分かっているだけでもそれ以上の金額が動いていたそうだ。

自白したリヒャルトの元部下も、リヒャルトが公共工事の役所以外でも荒稼ぎしていたことは知っているが、どのようなことをしていたかは知らないようだった。

「公共工事は大きな金額が動くのよ。橋一つ作るにも莫大な資金が投入される。リヒャルトは人件費の水増しだけじゃない。あらゆる面で長年にわたって不正を繰り返していたのよ。その金額は途方もなくて……それこそ離宮が一つ建設できるくらいにね」

離宮が一つ？　規模が大きすぎて想像がつかない。

「あいつは悪事に関しては優秀よ。どこをつければ金が懐に転がり込んでくるか分かってる。そして逃げ方も十分に知っている」

王妃様が悔しそうに言う。

なぜそんな人が公爵家の血筋にいるのか、とレイチェルお祖母様も心底悔しそうだ。

「本来なら巨額の横領をしたんだから処刑《バッサリ》まで行くところよ。でもリヒャルトは本当にバレたら危ないところは見事なまでに部下や他の者の責任にすり替えている。そこまでは今回追い切れなかったのが悔しいわ。——本当に狡猾よね」

「とはいえ、今回、金の流れと仲間の目星もだいぶ付きました。リヒャルトが戦地から帰ってくるまでに色々と仕込んでおいて、泳がせるとのことですわ」

「ええ！　自らが持つ公爵家の財産がすっからかんになったのを見てリヒャルトがどう動くかしら。公爵家という盾ももう使えないし、今度は自分で動くしかなくなるはずよ。リヒャルトと手を組んでる者たち諸共、今度こそ引導を渡してやるわ!!」

まだまだ隠してある金品。

公爵家の資産を没収されたなら、それらを当てにするはずだ。

「着服金と知りながら宝飾品を買いあさっていた罰として、カロリーヌもしばらく外出禁止にいたしますわ。監視もつけておきます。自由になんてさせませんわよ」

カロリーヌが祖父名義の口座を使っていたことで、知らないうちに犯罪に巻き込まれたカロリーヌの実家は、明らかな犯罪の証拠を示され、家を取り潰されるのを恐れて彼女と縁を切ると国王に申し出たそうだ。

そして縁切りの申請書類も受理された。

「本当に困った馬鹿夫婦よね」

「全くですわ。一時とはいえ、便宜上仮の後継者としていたのが恥ずかしいですわ」

「ずいぶん前から、クリステーア公爵がリヒャルトの不正を指摘していたのに、なかなか綻びが見つけられなかったのよね」

王妃様との会話の途中で、レイチェルお祖母様の声が少し低くなった。

「――クリステーア公爵家としても責任を取らなければいけませんが」

王妃様が何を言っているの！　と声を上げた。

「それは陛下からも言われているでしょう。罪を犯したのはリヒャルト。クリステーア公爵はリヒャルトの不正に最初から気づいて調査させていた。そしていくつかは未然に防いでもいた。それでもリヒャルトは次々と罪を重ね続けた。あいつは性根が腐ってるのよ。綺麗な仮面を付けた悪党よ！　――今回の件で当然リヒャルトの貴族位は剝奪となる。リヒャルトやカロリーヌが何と言おうとこれは決定事項。女官長が言ったようにリヒャルトがクリステーア公爵位を継ぐことは、陛下も、私も――そして女神様も許さないわ」

貴族位の剝奪というのは、リヒャルトと、クリステーア公爵家との縁を切ることを意味する。

だから、と王妃様は繋げた。

「リヒャルトは自分の罪を自分で償うの。クリステーア公爵や女官長が償うことではないわ」

「――ありがとうございます。嬉しゅうございます。王妃様のお世話をこれからもできるのですわね」

レイチェルお祖母様がそう言って微笑むと、王妃様がレイチェルお祖母様の手を握って言った。

「当然よ！　これからもよろしくお願いするわね!!」

本当に王妃様はレイチェルお祖母様を信頼しているのだと分かる。

母様も二人を見て嬉しそうに微笑んでいた。


実は、レイチェルお祖母様は王妃様と不穏な会話を続けながらも、私を膝の上に乗せてずっと頭を撫で続けていた。

「ねえ！　女官長、私にもアーシェラを抱かせて！　なんかズルいわ！」

王妃様が手を伸ばすが、レイチェルお祖母様はどこ吹く風だ。

「王妃様。私の長年の想いを察してくださいませ。本日ばかりはお目こぼしください」

ぐ、と王妃様が詰まった。

「～っ！　仕方ないわね。今日だけよ!!」

「お義母様……」

「うふふ。アーシェラは可愛いわね～～」

レイチェルお祖母様にぐりぐりと頬ずりされて、ぎゅうぎゅうと何度も抱きしめられた。

ここまでの好意を示されたら疑う余地もない。

レイチェルお祖母様は私と母様の味方なのだ。

「ローズ。私はアーシュが無事だと信じているの。いつか必ず戻ってくると。だから、その時はアーシェラと一緒に公爵家に戻ってらっしゃい。――それまでには、リヒャルトたちは必ず排除するわ」

ローズ母様が今まで聞きたくても聞けなかったことをレイチェルお祖母様に問いかけた。

「あ、アーシュは無事なんでしょうか……」

「……無事であると信じているのよ。あの子は私が産んだたった一人の子。命を失ったら必ず私の身に何か起きるはずなの。――だから、まだ生きていると信じているわ」

アーシュさんの安否は未だ不明だということだ。

だけど、レイチェルお祖母様は諦めてはいない。

「――はい……」

母様が明らかに項垂れてしまった。

こんなに悲しそうな母様を見るのは初めてだ。

王妃様がそんなローズ母様とレイチェルお祖母様を見て、顔を曇らせたあと、

「！　そうだわ！　アーシェラ!!　一緒にお父様の無事を祈りましょう!!」

と思いついたように手をぱんっと叩いた。

「おとうしゃま？」

って、アーシュさんのことだよね。

「そうよ！　お父様が元気でありますように！　って！　女神様の加護がある私たちなら少しは効力があるかもしれないわ!!」

その言葉を聞いたレイチェルお祖母様が王妃様を窘《たしな》めた。

「王妃様、加護があっても私事《わたくしごと》での願い事は駄目ですよ。私欲にはお応えはされませんでしょう」

「なんで私欲なの？　大事な人を守りたいという純粋な思いなのよ！　私欲っていうのは、こっちの人を護って、あっちの人を護らないでくださいっていうことじゃないの？」

そう言って王妃様はしゃがんで、私の手を取った。

「その理論はよく分かりません……」

レイチェルお祖母様がポツリと言う。

私もよく分からない。

でも、女神様の加護のおかげで何ができるのかは分からないけど、お願いだけはしてみたい。

ローズ母様やレイチェルお祖母様を元気にしてくれるのは、アーシュさんが無事であるという知らせなのだ。

「さあ、アーシェラ。ただお祈りするだけでいいのよ。こうやって」

「あい!!」

王妃様が胸の前で手を組んだので、私も同じように手を組んだ。

そして、昨日教会でお願いしたように声に出した。

その方が聞き届けられると思ったから。

「めがみしゃま。かあしゃまやおばあしゃまのために、おとうしゃまをまもってくだしゃい！」

そして心の中で祈りを捧げる。

アーシュさんは私のお父様ではないけれど。

その無事を切に願うローズ母様やレイチェルお祖母様のために。

無事でありますように。

元気でありますように。

病気やけがをしていませんように。

もししているなら、病気やけがが早く治りますように。

無事でいても未だ囚われているなら。

どうかその鎖を断ち切ってほしいです。


昨日みたいに明確な女神様の応えはなかった。

なんだか瞳の奥があったかい感じがしただけだ。

そして、祈り終わって目を開けたら王妃様が顔を覗き込んでいてびっくりした。

びっくりしたけど……なんだか急激に睡魔が襲ってきて何も考えられなくなった。

「かあしゃま。ねみゅい……」

そういえばもうお昼寝の時間をとっくに過ぎていたのだ。

そのままレイチェルお祖母様に背を預けて、コトリと眠りに落ちてしまった。

「すみません。お昼寝の時間をだいぶ過ぎているので……眠くなってしまったようです」

「私の部屋をお使いなさい」

レイチェルお祖母様から私を引き取った母様が、王妃様の部屋の隣のレイチェルお祖母様の部屋に私を抱いて入っていった。

だから。

「良かったわね。女官長――不明だった『もう一つのクリステーアの瞳』が応えたわ」

そう言って微笑んだ王妃様のことも。

――レイチェルお祖母様が喜びの涙を落としたことも、知る由もなかった。

15　クリステーアの瞳（クリステーア公爵視点）

私はアーネスト・クリステーア。

アースクリス国のクリステーア公爵家の当主だ。

明日は息子の妻ローズが『拾い子』を連れて王妃様を訪ねてくるという日の昼過ぎ、四公爵家の当主が緊急に国王陛下に呼び出された。

その後怒濤《どとう》の時間を過ごした後、深夜になってしまったが総まとめとして国王陛下の執務室に重臣たちが集まった。

ここにいるのは、国王夫妻と四公爵家の当主、レント前神官長と、昨年神官長になった女性のカレン神官長だけだ。

話し合いのため、皆同じテーブルを囲んだ。

上座には銀髪碧眼の国王陛下と、金髪に琥珀の瞳の王妃様が席に着いた。

その向かい側には、茶髪碧眼のレント前神官長と、金髪碧眼のカレン神官長。

テーブルの左右にはそれぞれ四公爵家の当主が二人ずつ。

アースクリス国の四公爵家は瞳の色が特徴的だ。

クリスウィン公爵は金髪に琥珀色。

クリスフィア公爵は銀髪に紫色。

クリスティア公爵は銀髪に青色。

そして、我がクリステーアは金髪に緑色だ。

瞳の色にはそれぞれに濃淡があり、他の貴族とは違う色である。

完全一致するのは直系のみであり、その事実を知る者はごく少数だ。

家名につく『クリス』は、アースクリス国建国時に国王を支えた者に与えられたものだ。

それぞれの家の特性を冠した家名はとてもよく似ていて、間違えやすいのは今さらのことだ。仕方がない。

その四公爵家の当主が捜査で判明した横領事件についてそれぞれに報告した後、レント前神官長が事件発覚となったその前の経緯を話し出した。

元は王家の所有であった土地に建てられた教会での出来事を。

菊の花のこと。

その花が食用のみならず薬にもなりうること。

国王陛下はその花が神気のある場所にしか咲かない花であることは知っていたが、採取をして食用や薬用にすることは思いもしなかったとのことだ。

――そして、創世の女神様方がその花を世のために使うことを『アーシェラの願いに応えて』許したこと。

「――なんだと？」

前神官長であるレント司祭が最後に報告した言葉に、思わず声が出た。

「ご報告の通りです。クリステーア公爵。バーティア子爵令息ローディン様が姉君のローズ様と育てていらっしゃるアーシェラ様に、女神様の加護があることを確認いたしました」

ざわり、と部屋の中が騒然となった。

レント司祭の言葉が頭の中をぐるぐると駆け巡って、言葉が出ない。

「ローズ殿は、クリスティア公爵クリステーア公爵家の……」

同年のクリスティア公爵がその青い目で私に問いかけてきた。

「――ああ。アーシュの妻だ」

「アーシェラ様というのは……」

カレン神官長が問いかけてきた。

カレン神官長は金髪に青い瞳をした三十代半ばの女性だ。

物腰が柔らかいながらも、芯の強さも持っている。

魔力の強い女性は成長が遅いため、カレン神官長はまだ二十代前半に見える。

貴族出身で社交界にも知り合いがいるため、ローズのことも知っていた。

だから、ローズが死産したというのも知らないはずはない。

いや、社交界でも知らない者はいないはずだ。

弟リヒャルトやその妻が、公式の場で言い続けてきたからだ。

だが、それはこちらにとって好都合でもあった。

「ローズが、自分の子として育てている拾い子——としている」

「している、とは？」

再びクリスティア公爵が首を傾げた。

長い銀髪の三つ編みが揺れる。

アースクリス国王を見ると、陛下が頷かれた。

話していい、との許可だ。

「——正式に公表はしていないが、あの子《アーシェラ》は『クリステーアの瞳』を受け継いでいる」

ここは同じ役目を持つ者たちだけだ。

もう秘密にしておかなくてもいい。

アーシェラはローズが産んだクリステーア公爵家の子であり、正統な継承者だ。

「やはり、そうでしたか。今日初めてアーシェラ様に会った時に驚いたのです。——クリステーア公爵、あなたと同じ瞳だったので」

レント前神官長が納得して頷いた。

「だからこそ隠さねばならなかった。うちにはリヒャルトとその妻がいるからな」

あのまま公爵家に置いていては確実にアーシェラの命はなくなっていただろう。

「獅子身中の虫は厄介だねえ」

公爵の中で一番年若いクリスフィア公爵が揶揄《やゆ》するような口調で言う。

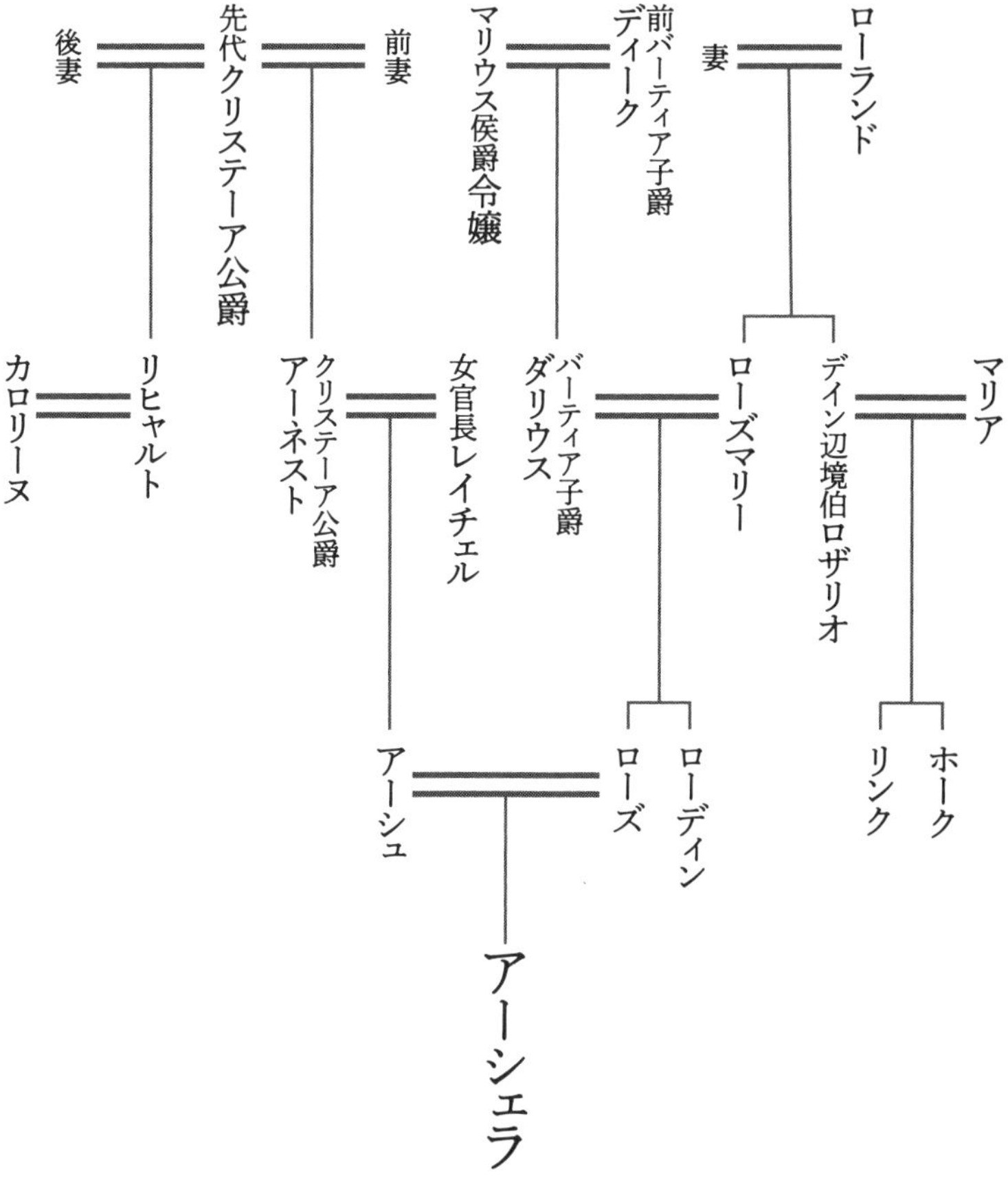
ローランド
妻
前バーティア子爵
ディーク
マリウス侯爵令嬢
前妻
先代クリステーア公爵
後妻
マリア
ディン辺境伯ロザリオ
ローズマリー
バーティア子爵
ダリウス
女官長レイチェル
クリステーア公爵
アーネスト
リヒャルト
カロリーヌ
ホーク
リンク
ローディン
ローズ
アーシュ
アーシェラ

クリスフィア公爵は銀髪の短髪で、がっしりとした体格をしている。

以前は魔法学院の教師をしていたせいなのか、少々口が悪い。

獅子身中の虫か――まったくだ。

年が離れた弟は国を支える柱である公爵家に生まれながら、公爵家の権力を笠に着て悪事を働いている。

リヒャルトが成人し、国政に関わるようになってすぐのあたりから不自然な金の流れが生まれた。

すぐに調査を始めたが、リヒャルトはずる賢く用意周到なためになかなか尻尾を摑ませない。

常に何かを隠れ蓑《みの》にして、決定的なダメージから逃れ続けてきた。

今回はレント前神官長が持ってきた証拠でようやくその悪事を暴くことができたが、おそらくはまだまだ後ろ暗いものを抱えているだろう。

そのリヒャルトの罪を暴くきっかけがアーシェラだったとは。

「リヒャルトは今貴族牢に入れていますが――どうでしょう、陛下。このままリヒャルトを国政から切り離す良い機会です。戦地に送りたいと思うのですが」

貴族牢とは、地下牢と違い身分の高い者を軟禁しておく場所だ。

何もない地下牢とは違って、十分な衣食住を与えながら、魔力を使えないように封じ込め、脱走を防ぎ、外部からの接触を完全に断った状態にしておいている。

地下牢に比べてリヒャルトが動きにくいのが貴族牢だ。

魔法により完全監視されているため、貴族牢にいる間は他の仲間に指示を出すことができない。

この深夜に重臣たちが集まったのは、リヒャルトをどうするかを話し合うためだ。

このまま国の中央に置いておいては、何度も同じことを繰り返す。

リヒャルトに対しては、自分はすでに家族としての情はなくしていた。

それほどのことをリヒャルトはしてきたのだ。

横領だけではなく、あちこちで自分にとって邪魔な人間を何人も消してきているのをこの数年で知った。

アーシュがいなくなったことをきっかけに、その傲慢さはエスカレートした。

リヒャルトの政敵と思われる人物が次々と不審な死を遂げ始めたのだ。

――そしてその黒幕がリヒャルトだと知った時に弟のことを諦めた。

アースクリス国を支えるクリステーア公爵として、己《おの》が欲のために軽々しく殺人まで犯した者を断罪すると決めた。

ローズやアーシェラに刺客を送り続けていることも、刺客を雇う高額な金が横領金から出されていることも腹立たしい。

王都から切り離して、リヒャルトの巣を徹底的に調べつくす時間が必要だ。

「そうだな。いいだろう。リヒャルトには監視付きで一年間のアンベール国境での兵役を課すことにする。貴族位は剝奪するゆえ、一兵卒として扱うように」

国王から貴族位剝奪の命令が出た。

これでリヒャルトは今後平民となる。しかし――

「リヒャルトのことだから、貴族位を剝奪されたら陛下に牙を剝くのでは」

王妃様の父親であるクリスウィン公爵が私の懸念を代弁するように言う。

他の公爵たちも頷く。

「牙を剝きたければ好きにすればいい。私も簡単にやられはしない」

決定事項だ、と陛下が力強くきっぱりと言った。

「これだけの金額の横領をしていて、平民に落ちるだけで死罪にならずに済むのですから公爵家の血と陛下に感謝するのでは?」

カレン神官長が人の好いことを言うと、クリスティア公爵が首を振って否定した。

長い銀髪の三つ編みが揺れている。

「そんな殊勝な人間があれだけの犯罪に手を出すまい。カレン神官長、横領だけではないのだぞ、リヒャルトの罪は」

「——すみません。リヒャルト殿には直接お会いしたことがなかったものですから」

「カレン神官長なら、一度会えば分かる。——だからこそ、あいつはここ何年も神殿に行かないんだ」

クリスフィア公爵がそう言うと、王妃様の父親であるクリスウィン公爵が頷いた。

「——そうだな。感覚の鋭い神官なら、あいつに殺された人数の多さに驚いて失神するだろう」

その言葉にカレン神官長が驚愕した。

神殿には創世の女神様に仕える者たちが数多くいる。

中には『視《み》る』力を持った者もいるのだ。

クリスフィア公爵がそう言ったのも、慈善事業とうたって小神殿に訪れたリヒャルトを見た神官が、親戚であるクリスフィア公爵に対し震えて訴えたからだという。

どこからかその神官の話を漏れ聞いて、リヒャルトが一切神殿に赴かなくなったのも、その神官を殺そうとして失敗したこともこの場で改めて報告された。その神官はクリスフィア公爵家で匿っているとのことだ。

神官が言ったことは真実であると分かっている。

四公爵家の当主は、力の強い神官が『視る』ものも見えるのだ。

だからこそ、私もリヒャルトが越えてはならない一線を越えたのが分かった。

「それは――」

「ああ。あいつは元から『クリステーアの瞳』を持つ資格がないんだよ」

クリスフィア公爵が吐き捨てるように言う。

これまで、公爵家に正統な継承者が生まれなくても、その血筋のうちから次代の継承者が生まれ落ちるのが常だった。

リヒャルトは自分の瞳が緑色ではないことを悔しがっていたが、自分の次代の子にその色が出ると信じていた。

兄である私にはアーシュしかいないし、ローズも死産した。

となれば唯一これから生まれる自分の子が必ず後継者の瞳を持って生まれるはずだと。

だが、リヒャルトの血筋に後継者の瞳は現れない。

すでにアーシュという直系にアーシェラという後継者がいるからだ。

もし、アーシェラをリヒャルトが亡き者としたとしても。

リヒャルトの血筋に『クリステーアの瞳』は生まれない。

簡単に人を殺める人物に繋がる者を、創世の女神が選ぶわけはないのだ。

「あの、申し訳ございません。私は昨年神官長になったばかりで、こういうことを申し上げるのはどうかと思うのですが……」

「どうした？」

陛下が促すと、カレン神官長が言いづらそうに声を小さくした。

「リヒャルトは本当に公爵様のお血筋なのでしょうか」

これまでの悪行を聞いていたらそう思うのは自然な流れだ。

「ああ……。リヒャルトの母は私の母が亡くなったずいぶん後に輿入れした後妻だ。その二年後にリヒャルトが生まれた。クリステーアの瞳は兄弟共に出ることは稀だからあいつには受け継がれなかった」

ずっとそう思ってきた。

「……その理由で誤魔化すこともできるわね」

今まで黙っていた王妃様がカレン神官長の言葉に乗った。

「カレン神官長はこう言いたいのでしょう。女神様の流れを汲むこのアースクリス国の公爵家に相応《ふさわ》しくない者が、本当に公爵家の人間なのかと」

「――リヒャルトの所業を見ていて疑ったこともあったが……。今ではリヒャルトの母も亡くなっていて調べる術《すべ》もない」

「もし、先代公爵の子ではなかったとしても、立証する手立てがないのだ」

陛下も難しい顔をしている。

――やはり陛下も疑ってはいたのだ。

この国は一夫一妻制で、離婚も認められていない。

一部の奔放な貴族には、不倫を楽しんだ末に、誰にも分からないよう不義の子を成す者もいる。

私の父である先代のクリステーア公爵は、早くに亡くした妻によく似たリヒャルトの母を後妻にして大切にしていた。

夫婦仲は良かったとは思うが、かなり年が離れていたのだ。

若い妻が他の若い貴族と不倫をしていても不思議ではない。

「あの……。クリステーア公爵がリヒャルトにお会いになる時に私も連れて行ってもらえませんでしょうか。確認したいことがあります」

陛下から下された処分は、私が本人に告げることとなる。

つまり近日中にリヒャルトに会うのだ。

どのような悪意を向けられるか、想像に難くない。

「カレン神官長。偽りの出自が分かったとしても、それでリヒャルトを裁くことはできないのだぞ」

それは母親の罪であってリヒャルトの罪ではない。

いくらリヒャルトが今罪人であっても。

「分かっております。ですが私は知る必要があると思うのです。女神様は必然をお与えになる。王妃様のご加護も必然だとそう感じずにはいられないほど。そして、私も女神様より神官長のお役目をいただきました。今私はリヒャルトのことが気にかかって仕方がありません。アーシェラ様がリヒャルトの罪を暴いたのが必然であるように、私もリヒャルトの母の罪を暴くことが必要であると感じるのです」

「『必然』か……」

菊の花と、リヒャルトの不正。

何の関係もないように思えても、繋がっている。

アーシェラが菊の花を見つけて動いた結果、薬師が動き、レント前神官長が動き、今まで掴めなかったリヒャルトの罪の動かぬ証拠が手に入った。

「私には『繋がり』が視えます。――クリステーア公爵から見える血が濃く、存命である血族は二人。これまではリヒャルトと安否不明のアーシュ様だと思っていましたが、アーシェラ様の存在で私の認識は変わりました。クリステーア公爵から繋がる一つはアーシェラ様でしょう。もう一つが、安否不明のアーシュ様だとしたら、リヒャルトは公爵家の人間ではありません。それを確認させてください」

驚いた。まさかカレン神官長にそんなものが見えるとは。

カレン神官長の申し出に陛下が頷いた。

「いいだろう。リヒャルトの出自を裁くことはできずとも、知ることは我々にとっても有益であろう」

確かに。

リヒャルトについていた『クリステーア公爵家』の肩書きがこれまで大きく影響してきたのだ。本質的なところでそれがなくなることで、私の心も軽くなる。

「ありがとうございます。陛下」

カレン神官長が頭を下げ、そしてもう一度口を開いた。

「陛下、クリステーア公爵。リヒャルトに会う前にアーシェラ様にもお会いしとうございます。リヒャルトがアーシェラ様と同じくクリステーア公爵家の血を持っていれば、リヒャルトの繋がりの色はアーシェラ様と同じであるはずです。アーシェラ様の色を先に確認したく思います」

「分かった。許可しよう」

「明日、王妃様のもとにローズと共にアーシェラが来る予定です。――王妃様、その時にお時間を頂いてもよろしいでしょうか」

アーシェラに直接会うのはローズたちに託してから初めてになる。

今回も遠くから眺めるだけにしようと思っていただけに突然訪れた機会に心が沸き立つ。

「ええ、構わないわ」

王妃様が「明日がたのしみね」と楽しそうに笑った。

◇◇◇

一度リヒャルトの話を切り上げて、今後の戦局の話になった。

「では、アンベール攻略は一年後ということになりますか」

リヒャルトを監視付きでアンベール国との国境へ従軍させるのは、リヒャルトの仲間にこれからの戦局などの情報を流させないためでもある。

おそらく我が国は一年の間に他の国、ウルド国、ジェンド国を攻略することができるだろう。

「ああ。まずはウルドだ」

陛下が私の問いに答えた。

最初はウルド国か。

情勢を鑑み、現在ほとんど停戦状態となっている三国を今冬から攻略すると決めていたのだ。

冬の進軍はこれまではしてこなかったが、今回そう決めたのはその定石の裏を突くことと、何より各国の餓死者をこれ以上増やさないためでもある。

海路でデイン辺境伯領に命からがら逃れてきた者をはじめ、陸路で逃れてくる難民も数多くいる。

このまま冬を越せばさらに多くの被害者が出るだろう。

「そうですね。ウルドの反政府軍を率いているダリル公爵から要請がございました。ダリル公爵たちが率いる反乱軍の兵士が王都の内部に入り込むことに成功したそうです」

王妃様の父親であるクリスウィン公爵が報告した。

撫でつけた金髪に琥珀色の瞳。

きりりとしているようだが、その実かなりおおらかな気性だ。王妃様もよく似ている。

夏の終わり頃、民を虐げてきた王族に反旗を翻し民を率いてきたウルド国のダリル公爵が、危険を顧みずに単身でアースクリス国にやってきた。

古くからウルド国に仕えてきた公爵家の当主が己の命を懸けて、ウルドの民のためにかの国の王族を討ってほしいと懇願してきたのだ。

「さすがに、ウルド王家に仕えてきた者としては、自らの手での弑逆《しいぎゃく》だけは避けたいようですな。ダリル公爵が率いる反政府軍はアースクリス国軍の麾下《きか》に入るとのことです」

クリスウィン公爵が頷きながら報告する。

「では、これから準備に入る。今秋は準備にあてる。この冬の間にウルドを落とす」

陛下が宣言した。

いよいよだ。

「冬の進軍はきついですが、仕方ありませんね～」

クリスフィア公爵がウルド国侵攻の責任者だ。

「では、私の麾下にローディン・バーティアを付けてください。あいつの魔力は私の力と相性がいいんです。仕事が早く終わりますよ」

他の国にも魔力を使う者がいる。

まずそれを打ち破ることが不可欠だ。

クリスフィア公爵は銀髪の短髪に、紫色の瞳をしている。

バーティア子爵家のローディンの魔力と相性がいいのは、多少なりとも同じ血脈を汲んでいるという繋がりがあるからだろう。

髪と瞳の色がそれを感じさせる。

「分かった。許可しよう」

「では、私はジェンド侵攻ですなぁ」

声を上げたのはクリスティア公爵だ。

「一年後は、私がアンベールに参ります」

王妃様の父であるクリスウィン公爵が頭を下げた。

「サポートを頼みますぞ。クリステーア公爵」

クリスウィン公爵が私に言うと、クリスフィア公爵が続く。

「今までさんざん最前線に立ってきたんだから、休んでくれよ、おやっさん」

うむ、と頷きながらクリスティア公爵も言う。

「それに可愛い孫娘を護る役目があるのですぞ」

三公爵がそう私に声をかけた。

アーシュがアンベール国にとらわれた後、私は一年のほとんどを戦地で過ごしてきた。

四公爵家の中で後継者を取られたのは、我がクリステーアだけだ。

必死の思いで息子の行方を追い、その過程でウルド国でとらわれたアースクリス国の大使を見つけ、ダリル公爵に保護してもらった。

ジェンド国でも同様に、アースクリス国の外交官を人知れず保護してもらっている。

だが、息子だけは。

一番私に繋がりのあるアーシュだけは見つからないのだ。

アンベール国王宮に呼び出されたアーシュはそのまま帰ってきていない。

どこに囚われているのか分からないのだ。

そんな私の思考を切るように、

「ですが、さすがにアーシェラ様を一般の屋敷に置いておくのは安全上どうでしょうか」

とカレン神官長が言う。

「……ディーク・バーティア前子爵にはアーシェラのことを最初から伝えてあった。もともとは子爵家でローズと共に守るはずだったのだが、ダリウス・バーティア子爵がな」

ダリウス・バーティア子爵はローズの父親だ。

リヒャルトとは比べ物にならない程度の小者だが、あいつも厄介な男だ。

侯爵家出身の母親を持ち、母方の祖父母に甘やかされて育ったダリウスは全く働かず、領地経営もせず遊びほうけている。

まあ不正をしたり暗躍するような気概がない分まだいいが、面倒なことには変わりはない。

「「ああ」」

ダリウスの名を出すと、他の三公爵の声が重なった。

「あいつのことだからローズ殿をそのまま公爵家に置いて金を引き出そうとしたのだろうなぁ」

クリスフィア公爵が呆れたように言う。

その通りだ。

ローズの輿入れの際に持参金を用意せず、結婚の条件に自分の借金を息子《アーシュ》に肩代わりさせた恥知らずな男だ。

最終的にローズの持参金はデイン辺境伯家を通してクリステーア公爵家に送られてきた。

ダリウス・バーティア子爵のことをよく知っている、ディーク・バーティア前子爵が事前に準備をして、デイン辺境伯家に頼んだのだ。

ディーク・バーティア前子爵は私が魔法学院に在籍していた時の教師だ。

先代が事業に失敗して借金を抱えたため、ディーク・バーティア前子爵は領地経営に王都での魔法学院の教師、と忙しく働いていた。それで一人息子の子育てを妻に任せきりにしていたところ、気づいたらお姫様気質の息子ダリウスが出来上がってしまっていたとのことだ。

バーティア前子爵の妻となった侯爵令嬢が、魔法学院の教師をしていた彼に惚れ込んで侯爵家の権力で無理やり輿入れした話は有名だ。

権力の使い方を間違ってはいないか、とさえ思う。

しかしながらディーク・バーティア前子爵が信頼できる人物であることは、彼の教えを受けた国王陛下や私たち四公爵も知っている。

ローズとローディン殿の教育を彼とデイン辺境伯家が行ったことで、二人がきちんと育ったことも分かっている。

だからこそアーシュの希望通り、ローズとの結婚を許したのだ。

息子《アーシュ》が肩代わりしたダリウスの借金も、ローディン・バーティア殿がこの前利子を付けて全額返済してきた。

大したものだ。どこも馬鹿な身内がいると大変だな、と同情する。

「ローズの弟のローディン殿が商会を構えて公爵家に迎えに来た。ローズが公爵家からバーティアに戻る道中でアーシェラを託すことに成功したのだ」

あの日、遠くからアーシェラを抱いたローズを見た時に心から安堵したことを思い出す。

「リヒャルトはアーシュが戻ってこないことを望んでいる。あれの妻のカロリーヌもそうだが、アーシェラを宿したローズの命を執拗に狙っていた。アーシェラは死んだと見せかけたが、リヒャルトたちのローズへの殺意は変わらなかった」

いつかアーシュが戻ってきたら、ローズが子供を宿すことも可能だ。

だからこそ、あんなに執拗にローズの命を狙っているのだ。

子供が出来ない身体になった、とカロリーヌが嘲《あざけ》っていたが、それはローズと周りにそう思わせるためだ。

「アーシェラは王宮の隠し部屋で秘かに育てていた」

アースクリス国王がそう話す。

――そう。アーシェラは生まれてから数か月の間、王宮で育ったのだ。


「女官長はアーシェラ殿の祖母ですからな」

公爵たちが納得する。

アーシェラが生まれた直後に、国王直属の魔術師たちの手によって王宮に転移させた。

産室には最初から結界と魔法陣が組まれており、万全を期しておいた。

案の定リヒャルトに買収された者が入り込んでいたが、魔術師たちが別の部屋に誘導し偽りの出産に立ち会いさせた。

『死産』だと思わせるために。

「――だが、子供は成長する。隠し部屋で育てるのも限界がある。しかもクリステーアの瞳を持った子だ。いずれその意味を知る者がアーシェラの存在を知り、うっかりにでも口を滑らせたら、リヒャルトだけではなく、良からぬ考えを持った者がクリステーア公爵家の娘を狙ってくる」

陛下がそう続ける。

長く隠し部屋で育てることができないと分かっていたからこそ、時機を見てローズと共に公爵家より比較的安全なバーティア子爵家に逃すつもりでいた。

結界を張った王妃様の隠し部屋で、レイチェルと私、王妃様でアーシェラを育てていた。

時折陛下もやってきてアーシェラの頬をつついていたが。

万が一、第三者に見られた時のことを考えて、皆でメイドの姿に身を変えてアーシェラの世話をしていた。

だが、私たちは自分の世話さえしたこともない貴族。

レイチェルとて、アーシュが赤ん坊の時は授乳をしていたが、その他はほぼ乳母任せだった。

そんな私たちが生まれたばかりのアーシェラのオムツをぎこちなく替え、風呂に入れ、授乳をする。

生まれた直後に母親《ローズ》から離してしまったため、アーシェラにはできるだけ母親の乳を与えたかった。

だから、ローズが公爵家で搾乳した乳を保存魔法で用意してアーシェラに飲ませていたのだが、それだけではどうしても不足する。

秘密裏に乳母を用意しようと思ったが、ローズの親友である王妃様が、自分がアーシェラに乳を与えると申し出てくれた。

王妃様が乳母とはとても恐れ多かったが、ローズよりも早く出産されていた王妃様のたっての希望だ。

本来であれば、王族こそ自ら授乳はせずに乳母に任せるものだが、クリスウィン公爵家は母親が授乳するのが当たり前の家だったことから、王子様を出産する前から自分ですると王妃様が言い張ったのだ。もちろん王妃様には公務もあるので、乳母も付いていたが。

そして王子様が離乳し始めた頃にアーシェラが生まれた。

茶髪茶色の瞳の乳母に姿を変えた王妃様がポツリと言った。

『――子供にお乳を与えるのはとっても幸せな気持ちになるの。私、ローズにその幸せをあげたいわ』

と眠っているアーシェラを抱いたまま、死産だと思い込んで心を痛めているローズと、母親から引き離されてしまったアーシェラを思って涙を落としていたのを思い出す。

私もレイチェルも仕事がある上に、もちろん王妃様も公務があるために忙しく、アーシェラの世話を最低限のことしかしてやれなかったのが今でも悔やまれる。

本来であれば、公爵家で何人もの世話係がついて何不自由なく世話をしてあげられるのに。

私たちが側にいない時はほぼ放置の状態だ。

王宮内で命の危険がないことは分かってはいたが、お腹を空かせていないか、オムツが濡れていないか、具合が悪くなっていないか心配で、仕事中もずっとアーシェラのことが頭から離れなかった。

仕事の合間に隠し部屋に行き、わずかな時間で世話をする。

周囲に不自然に思われないように細心の注意を払って世話をする毎日は緊張続きで疲れはしたが、それでもアーシェラを抱くとそんな疲れも吹き飛んだものだ。

日々すくすくと成長し、笑顔を見せるようになったアーシェラが可愛くて可愛くて。

いよいよ手放す時期が来て、準備をしつつも――ローズに託すのが正解だと分かっていても、今手放すことがアーシェラを護るために必要だと分かっていても、身を切られるように辛かった。

だから。

ローズに託した後、時折耐えられなくなって『クリステーアの瞳』の繋がりを使った。

私は、私と同じ『クリステーアの瞳』を持つアーシェラを中心に、周りの様子を俯瞰して見ることができる。

だから。

ローズがアーシェラを心の底から愛していることも。

ローディン殿やリンク殿が熱を出したアーシェラを何日も寝ずに看病したことも。

私たちのように、ぎこちないながらも一生懸命にアーシェラを育ててくれたことも知っている。

リヒャルトの手の者からローディン殿やリンク殿が、ローズやアーシェラを護ってくれていることも。

「――バーティア領の商会の家の周辺には護衛を潜ませています。何度もリヒャルトの手の者が襲撃しようとしていたのを排除しましたし、ローディン殿やリンク殿も対処していました」

公爵家の護衛からは、ローディン殿とリンク殿があまりに強いため自分たちの出る幕がないとの報告も来ていた。

そして、アーシェラが元気に育っているという報告を受ける度に安堵していた。

アーシェラが生まれた時に、アーシェラの曽祖父である前バーティア子爵と前デイン辺境伯、そして現デイン辺境伯にも王宮に来てもらい、アーシェラのことを告げた。

アーシェラをリヒャルトから隠し、守り育てるために協力してもらわねばならなかったからだ。

バーティア子爵家で護るつもりが、ダリウスの姑息な思惑のせいで商会の家で暮らすことになり危険性が高まったが、ローディン殿とリンク殿が驚くほど魔力の扱いに長けて強かったことが嬉しい誤算だった。

「ローディンもリンクも優秀だからな。ふたりとも王家直属の魔術師にもなれる実力を持っている。だからこそこれまでの長い間しっかりと二人を守ってこられたんだろう」

公爵位を継ぐ前は魔法学院の教師だったクリスフィア公爵が頷いた。

「だが、ローディン・バーティアもリンク・デインも今後の戦略に必要な人材です。二人が戦地へ行くとなるとアーシェラ殿の安全性が今後脆弱になるのは否めないですな」

クリスティア公爵が言う。

彼はジェンド国攻略にリンク・デインを連れて行くと先ほど公言した。

そうすれば、約一年間アーシェラの周りは護衛が心もとなくなる。

「なら、王宮か神殿の中でがっちりと護ってしまえばいいんじゃないか？　どうせいずれクリスティア公爵家に戻るんだろう？」

それはすなわち、もうアーシェラがバーティアの商会の家に帰ることはないということを意味する。

クリスフィア公爵がそう提案すると、クリスティア公爵が同意する。

「それがいいですな。明日、ローズ殿と一緒に王妃様のところに来られるとか。そのままローズ殿と共に保護いたしましょう」

『保護』

公爵としては理解できる対処だ。

いつもであれば私でもそう提案するだろう。

だが。

「ねえ、ちょっと待って。アーシェラを護ることは大事だけれど、お家に帰れないと知ったらアーシェラが悲しむでしょう？」

王妃様の言う通りだ。

アーシェラの泣き顔が目に浮かぶようだ。

可愛い孫を悲しませたくはない。

「そうです。それにローディン殿やリンク殿も何と言うか」

レント前神官長が止める。

ローディン殿やリンク殿がアーシェラを本当に大事にしてくれているのは知っている。

護衛からの報告からもそう思えるし、私も実際に見て知っている。

アーシェラが『家族』として二人をとても大事にしていることも。

幸せそうに笑っていることも。

「優先するべきは安全でしょう。ローディン殿やリンク殿とて不在の間の安全のためと言えば納得しましょう。子供は順応が早いといいますし。母親《ローズ殿》と一緒なら大丈夫ですよ。リヒャルトを排除したらクリステーア公爵家に戻せばいいのです。本当の家なのですから」

王妃様の父親であるクリスウィン公爵が言う。

確かにクリステーア公爵家はアーシェラの生家であり、いずれはアーシェラが継ぐ家だ。

だが、こんな形でバーティアの商会の家から引き離すことは本意ではない。

たとえ、自分がどんなにアーシェラを手元に呼び戻したくても。

クリステーア公爵家が『自分の家』だと、戻るべき場所であると、アーシェラ自らが思ってからでなければならないのだ。

「――性急すぎはせぬか。おぬしたちの言っていることも尤《もっと》もだが、いささかアーシェラの気持ちを無視しているように思うぞ」

私にはアーシェラの気持ちが分かってしまう。

バーティア領の商会の家で楽しそうに笑うアーシェラの姿。

あれを奪い取ることになったら、アーシェラがどんなに悲しむだろうか。

だから、どうにも頷くことはできない。

「クリステーア公爵の言っていることも分かるが、これからの敵はリヒャルトだけではなくなるのだぞ。どうやって知るのか、加護を持つ人物を狙う者が出てくるのは明らかだ。王妃様とて何度も危険な目に遭ってこられた。だからこそ公爵家と王家に守られていたというのに」

クリスティア公爵の言葉に、クリスフィア公爵が重ねる。

「リヒャルトのせいで、アーシェラ殿にとってクリステーア公爵家こそが危険な場所となっているのだ。そうとなったら最も安全なのは王宮と神殿であろう。今までと同じにしておくというのは考えられん」

「……」

何も言えなくなった。

安全面でだけで言えばそうだろう……だが。

「私は王宮での保護を提案いたします」

クリスフィア公爵の言葉に、クリスティア公爵とクリスウィン公爵が同意を示した。

「私も」

「私もです」

「私は神殿の長としても、女神様の加護をいただいた方の保護をお願いしとうございます」

三公爵の言葉にカレン神官長が賛同する。

――このまま決まってしまってはアーシェラを泣かせてしまう。

元気に笑うアーシェラを、触れることができずともずっと見守ってきたのに。

ローディン殿やリンク殿に大事にされて幸せそうに笑っていたのに。

アーシェラの身を護ることと、心を護ること。

それが一緒でなければならないのに。

アーシェラの気持ちを置き去りに事が進んでいく。

「じゃあ、明日王宮に来たら保護するということで決まりでいいです――――うわあっっ!?」

クリスフィア公爵が言いかけた瞬間。

突然、魔法で灯りの満ちていた部屋に闇が落ち、一瞬で目の前が暗闇と化した。

「え？　これって……」

王妃様の声がする。

誰もが灯りをつけようとするが叶わない。

ただの暗闇ではなく、何かの力のこもった意思のある闇だということが分かる。

「「「うっ。な、なに……」」」

声の方向に目を凝らすと、もっと濃い暗闇が三公爵とカレン神官長を包んでいるようだ。

「これは——女神様の水晶の光でございます」

レント前神官長の声が暗闇の中に響いた。

「は……はい。私の授かった女神様の水晶もです……」

カレン神官長の声もする。

その瞬間、ここにいる皆の脳裏に浮かんだのは。

創世の女神たちの、『否定』。

それが何に対する否定なのか、なぜ三公爵とカレン神官長に闇が降り落ちたのか、ここにいる全員が悟った。

「——!!　も、申し訳ありません!!」

クリスフィア公爵が明らかに慌て切った声で、闇に向かって叫んだ。

女神様の水晶は神官長のみに授けられる、女神様の意思を唯一確認できるもの。

その意思は、肯定であれば光り輝き、否定であれば黒く濁る。

そう、水晶の中で黒く濁るだけのはずなのだ。

それが、黒い光――――黒い闇を作り出したのだ。

それは。

否定だけではなく、創世の女神様たちの『怒り』さえ感じさせるものだった。

「――そ、そうですわ!!　女神様は必然をお与えになる!!　アーシェラ様はバーティア領の商会の家にいるのが必然なのですね!!」

カレン神官長が声を裏返しながらそう言うと、その瞬間、闇が消えた。

「「「――――」」」

闇が消え去り、部屋に明るさが戻った後には、三公爵が呆然としているのが見えた。

「おっかねえ……」

クリスフィア公爵が呟いた。

クリスティア公爵、クリスウィン公爵、カレン神官長も青褪めている。

我々は女神の水晶による『肯定』は見たことがあっても『否定』を見たことはなかった。

「否定の際に、水晶が黒く濁るという事例はありましたが、闇を出したという事例はありません」

と、読んだ書物をすべて記憶しているレント前神官長が言う。顔が強張っていたことから、この現象はおそらく本当に初めてのことなのだろう。

――この否定は、強烈だ。

私の胸が早鐘を打っている。

おそらくはここにいる誰もが同じだろう。

陛下は一度深く息を吐いた後、私たちを見回した。

「女神様のご意向は『王宮や神殿に閉じ込めずにアーシェラの自由にさせよ』ということだろうな。カレン神官長が言った通り、それが必然なのだろう」

確かに。

王宮や神殿で保護されたら、ほとんど自由はきかなくなる。

常に監視されるため、『保護』という名の監禁に近い。

「急がずとも、いずれアーシェラはクリステーア公爵家に戻ることになる。私たちはその時が来るまで護ればいいのだ――アーシェラには、王宮から魔術師の護衛を付ける。バーティア領の商会の家の護衛に関しては、各公爵家からも選抜せよ。良いな」

「「「承知いたしました」」」

陛下の命令に、私を含めて公爵家の当主が首肯した。

王宮での保護が否定された以上、バーティア領での新たな護衛が必要になる。

これまでの護衛も引き続き必要ではあるが、そこに魔術師も加えることになる。

魔術師が対応しなければならない輩が今後必ず現れるからだ。

「それじゃあ、一度パーティアに行ってみるかな～。ほら、護衛計画立てなきゃいけないですよね」

一番強硬に主張していたクリスフィア公爵が、吹っ切ったように今後のことを話し出す。

それでも、まだ表情は少し強張ってはいるが。

「私も行きたいですな。ですが、その前にアーシェラ殿に一度お会いしたい。明日は会えませんかね？」

「いいですな。護衛対象に会うのは当然ですよね？　王妃様」

同様に、クリスティア公爵、クリスウィン公爵が次々に言う。

「時間が合えばいいわよ」

と王妃様が許可を出した。

三公爵とも私に「申し訳なかった」と謝罪してきたが、彼らに悪気があったわけではないのだ。

アーシェラを護ろうとしてくれていただけなのだから。

気にするな、と言った後、私は今まで言うことのできなかった言葉を口にした。

「――私の孫《アーシェラ》はものすごく可愛いぞ」

「ははは。さっそく爺バカか」

口が悪いクリスフィア公爵だが、彼とて息子と娘を溺愛しているのを知っている。

「それを言うならうちの孫だって、可愛いぞ」

私と同年のクリスティア公爵も昨年初孫が生まれたばかりだ。

「王子様も、うちの孫たちも超絶可愛いぞ!!」

一番年長のクリスウィン公爵が声高に言い、王妃様に窘められている。

三公爵なら、アーシェラを会わせても大丈夫だろう。

——ああ、良かった。

やっと、私も安堵し、ゆっくりと息をすることができた。

◇◇◇

——とうに日付も変わり、散会することになった。

長く濃密だった一日が終わろうとしている。

長年の懸案だったリヒャルトの犯罪が急に浮き彫りになって、裁くことができるようになった。

一瞬の安堵の後に、アーシェラの加護を知り、リヒャルトの母への疑惑が追い打ちをかけた。

今日はへとへとだ。

三公爵たちは私と同じく王宮内にあてがわれたそれぞれの部屋で休むことになるだろう。

ああ、その前にレイチェルと話し合わなくては。

アーシェラと会うことが今後許されると教えたら、どんなに喜ぶだろうか。

『氷の女官長』との異名をとる彼女の氷が一瞬で溶けてしまうのは、アーシェラの前でだけだ。

私よりも王妃様よりも、アーシェラがいなくなった時のレイチェルの落ち込み様はすごかった。

レイチェルは、アーシュが安否不明になった時は何とか気丈に振る舞ってはいたが、おそらくアーシェラがローズの腹に宿った後はその存在が心の支えだったのだろう。

仕方がないとはいえ、アーシェラを手放した後レイチェルが隠し部屋で泣いている姿を何度も見てきた。

たぶん、レイチェルは明日アーシェラを抱きしめて離さないだろう。

陛下が退出する際に、ふと思い出したように言った。

「ああ、クリステーア公爵。今後アーシェラに会う時は目の色を変えよ。まだアーシェラや他の者にアーシェラの出自を知られるのは時期尚早だろう？」

公爵家の瞳のことをよく知る者が見れば、私とアーシェラの繋がりが分かるだろう。

まだ早いのだ。

「はい。承知いたしました」

リヒャルトの危険を完全に排除して、アーシェラが公爵家に戻るまでは、他の者には極力知られぬ方が安全だろう。

「少しだけ濃い緑色の瞳にすると、公爵を知る他の者も気づきにくいでしょうね」

レント前神官長の言葉に頷く。

「そうですね。ではそうします」

ローズに託す前は、魔法で姿をメイドに変えてアーシェラを抱いていた。

自分と同じ薄緑の瞳が、金色の柔らかな髪が、その愛らしさがとてつもなく愛おしかった。
あの愚かな弟から、可愛い孫の命を護り切るために、身を切る思いで手放したのだ。

けれど、リヒャルトの他にも危険が迫っているとは。
この場にはいないアーシュのためにも、アーシェラを護らなければ。
それにしても。
アーシュ、そろそろ戻ってこい。
クリステーアの瞳は、同じ瞳を共有する。
今は繋がりが切れているが……死んではいないはずだ。
完全な断絶はすぐに分かるから。
アーシュは死んではいない。

教えてやるから。
——お前の子はこんなに可愛いのだと。

16　隠し部屋にて（前バーティア子爵視点）

私はディーク・バーティア。バーティアの前子爵である。

今日王都のデイン辺境伯邸で、私のひ孫である三歳になったアーシェラに会うことができた。

私が初めてアーシェラに会ったのは、彼女が生まれて間もない頃だった。

クリステーア公爵に呼ばれて赴いた王宮の隠し部屋で、王妃様に抱かれて眠っているアーシェラに会った。

一度も母親であるローズに抱かれることなく引き離されてしまったアーシェラ。

ローズに申し訳なくて抱くことを拒んだが、クリステーア公爵夫人に促されて恐る恐る生まれて間もない赤ん坊を抱っこした。

小さな小さな赤ん坊。

クリステーア公爵家の色彩を受け継いだ赤ん坊は、金色の髪をしていた。

眠っていて瞳の色は確認できないが、間違いなくクリステーア公爵家の薄緑を受け継いでいると教えてもらった。

「名前は以前からアーシュとローズが決めていました。女の子だから『アーシェラ』です」

クリステーア公爵が名前を教えてくれた。

「アーシュが安否不明になってからリヒャルトの動きが急に活発になっています。ローズの懐妊が分かった後は、連日ローズやお腹の中のアーシェラを亡き者にしようとあの手この手で罠を仕掛けてきていました。あのまま公爵家に置いていては、自分の地位を脅かすアーシェラを絶対に生かしておくはずがありません」

アーシェラが生まれた直後に王宮に転移させたことを聞き、これから先は私たちが呼ばれたこの隠し部屋でアーシェラを育てるとのことだった。

「リヒャルト・クリステーア……」

魔法学院の教師だった頃の記憶をさらうまでもなく、すぐに出てきた。

あの驕慢な男か。

全寮制の魔法学院は、貴族から平民まで身分の差なく通うことができる。

高度な魔法教育は基本的に無償で受けられる。

それだけ魔法を使える者が少なく、魔力を持つ者が貴重な人材であるということだ。

大抵の者は火・水・風・土（地）のどれか一つの属性の魔法しか使えない。

その相性の良い一つの属性を磨き上げ効率よく使えるように鍛錬し、卒業後はその魔力を生かす職に就くことが求められる。

二属性以上の魔力の素質がある者は、鍛錬を重ねて己の中の魔力を練り上げ、磨き上げることで、様々な魔法を身に付けることができる。

代表的なものは『治癒』や『鑑定』だ。

その他の魔法であっても、己の努力次第でどんどん強くなることができるのだ。

属性が一つでも二つでも、魔力を持つ者が貴重であることに変わりはない。

生徒たちの努力を手助けして伸ばしてやるのは、教師として楽しくやりがいのある仕事だった。

私が魔法学院の教職についていた期間は三十年弱。

成人した十八歳から魔力操作に長けていたことを買われ、教鞭をとることになった。

父親が事業に失敗して多額の借金を抱えたために、領地経営を立て直しつつ給金の良かった魔法学院の教師を続けて借金を返し続けた。

領主と教師との二足のわらじを履くのはさすがにきつかったため、借金返済が済んだ後に教職を辞し、領地経営のみに切り替えたのだ。

ここにいるアーネスト・クリステーア公爵はかつて私の生徒であった。

彼は公爵家の後継としての自覚を持ち、さらに血筋ゆえの高い能力も持ち合わせていた。

能力の高さと勤勉さで自らの魔力を高めることに余念がなく、人間性も公平かつ誠実で、とても良い生徒だった。

その彼が、孫娘《ローズ》の舅になるとはその当時は思いもしなかった。

公爵夫人であるレイチェル女官長も、一見冷たそうに見えるが情に厚く、いつも同じクラスの皆に分け隔てなく接していたことを思い出す。

一方、リヒャルト・クリステーアは、魔力の素質がありそれなりに優秀ではあったが、その能力は兄であるアーネスト・クリステーアの足元にも及ばなかった。

性格はといえば、公爵家の血筋であることを鼻にかける高慢な人物で、身分の低い者を事ある毎に虐げていた。

確かに、公爵家より身分の高い者など魔法学院にもそうそういるものではない。

そのせいか彼は、自分が王様になったかのように振る舞い、遊びでもするかのように標的にした者を虐め抜いていた。何度厳重注意したか分からないほどだ。

そして。

リヒャルトが学院二年生になった頃、当時王太子殿下であった現在の陛下が魔法学院に入学してきた。

それからしばらく経った頃、王太子殿下がリヒャルトの学院での悪事に気づいて暴いたため、リヒャルトは自宅謹慎となり、そのまま卒業となった。

卒業資格を与えるなど気分が悪いが、成績はクリアしていたのだ。

それに前クリステーア公爵からの嘆願もあって、退学処分が見送られたからでもある。

負の人間《リヒャルト》にはそれなりの取り巻きがついていた。

時が経つとともに、リヒャルトの学院での悪事は世間でも風化し忘れ去られ、恵まれた身分や容姿ゆえに奴の本質が隠れてしまっていた。

リヒャルトの周りで不正が行われているらしいという話が一部から聞こえてきてはいたが、学院にいた時のように別に犯人を仕立て上げ、とかげの尻尾切りで自分は逃れ続けているらしい。

そんな男が、次期公爵という地位に固執し、私の孫娘ローズと生まれた子の命を奪おうとしている。

「バーティア先生。あなたも、リヒャルトのことをよく知っていらっしゃるかと思います。どうかローズと私の大事な孫娘を護るために力をお貸しいただきたいのです」

アーネスト・クリステーア公爵が頭を下げた。

公爵夫人のレイチェルもそれに倣う。

「頭を上げてほしい。頼まれるまでもなく、私は孫とひ孫を護る。こちらこそローズとアーシェラを護ってほしいと頼みたいところだ」

「リヒャルトという公爵の弟はそんなに危険なのか？」

前デイン辺境伯であり、この場に息子のロザリオ・デイン辺境伯と共に呼ばれたローランド・デインはリヒャルトという人物をよく知らなかった。

世間一般はローランド・デインと同じ反応だろう。

クリステーア公爵の弟で、頻繁に浮名を流す色男。

公爵家が持つ爵位の一つである伯爵位を受け継いだ者。

公爵家の血筋ゆえに、役所で高い地位を持つ者。

社交界ではそれで通っている。

だが、私は教鞭をとっていてリヒャルトの本質をつぶさに見てきた。

リヒャルトは前公爵夫人の美しさを受け継いだ端整な顔立ちで、裏の顔を知らなければ、家柄と容姿がすこぶる良い優良物件に違いない。

甘いマスクで女性たちの受けが良く、たびたび浮名も流している。

笑顔の裏で爪を研いでいることも知らず、リヒャルトの甘言に乗せられてうまく使われている人間が沢山いるのだ。

彼はいつでも自分の罪を他人にかぶせる準備を整えている。

ゆえに自分は被害者のように振る舞う。実に厄介なやつだ。

「父上、リヒャルトは……狡猾な人間ですよ。クリステーア公爵には申し訳ないが、公爵家の権威を笠に着て調査官を脅し、不正を隠しているというのは上層部では有名な話です。なかなか尻尾を摑ませなくて捜査関係者を困らせているんです」

と軍部と警備に精通しているロザリオ・デイン辺境伯が青い瞳を細めて苦々しげに話す。

「恥ずかしながらその通りだ。アーシュが不明になった際に、他の者を仮の次期後継者に指名すればリヒャルトが必ず潰しにかかると踏んで、仕方なく仮の後継者としたとたん、傍若無人さが増長した。今では自分が次期公爵のように振る舞っている——我が弟ながら、情けなくてしょうがない」

クリステーア公爵が薄緑の瞳を伏せきっちりと撫でつけた金色の頭を下げながら、ため息をついた。

「私の部下にリヒャルトと魔法学院の同学年だった者がいて、その所業は聞いていています。あのリヒヤルトなら、ローズやアーシェラを殺すまで執拗に追いかけるでしょう」

息子であるロザリオ・デイン辺境伯の言葉を聞いて、ローランド・デインが愕然とした。

「せっかくローズが幼なじみのアーシュ殿と幸せになれると喜んだのに……こんなことになるとは」

当時はダリウス《ローズの父親》のせいで結婚話が流れてしまうのではと皆で心配していたのだ。

私の親友でもある前デイン辺境伯《ローランド・デイン》がため息を落とす。

彼もローズの母方の祖父であり、アーシェラの曽祖父なのだ。

私からアーシェラを抱きとり、頬を撫で、目を潤ませている。

小さな小さなアーシェラ。

生まれる前から命を狙われ、生まれてすぐ母親から引き離されることになるとは。

ここにいる誰もがその理不尽さに、怒りと哀しみを胸に抱いた。

ローズの伯父でもあるロザリオ・デイン辺境伯は痛ましげに青い目を細め、アーシェラの金色の髪を指でゆっくりと撫でると、顔を上げてクリステーア公爵にはっきりと言った。

「クリステーア公爵、わがデイン家も協力は惜しみません。ローズもアーシェラも我がデイン家の血に連なる者です。我が血族を一緒に守らせてください」

クリステーア公爵がほっとした顔をすると、「ですが」とロザリオ・デイン辺境伯が続けた。

「ですが、公爵。アーシェラを本当の意味で守り切るためにはリヒャルトを『排除』しなければならないのですが、どのようにお考えでしょうか。――公爵が『弟だから』と情を残しているのであれば、アーシェラは守り切れません。そうであるならば、アーシェラはデイン辺境伯家の子として引き取ります。公爵家とは縁を切らせて、辺境伯家の娘として立派に育てます。決して不自由はさせません」

ロザリオ・デイン辺境伯が真っ直ぐに、アーネスト・クリステーア公爵の瞳を見た。

「デイン辺境伯……」

クリステーア公爵の薄緑の瞳が驚愕に見開かれた。

だが、ロザリオ・デイン辺境伯はその瞳を真っ直ぐに見たまま、さらに言葉を重ねる。

「きつい言い方かもしれません。ですがお答え願いたい。ローズやアーシェラを護るために、うやむやにしておいてはいけないのです」

「デイン辺境伯、アーシェラはクリステーア公爵家の後継だ」

隠し部屋の中に突然アースクリス国王が現れ、私たちは揃って驚愕した。

私たちが招かれて入った扉とは別の入り口があるらしい。

「っ!!　陛下!!」

長い銀髪を緩く結んで肩にかけ、青い瞳は強い意志を宿す。

齢はリヒャルトとさほど変わらないが、若い。

魔力の強い女子は幼い頃から身体の成長が遅いが、魔力の強い男子は成人後に身体の老化が遅くなる傾向があるためだ。

ゆえにクリステーア公爵も同年代の者たちと比べると若いことが分かる。

リヒャルトとクリステーア公爵は実年齢で十五歳離れているというが、さほど変わらないように見えるのだ。

「クリステーア公爵家はアーシュが継ぎ、アーシェラがその次の後継者だ。それは決して変わらない」

ローズの夫であるアーシュ殿はアンベール国で捕縛された。

戦争を仕掛ける口実にした、アンベール国にとって体《てい》のいい人質。

三国の思惑通り戦争へと駒が進んだ今、人質としての価値はなくなったはずだ。

嫌な言葉だが、その命を刈り取られていても不思議ではないのだ。

だが、陛下はアーシュ殿が生きているように話されている。

「ですが、アーシュ殿の行方は不明では」

デイン辺境伯が私たちの疑問を口にすると、陛下は軽く頭を縦に振った。

『不明』という言葉を肯定したのが分かる。

「だが、死んではいない。詳しいことは教えられぬが、アーシュ・クリステーアが今現在生きていることはこの私が断言する」

『教えられない』と言われてはこれ以上詮索することは叶わないだろう。

しかし、居場所が不明であってもアーシュ殿が生きているということだけは、吉報だ。

「リヒャルトにはいずれ必ず自らの罪を償わせる。犯した罪『相応』にな。だがそれは今すぐにできることではない。勅命で強引に裁いても良いが、確たる証拠もなしに行えば、この国に戦争を仕掛けた三国と同じ穴の狢《むじな》になってしまうだろう。リヒャルトの仲間にも付け入る隙を与えてしまうやもしれぬ」

相手はリヒャルトだけではない。

リヒャルトの仲間も同様に叩き潰すことが必要なのだ。

「ゆえに、デイン辺境伯。そなたにもリヒャルトやその周辺の者たちを追い落とす証拠を摑んでもらいたい。そのための権限は与えよう」

陛下の言葉にデイン辺境伯が胸に片手を当てて頭を下げた。

「承りました。なるべく早くに証拠を揃えます」


ローランド・デインが抱いていたアーシェラをレイチェル殿に渡し、改めて皆で話をすることになった。

少し離れたソファに王妃様と、眠っているアーシェラを抱いたレイチェル殿が座っている。

テーブルを囲むのは、陛下とクリステーア公爵、私とデイン親子だ。

「デイン辺境伯。先ほどの答えですが、私にはもう弟はいない。そう断言します」

強い瞳でクリステーア公爵が言った。

「あれは、リヒャルトという犯罪者です」

「それでよろしいのですか？」

デイン辺境伯が問う。

「今後、弟だからと、庇いだてすることは断じてありません。——リヒャルトは、越えてはならない一線を越えたのです」

クリステーア公爵はそう言うと、陛下に視線を送る。

陛下も話して良いとばかりに頷いた。

それほどの機密なのか。私たちは身構えた。

「クリスフィア公爵所縁《ゆかり》の神官が先日クリスフィア公爵のもとに面会を求めてきました。『小神殿に来たリヒャルトの周囲に、彼に殺された人物が視える』と」

クリステーア公爵の言葉の後を陛下が継ぐ。

「その神官には一般の神官が視えないもの、つまり特別なものが視え、聞こえる。だが、彼が慄いたのはそれだけではない」

「「「……」」」

一線を越えたという『意味』に私たちは言葉をなくした。

「数か月前、ランドール・サンディア男爵の商船が沈没しました」

「！　それは……知っています。海が荒れてもいないのに船が沈没したと」

デイン辺境伯が反応を返す。

私もローランド・デインもそのことは知っている。

遥か沖合での沈没、乗っていた人物の多くは遺体となってデイン領の海岸に流れ着いていた。

気のいい商人でもあり、王の友でもあり、貴族からの信任も厚かった男爵の死を皆悲しんだのだ。

「目障りだったサンディア男爵を、リヒャルトが船の不測の損傷による海難事故と見せかけて殺害したと。リヒャルトの周囲にいた人物――サンディア男爵たちは神官にそう訴えたらしい。神官はその事実と、残虐な所業をしながら何事もなかったかのように微笑んでいるリヒャルトが心の底から恐ろしいと」

ランドール・サンディア男爵は情に厚くいい人物だった。

学生の頃、豪快に笑っていた姿が目に浮かぶ。

あのサンディア男爵がリヒャルトに殺されていたとは。

「陛下……デイン領に流れ着いた遺体には……女性や子供もいました」

ぎりり、とデイン辺境伯が唇を噛みしめる。

「船に乗っていたのは十七人。船には古参の炊事婦やランドールの子供も乗っていた。船の事故と見せかけてはいるが、リヒャルトの魂には罪のない人々の命を奪った、罪と影がこびりついている」

淡々と陛下は話すが、その口調には怒りが込められている。

「実行犯はリヒャルトに買収された乗組員だ。重い病気の子供の薬のために、与えられた魔法道具で舵を折り船底に穴を空けた。もちろんその実行犯もその時に死んでいる――まったく、巧妙で反《へ》吐《ど》が出る」

陛下が吐き捨てる。

死人に口なしとはこのことだ。

いくら神官の証言があっても、確たる証拠とは言い難い。

しかも実行したのは乗組員だ。買収の証拠は探しても出てくるまい。

買収された乗組員の病気の子供のところには結局薬は渡されておらず、船が沈没した後、その子供も間もなく亡くなってしまっていたそうだ。

その病気の子も最初から捨て駒だったのだ。

断腸の思いで船を沈めた実行犯の男もリヒャルトを恨み、奴の周りにいるとのことだ。

「外道め……」

思わず声が出た。

デイン辺境伯もローランド・デインも、握りしめた拳が怒りに震えている。

人の命を何だと思っているのか。

「陛下や私には、その神官と同じものが視える。もちろん、他の公爵もリヒャルトを『視て』いる。あれを視た時点で、兄弟の情は完全に消え去った。横領だけでも許しがたいというのに。リヒャルトには必ず犯した罪を償ってもらう。それは生ぬるいものであってはいけない」

クリステーア公爵が厳しい瞳と口調で言う。

亡くなったサンディア男爵たちに詫びるには、リヒャルトの悪行を明らかにして、断罪するしかない。

「デイン辺境伯。まずはリヒャルトとその周りの者たちの犯行の証拠を集めよ。どんな小さなことでもいい。時間がかかってもいい。だが、深追いしすぎるな。サンディア男爵はリヒャルトとその仲間の悪行を公然と窘めていたということが確認されている。サンディア男爵は貴族たちにも信頼が厚かったからな。リヒャルトたちにとって相当目障りだったのだろう。――もう誰も彼の前轍《ぜんてつ》を踏んではならない」

短髪の銀髪に海のような青い瞳、日に焼けた肌で豪快に笑うサンディア男爵は、陛下が信頼していた学生来の友人だ。

その彼を奪われた怒りと悲しみは計り知れない。

「慎重に事を進めましょう。ここにいる人間が誰一人として欠けないように。それがローズとアーシェラを護ることに繋がります」

クリステーア公爵の言葉に、私もデイン親子も頷いた。

「ローズは回復したら、一度バーティア子爵家に戻します。『死産した』と見せかけましたが、リヒャルトが一度標的にしたローズを見逃すとは思えません。公爵家よりバーティア子爵家にいた方が安全かと思います。もしかしたらリヒャルトの手の者が回るかもしれませんが、バーティア先生なら大丈夫かと。……こちらの勝手な憶測で申し訳ないのですが」

「大丈夫だ。うちにはローディンもいる。私に劣らぬ魔力の使い手だ」

魔法学院で教師として魔法漬けの生活を送ってきた私は、魔力の使い方や魔法道具の特性をよく知っている。

子爵家をローズを護るための要塞に仕立て上げることも不可能ではない。

「デイン辺境伯家からはリンクをバーティアへ出そう。親バカかもしれぬが魔力の扱いについてはローディンといい勝負だと思う」

ロザリオ・ディン辺境伯の言葉に、ローランド・ディンが「そうだな」と頷いた。

ローディンやリンク、そしてホークには私が小さい頃から魔力の使い方を教えてきた。

息子《ダリウス》の教育を誤った私は孫のローズやローディンをまともな人間に育てようと、心血を注いできた。

「その後、時機を見てアーシェラを託したいと思います。……この隠し部屋でずっと育て続けるのは難しいので」

まだ生まれて数日のアーシェラ。

赤子の時は大丈夫だろうが、歩くようになったら、隠し部屋では確かに無理があるだろう。

また、ここは王宮だ。

いつどこで誰に知られるか分からない。

クリステーア公爵家特有の色彩を纏うアーシェラが誰の子かを悟られ、いつリヒャルトに狙われるかも分からないのだ。

「ローズにアーシェラのことを告げるのは、バーティア子爵邸にアーシェラを託した時で良いかと思います」

クリステーア公爵の言葉にふと笑みがこぼれた。

その時のローズの喜ぶ姿を想像したからだ。

――だが。

よもやバカ息子《ダリウス》のせいで、子爵邸でローズとアーシェラを護ることが叶わなくなるとは、この時は思いもしなかった。

◇◇◇

デイン辺境伯の私室には今、ロザリオ・デイン辺境伯と妻のマリア、ローランド・デイン前辺境伯、そして私ディーク・バーティア前子爵の四名がいた。

先ほど、三歳になったアーシェラに会ったばかりだ。

生まれた時やバーティアの商会の家で会った時は、アーシェラが眠っていたため瞳を見ることはなかったが、アーシュ殿やアーネスト・クリステーア公爵と同じ薄緑色でキラキラした瞳をしていた。

金色の髪もアーシュ殿に似ているのか柔らかな髪質で少しくせっ毛だ。

幼い頃のローズにもアーシュ殿にもどんどん似てきた。

このまま成長すれば、誰もがアーシェラが二人の子供であると確信するだろう。

「アーシェラちゃん可愛かったですわ〜！」

そう言ったマリアは先ほどまでずっとアーシェラを抱っこしていた。

デイン辺境伯家嫡男のホークも次男のリンクもまだ妻を迎えていない。

ホークは、デイン辺境伯が陛下に命じられた件で忙しいため、父の代わりにデイン辺境伯家の一切を任されている。

また、隠し部屋での詳細は伏せてはいるが、命じられた内容《リヒャルトの捜査》はホークにも伝えられていたため、ホークもまた自分のルートで動いているらしい。

辺境伯軍の統率、領地の統括、王都との行き来で、かつての私よりも忙しいのがホークだ。

あまりの忙しさに結婚はすべてが落ち着いてからということにしているそうだ。

秘密が結婚相手を通して外に漏れることを懸念してのことだ。

次男のリンクはバーティアの商会の仕事や育児で忙しく、いずれデイン家に戻った際には家庭を持つだろうが、まだまだ未定だ。

大体の事情を知っていたマリアだが、やはりさみしかったのだろう。

子供好きの彼女はアーシェラをずっと離さなかったのだ。

私ももう一度抱っこしたかった。

「アーシェラが可愛いのは当たり前だろう、私のひ孫だ」

少し不満を込めて言うと、

「それをいうなら、私もアーシェラのひいじいさんだぞ。ローズマリーの孫娘なんだからな」

私の親友であるローランド・デインも声高に言う。

ローズとローディンの母のローズマリーはローランドの娘だ。

「驚きましたよ。ローズが育てていた拾い子が、実はローズの産んだ子だったなんて」

そう言うマリアに、夫であるロザリオ・デインが答える。

「クリステーア公爵夫妻があのバカな弟夫婦から守るために、赤子のアーシェラを王宮で秘かに育てていたのだよ」

「ええ。王宮の王妃様の近くにはクリステーア公爵夫人がいらっしゃいますものね。納得しましたわ」

実は今日、ここにいる四人とも王宮に呼ばれ、陛下自ら改めて話をされたのだ。

これから先、戦争を終結するためにアーシェラを守っていたローディンやリンクが戦地へ行くことが決まっている。

その間彼らに代わって、クリステーア公爵家の後継者であるアーシェラを守るようにとの話だった。

マリア以外の私たち三人は、ローズがアーシェラを生んで間もなくクリステーア公爵から当時の事情を話されて知っていた。

ローズとアーシェラをクリステーア公爵位を狙う弟リヒャルトから逃がし、狡猾な弟の尻尾を摑むまで守ってくれと頼まれていたのだ。

危惧していた通り、リヒャルトはローズが拾って育てているアーシェラの存在を訝《いぶか》しんだらしい。

アーシェラの出自が分からずとも、己の邪魔になりそうな芽は摘んでやるとばかりに、ローズだけではなくアーシェラの近くにも暗殺者らしき者が何度も執拗に現れていた。

そんな中、クリステーア公爵家とデイン辺境伯家、そして子爵家の護衛や魔術師が商会の周りを固めて二人を守っていたのだ。

「アーシェラちゃんのことはいつ子供たちに教えますの？　ローズも喜びますでしょう？　子供を死産したのだと、あんなに傷ついていたのですから。愛し子《アーシェラ》が実は本当の我が子だと知ったら、どんなに嬉しいでしょう」

アーシェラがローズの実子だと知っているのは、ここにいる人間と極々一部の者だけだ。リヒャルトの捜査をしているホークにも教えていない。

「陛下からは、戦争が終わるまで待てとのことだ。アーシュ殿が戻るまで待てと」

私がそう言うと、マリアが驚いた。

「!!　アーシュ殿が生きてらっしゃるのですか!?」

「陛下や公爵はそうおっしゃっている。詳しくは教えてはもらえなかったが、アンベール国のどこかで生きているそうだ」

「敵地でずっと……」

『生きている』という情報だけでは、アーシュ殿がどのようになっているかは分からない。

ただ、敵地でまともな扱いをされているとは思えない。

「アーシュ殿が生きているとしても、その身が無事かどうか見つかるまでは分からないだろうな……」

ローランド・デインがポツリと言った言葉で、部屋に沈黙が落ちる。

それは誰もが想像しうることだったからだ。

「公爵を継ぐ資格も器もないくせに、公爵位を欲しがる男がいつどこでアーシェラの本当の出自を嗅ぎつけるか分からん。今でも執拗にアーシェラの命を狙っているのだからな。この話はここだけで留めておくことが肝要だ」

ロザリオ・デインの言葉に妻のマリアが首肯した。

「そうですわね。分かりましたわ」

一通りのことを話し合い、泊まる部屋に行こうとして思い出した。

「ああ、そうだ。あいつと同じく器《リヒャルト》がないうちのバカ息子《ダリウス》だが。近いうちにローディンに子爵を継がせて、隠居させることにする」

「あの頭の中がお花畑な息子が『うん』と言うか？」

ローランド・デインのその言葉に私は苦笑いをしながら、部屋を後にした。

ローディンにはすでにダリウスの隠居の計画は話してある。そして「覚悟しておけ」とも。

――息子《ダリウス》の子育てに失敗したのは私だ。

魔法学院の生徒だったマリウス侯爵家の一人娘に一目惚れされて、無理やり輿入れされた。その妻が生んだ息子ダリウス。

父親の失策で負った借金を返すため働き続け、ろくに息子に構ってやれなかったのだ。

私の息子であるダリウスは、侯爵家の箱入りのお姫様に育てられ、母方の祖父母の後ろ盾のもとで贅沢に育ち、金は湯水の如く湧いてくると思い込んで育ってしまった。

やがてお姫様育ちの母親が亡くなり、母方の祖父母も亡くなると、侯爵家から無条件に与えられていた金品が打ち切られてしまった。

しかし、夢見がちなお姫様に育てられた息子は、大人になっても父親の仕事を手伝わず、夢のような話に引っかかり、せっかく借金を返し終わった子爵家をすぐに借金まみれにした。

借金を重ねても返すつもりもなく、誰かがどうにかしてくれると思っている。本当にどうしようもない。

妻であるローズマリーの輿入れの際の持参金も遊びに使い、娘であるローズの結婚の折には相手《アーシュ殿》に散々結婚の許可を渋り、結婚の条件として自分の借金の肩代わりをさせたほどだ。普通なら娘の持参金を用意するべきだというのに。

我が息子ながら恥ずかしくてしょうがない。

そんな大人になり切れない父親がいながらローズやローディンがまともに育ったのは、母親のローズマリーと彼女の実家であるデイン辺境伯家の人たちのおかげだ。

ローズマリーとの政略結婚は、私《わたし》の親友であり共に子爵家の行く末を案じていたローランド・デインと話し合い、お姫様気質の息子の手綱をしっかりとした気質のローズマリーにとってもらおうと考えたためだ。

政略結婚ではあったが、意外と夫婦仲は良かった。

デイン辺境伯家から嫁いできたローズマリーは芯の強い女性で、一人立ちできないダリウスは彼女にべったりと依存した。

ローズマリー曰く。

ダリウスの余りの馬鹿っぷりに逆に庇護欲をそそられたのだそうだ。

ダリウスは政界で暗躍するような悪人にはなれないし、深く物事を考えない傾向もある。

彼を騙し、骨までしゃぶりつくそうとする狡猾なハイエナ共から守ってあげたいと思ったのだ、という。

その言葉通り、利用しようと近づいてきた悪人に、ダリウスがまんまと乗せらせそうになったところをローズマリーが撃退した。

そんなことが何度も繰り返され、ローズマリーがダリウスを手懐けていてくれたおかげで、今まで子爵位を返上することなく何とかここまでこられたのだ。

『いわゆる、割れ鍋に綴じ蓋ということですわね～。ほほほ』

と男前にローズマリーは笑っていた。本当に頭が下がる。

ダリウスはすでに父親である私から切り捨てられていることを自覚せず、さり気なく領地経営から切り離されていることにも気づかずにいる。

そんな駄目な父親を反面教師にしたローディンは、私が望んだように育った。

そのローディンの自立の機会は、私やデイン辺境伯たちが思ったより早く訪れた。

ダリウスは、子を亡くして傷つき実家に戻ろうとしたローズをそのまま公爵家に置いて、何とか金を引き出そうと自分勝手なことを考えていたらしい。

子爵邸でローズとアーシェラを護ろうという計画が頓挫《とんざ》したのは、ダリウスのせいだ。

「――どこまで自分勝手なんだ、くそ親父!!　これ以上姉さんを利用させてたまるか!!」

ダリウスの所業に憤慨し、完全に父親《ダリウス》に見切りをつけたローディンが動いた。

引退したはずの私が未だ領地の運営を実質的に行っていたことで、ローディンは祖父である私と、デイン辺境伯たちから領地経営を学んでいた。

けれど領地経営にたずさわるには子爵家当主《ダリウス》の承認が不可欠。

ゆえにローディンに商会を立ち上げることを提案した。

そこで実際に自分の力で采配して、商会を動かしつつ領地を深く理解すること。

商会の家で領民と同じ暮らしをすることで、何が必要になるかを肌で感じること。

それがいずれ子爵位を継いだ時に生かされてくるのだ。

商会を代表として運営するにあたって、当時十六歳と年若いローディンに、デイン辺境伯家からサポート役として、従兄弟のリンクがついた。

辺境伯家の次男のリンクはローディンより二つ年上の十八歳。いずれデイン辺境伯家が持つ子爵位を受け継ぐ者として一緒に修業させる狙いもあった。

そして、リンクをつけた一番の理由は、ローディンと共に、ローズとアーシェラを確実に護るためだ。

ローディンとリンクには、ローズがリヒャルトに命を狙われていることを話してあった。

隠し部屋で聞いた話は伏せていたが、リヒャルトが執拗な人間であるということはローズからも聞いていたようだ。

商会の家を用意した時に、子爵家より安全の確保が難しいことから、少しでもアーシェラに危険が及ばないようにとクリステーア公爵と話し合って、ローズにアーシェラが実子であると告げることを一時見送ることにした。


ローズがアーシェラを拾い子として認識するように、あの日、バーティア子爵領の森の中にある女神様の小神殿の芝生の上にアーシェラを寝かせたカゴを置いたのは、私とクリステーア公爵だ。

バーティアに戻る旅程であの別荘を使うことや、あの森や小神殿がアーシュ殿との思い出の場所であることを知っていたからだ。

祈るような思いで私やクリステーア公爵が遠くから見ていたことをローズたちは知らない。

神殿で祈るローズの姿は、回復したとはいえ見るからに以前よりやつれていた。

ローズに最後に会ったのが、幸せそうな笑顔の結婚式の時だったことから、余計にその落差が胸を抉った。

森に響いたアーシェラの泣く声に、ローズが引き寄せられるように駆けて行ってアーシェラを抱き上げた時は、深い安堵を覚えた。

迷わずにアーシェラに乳を与え、愛しそうに話しかけるローズの姿に胸が締め付けられた。

これが、初めての母子の対面なのだ。

託すことができた安堵と――本当の親子であると告げられない葛藤。

ローズが赤ん坊に『アーシェラ』と名付けた瞬間、こらえ切れず、クリステーア公爵と共に涙を流した。

それは子供につけるはずだった名前。

ローズの心の傷がどんなに深かったのかを思い知らされた。

その子がお前の産んだ子供《アーシェラ》だと告げてやりたかった。

必ずリヒャルトを排除してローズとアーシェラが本当の親子として幸せになれるようにしてやろう。

――その時、私はそう心に強く誓った。

書き下ろし　女神様の花（レント前神官長視点）

その日は何かが違った。

――先ほどから胸がざわついている。


「司祭様、どうなさいました？」

礼拝堂の中を拭き掃除していたサラさんとサラサさんが声をかけてきた。

知らず知らずのうちに胸に手をやった私を見て具合が悪いと思ったようだ。

「だいじょぶ？」

母親たちと一緒に布切れで長椅子を拭いている四人の子供たち。

サラさんとサラサさん、そして二人の双子の子供たちは私の周りで心配そうに首を傾げた。

「大丈夫ですよ。お掃除のお手伝いありがとう。はい、これはご褒美ですよ」

私は子供たちの前にしゃがみ、棒付きの飴を一つずつ渡した。

「きゃんでぃ！」

「ありがと」

子供たちは無邪気にキャンディを頬張った。

喜ぶ四人の子供たちは二歳になったばかり。昨年母親たちが一歳のこの子たちを抱えてこの教会にやってきた。

以前、私は長いこと王都の大神殿を拠点として神官長の職務を担っていた。

そしてその任期を終えた折、新任の神官長から不安定なこの情勢が落ち着くまで王都に居てほしいと懇願された。

もちろん私に否やはなかった。

任期期間の決まりにより神官長の座は退いたが、私は生涯女神様にお仕えする身。

こうして折よく王都の教会の司祭職が空いたのは、『必然である』とそう感じたのだ。

そして私は神官長であった経歴をあえて伏せた上で、そこの司祭職に就いたのだった。

サラさんやサラサさん母子は、私がこの教会の司祭となる少し前にここへとやってきた。

私が司祭に着任してしばらくした後、他の教会からの受け入れ要請を受けて戦争の後遺症で身体が不自由になった男性たちも受け入れた。

そしてサラさんやサラサさん母子の他に三組の母子を受け入れた。そして病に冒された身寄りのない老人も。

教会の運営は人数に合わせた役所からの給付金で賄われる。

当然私も人数が増える度に申告をして給付金の増額を申請した。

——だが申請書類を提出してから何か月経っても、また何度役所を訪ねても支給額は変わらなかった。

一年前に比べて預かっている人数が十六人も増えたのに、支給額は以前からいた四人の孤児と司祭とお付きの者の分のみ。こんな金額では到底賄えるものではない。

教会は神殿の管轄。

ゆえに私は神殿を訪ね、私の後任のカレン神官長に業務が遅延しているのかと問うた。

だが神殿に報告されている書類には、驚くべきことが記載されていた。

私の申請通りの金額が申請した月から支給されていることになっているではないか。

その時点で教会の維持費の横領が行われているというのは明らかだった。

急遽調査が行われた結果、巧妙な手口で抜き取られていることが判明した。

それも私の居る教会だけではなく、他の教会でもそのようなことが起きている、と。

それは一役人ができる所業ではない。確実に上に立つ者が横領に関わっている。

おそらくそれは私が神官長だった時から行われてきたのだろう。

——気が付かなかった私にも責任がある。

そこでカレン神官長と捜査担当官に言われたのは、『確実な証拠を掴むまで今少し耐えてほしい』だった。

それは理解できる。横領をしている者たちは己の罪が暴かれようとする気配に敏感だ。

そんな中で別ルートで教会への支給額が増えたらすぐに気づかれるだろう。

そうなったら自らが関わった証拠を消してしまうに違いない。末端の手下に罪を擦《なす》り付けて口封じするのは目に見えていた。

――そんなことはさせない。確実に親玉を潰さなくては。

だが、やはり現実問題として食べるものがないというのは問題だ。

敵を欺くために不自然に思われない程度に私財を投入し、さらに心ある人たちからの食材の寄付を受けることで、ぎりぎり食べさせている状態だ。

「「子供たちにキャンディをありがとうございます、司祭様」」

サラさんとサラサさん母子は領主の悪政で住む家を失くし、遠い王都までやってきた。

この若い二人が教会に身を寄せている人たちの世話をしてくれている。とてもありがたいことだ。

せめて、不自然に思われない他の方法で彼女たちや子供たちにもっと食べさせてあげられないだろうか、と思わずにいられなかった。

「失礼します。司祭様いらっしゃいますか～」

サラさんやサラサさん母子が去った後、デイン商会のカインさんが礼拝堂に入って来た。毎日のように魚や加工品を持ってきてくれる青年だ。

カインさんに招かれて銀髪の青年が二人入って来た。

「――お久しぶりです、レント神官長様。ローディン・バーティアです」

「リンク・デインです。お久しぶりですね、レント神官長様」

二人は私のことを覚えていた。

私ももちろん覚えている。十数年前、神殿で私が魔力鑑定を行ったバーティア子爵家の後継者であるローディン殿と、デイン辺境伯家の次男にして次期フラウリン子爵となるリンク殿だ。

魔力鑑定の時に見た真っ直ぐで濁りのない光はそのまま本人を包むオーラに滲み出ていた。なかなかそのような光を視ることがなかったため、この二人はとても印象深かった。

彼らを包む光はあの時のままだった。


――私は神官となり女神様の水晶を授けられた時から、女神様の意思の代弁者となった。

女神様の水晶は私の胸の紋章の中に在る。

そしてその御力の欠片は、時に視覚や聴覚によって感じ取ることができる。

女神様は必然をお与えになる。

――それでは、あの胸のざわつきはこの二人が原因なのか？　と思った時。

「さあ、アーシェ。ご挨拶しよう」

そう言ったローディン殿の後ろからちょこちょこと小さな女の子が出て来た。

ローディン殿とリンク殿の間にちょこんと立つ小さな女の子。確か二人がローズ殿と一緒に育てている拾い子ではなかったか。

「あーちぇ……あーしぇらでしゅ」

『アーシェラ』と名乗った女の子。

金色の髪に、キラキラと輝く光を湛えた緑色の瞳。

その女の子は、私がよく知るこの国の根幹を支える人物を思い出させた。

そして、先ほどの胸のざわつきの正体がなんであったのかを知った。

私の胸の中に在る女神様の水晶が私に伝えたかったこと。

それは目の前に居る女の子のことなのだと。

――なぜなら。

女の子の瞳を見た瞬間に胸の紋章がうずき――その薄緑色の瞳の奥に女神様の祝福の印がはっきりと見えたのだから。


――それからは驚愕し通しだった。

アーシェラ様はこの教会の森に咲く菊の花が食することも薬にすることもできるものだと明らかにした。

そして、リンク・デイン殿の鑑定によりそれが女神様の気を持つ花だということが分かった。

――女神様の花。

私はこれまでその真実に気づくことはなかった。

摘み取っても刈り取っても、すぐにまた花を咲かせるこの花が普通のものではありえないというのに。

――これまでは女神様があえて我々に気づかせていなかったのだろう。

そして、もっと驚いたこと、それは。

『みんなのために、きくのはなをわけてくだしゃい！』

と言ったアーシェラ様の願いに応えるように、女神様の花が金とプラチナの光を放ってくるくると回ったのだ。――まるで微笑んでいるかのように。

私もローディン殿やリンク殿も呆然とその様子を見ていた。

そして極めつけは。

アーシェラ様が何度も何度も『ありがとう』と言った後に、脳裏に響いた天上の声。


『――――いいのよ。わたしたちの可愛い子――――』


その瞬間、頭のてっぺんから足のつま先まで驚愕に震えた。

それを聞いたのはおそらくは私――そして語りかけられたアーシェラ様だけだろう。

アーシェラ様は不思議な声に『ん？』と首を傾げている。

――この子はまぎれもなく女神様方の愛し子。

女神様の愛し子は周りを大きく動かすと言われてきた。

それを肯定するかのように、アーシェラ様がもたらした女神様の花によって、その日のうちに何年も前からの懸案事項であった巨額横領事件の主犯の罪が暴かれ。

その部下が行った誓約魔法により教会の経費横領の主犯も逮捕されることとなり――なかなか進まなかった問題が一気に解決へと導かれたのだった。

「『しさいさま、おなかいっぱい！』」

あれからしばらく経った今、子供たちはお腹をぽんぽんと叩いている。

適正な金額が支給されるようになって、きちんとした食事を用意することができるようになり、子供たちもとても元気になった。

そしてあの日薬師のドレンさんが破落戸《ごろつき》たちを引き取ってくれたおかげで、教会は日々の平穏を取り戻すこともできたのだ。

あの男たちは自分の鬱憤をサラさんたちにぶちまけることで憂さ晴らしをしていたのだ。本当に大人気ない。

あの日以降彼らは薬師の工房に勤めることとなり、最初の仕事として菊の花の引き取りを行った。

そして彼らはサラさんたちを見るといつものように罵倒し始め、ドレンさんや私の目の前で発動した誓約魔法によりきっちりとお仕置きを受けていた。

ふ。当然の報いだろう。

教会に彼らが来る度に怯えていたサラさんたちも子供たちも、今ではすっかり明るくなった。

「司祭様、私たちは作業場に行きます」

そう言って食堂を出ていくのはサラさんら女性たち。

この教会の森の端に、デイン商会が菊の花の加工場を作って彼女らを雇い入れてくれたのだ。

女神様の花は食用に、薬用に、兵糧にと重宝されている。

近隣の女性たちも働き口を見つけられたと喜んでいた。

そのきっかけを作ってくれたアーシェラ様には感謝しかない。


「レント前神官長様。菊の花の株を分けてもらいに来ました」

カレン神官長の元気な声が礼拝堂に響いた。

あの日アーシェラ様の願いから、この教会の菊の花がアースクリス国の各教会に株分けされているのだ。

カレン神官長はその総指揮を執っていて、自ら菊の花を分けてもらいに来る。

「バーティア子爵領に行って、アーシェラ様に会ってきます」

その言葉で私にも伝わった。

カレン神官長は私と同様に女神様に選ばれた代弁者だ。

神官長職は多忙だ。それでもアーシェラ様に会いに行くというその行動自体におそらく意味がある。


――『女神様は必然を与える』のだから。

「ああ、レント前神官長。陛下からの伝言です。『忙しくなってきたから手伝え』だそうです」

――陛下はこれまで水面下で準備を進めてきた。

戦争を終結するための準備。

国の中の不穏な勢力を殲滅するための準備も。

陛下がそう言ったということは、動き始めるという合図だ。

「分かりました。微力ながらお手伝いさせていただきます」

女神様の愛し子は周りを大きく動かす。

国の長である陛下が動くということは国が動くということ。

そして陛下を動かした要因の一つはアーシェラ様の存在だろう。

「ふふ。今度は何をするのですかね、アーシェラ様は」

彼女が次に何をするか、私たちに何を投げかけることになるのか。

これから訪れるであろう、その大きな変化が楽しみでならない。

書き下ろし　僕とアーシェの誕生日（ローディン視点）

「姉さん、これ母上とお祖父様からだって」

バーティア子爵邸から贈り物が届いた。

今日は僕の十七歳の誕生日。

毎年子爵邸で近しい親戚を招待して食事会をしていたが、昨年から戦争が始まったため、デイン辺境伯は多忙。そしてバーティアの祖父も軍議に参加するため王都に出向いている。食事会どころではない。

それに子爵邸に行っても、小言を言う父親がいるのだ。

それなら商会の家で可愛いアーシェの顔を見ている方がいい。

そうしたら、母ローズマリーから『誕生日くらいは子爵家の味を』と料理が運ばれてきた。

最近は自分たちでも簡単な料理はできるようになってきたが、やはり料理人の作る料理には敵わない。ありがたく受け取った。


「まあ、これは……」

姉のローズがピンクのリボンのかけられた箱を開けると、女の子用の可愛い服が入っていた。そして、『アーシェラ　一歳の誕生日おめでとう』というカードも。

「アーシェの誕生日……？」

「ああ、うん。子爵領の戸籍書類に僕が誕生日を決めて書いたんだ。アーシェは正確な誕生日が分からないだろう？　だから僕の誕生日と一緒にした。――姉さんには悪いと思ったけど……」

一年前の今日。初雪が降った日に、姉は自らの子を――死産した。

皮肉にも僕の十六歳の誕生日と同じ日に。

姉にとっては愛しい我が子を亡くした哀しい日で、アーシェの誕生日をその日にすることには思うところがあったが、なぜかどうしてもその日以外に考えられなかったのだ。

「僕たちの誰かと一緒の誕生日にしようと思っていたんだ。その方が誰でもアーシェに『おめでとう』って言いやすくなるかと思って。アーシェの成長具合から見てリンクか姉さんと一緒の誕生日にしようかって悩んだけど……でも、次期領主の僕の誕生日と一緒なら皆に忘れられないだろうし、可愛いアーシェと一緒なら僕も嬉しいからそうしたんだ」

実はその提案はお祖父様からあったのだ。

アーシェの成長具合から逆算してあたりをつけるより、僕たちの誰かの誕生日と同じにすればいいと。

その祖父の考えを後押ししたのは母ローズマリーだった。

『ここで暮らすなら次期領主のローディンと同じにすればいいわ』と。

それに祖父も同意したので、姉の気持ちを思うと複雑ではあったものの、アーシェの誕生日を僕の誕生日と同じにしたのだった。

「……そうなのね」

同じく複雑そうな姉の表情に申し訳なさが募る。

姉にとって今日は、一年前自分が子供を無事に産んであげられなかった日なのだから。

――そこに、重くなってしまった空気を破るような元気な声が響いた。

「あーい！」

「あらアーシェ、目が覚めたのね」

曇ってしまっていた姉の表情が一瞬で優しくなった。

この頃アーシェがハイハイをするようになったので、居間の床にカーペットを敷き、お昼寝用のふとんを置いていた。アーシェはいつの間にかハイハイして来てカーペットの端っこに座り僕たちを見上げていた。

「ぱっぱ。ぱっぱ」

ぱっぱ、は汚れがついて嫌だと訴える時にアーシェが使う言葉だ。

「あら、床に手をついちゃったのね」

見たら両手に砂のような汚れがついている。声が聞こえた方にハイハイして来て、勢いで床に手をついてしまったらしい。砂がついて気持ち悪いのだろう。両手を見て「う～」とうなっている。

そんな仕草さえ可愛い。

「まあ、足にも汚れがついちゃっているわね。それじゃあちょっと早い時間だけど、お風呂に入ってキレイキレイしようね」

「あい！」

姉はにこやかに笑ってアーシェをお風呂場に連れて行った。


「アーシェ。お祖母様とひいお祖父様があなたへのお誕生日祝いに贈ってくださった可愛い服よ〜」

どうやら姉は誕生日の件を納得してくれたらしい。笑顔でアーシェにプレゼントされた服を着せている。――良かった。

「おー。可愛い服着てるな」

リンクが箱を抱えて戻って来た。

「ほうら、これは俺とローディンからのプレゼントだぞ。季節外れだから特注で作ってもらってきた」

「まあ、アイスクリームね」

「きゃうっ！」

初めて見るアイスクリームが美味しいものだと分かるのか、アーシェが喜びの声を上げた。

もう一つのプレゼントである、ふわふわの大きなぬいぐるみも気に入ったらしい。顔をうずめてはキャッキャと笑っている。

「そしてこれはローズに。俺とローディンから」

リンクが小さな白い花のアレンジメントを手渡すと、姉は寂しそうに……でも小さく笑みを浮かべた。

「お祖父様とお母様からもお花を贈ってもらったわ。――あの子も喜ぶわね。ありがとう、リンク、ローディン」

――うん、これでいい。

アーシェを心置きなく祝えることも、儚くなったあの子を弔うことも今日なら一緒にできるから。

――だが、アーシェの誕生日をこの日にしたことでリヒャルトの疑いの目がアーシェに向き、暗殺者が執拗に送られて来ることになったとは、まだこの時は思いもよらなかったことである。

あとがき

はじめまして、こんにちは。あやさくらです。

このたびは『転生したら最愛の家族にもう一度出会えました　前世のチートで美味しいごはんをつくります』をお手に取っていただきありがとうございます。

この小説は『小説家になろう』というサイトで掲載しているものを書籍化していただきました。

昔から本を読むのが大好きで、好きが高じて書くことも好きでした。

社会人となり、日々の忙しさに追われ書くことはもちろん読むこともあまりしなくなっていたのですが、ライフスタイルが変わって時間が出来たことで、これまでを取り戻すかのように小説をたくさん読んでいた時に『小説家になろう』を知りました。

昔は一冊分丸々書いて応募するスタイルしかなかったのに、一話ずつの投稿でいいのか！　とわくわくしました。

そのわくわくが、この作品を投稿するきっかけになりました。

そしてこの作品が賞をいただき、書籍化の運びとなったことは本当に心から嬉しいです。

書き始めた当初はそんなに長くならないだろうと思っていたのですが、書いているうちに楽しくなって話が広がり、登場人物が増え、気づけば長編に。

目測が甘かったです。（笑）

温かい家族と美味しいごはんでまったりほのぼのライフを書きたいと思って始めましたが、三国との戦争があり、主人公のアーシェラが生まれる前から命を狙われるというハードな展開に、書いていて『あれ？　まったりはどこに？』と自分にツッコミました。

幼児の身体に前世の大人だった記憶を持つアーシェラですが、心は身体に引っ張られるもの。幼児らしく新しい人生を生きて行きます。

どうかこれからもゆっくりと成長して行くアーシェラを気長に見守っていただければと思います。

今回本編最後にアーシェラが赤ちゃんだった頃のショートストーリーを書き下ろししました。

赤ちゃんの頃の話は本編では詳しく触れていなかったので、今回書けて楽しかったです。

さて最後となりましたが、謝辞を。

このお話を本という形にしてくださった、編集様とアース・スタールナの皆様。初めての事に右往左往していた私に適切なアドバイスをくださりありがとうございました。

素敵なイラストを描いてくださったＣＯＮＡＣＯ様。アーシェラが可愛すぎて、ローディンやリンクが格好良すぎてずっとにやにやしていました。本当にありがとうございます。

また、本作に関わって下さったすべての方々へ感謝を。ありがとうございました。

そして「小説家になろう」の読者の皆様。この本を手に取って下さった皆様、本当にありがとうございました。

あやさくら

転生したら
最愛の家族に
もう一度出会えました
よろしくお願いします! CONACO

EARTH STAR LUNA
アース・スタールナ
辺境の貧乏伯爵に嫁ぐことになったので
領地改革に励みます
~ドラゴンと公爵令嬢~
As I would marry into the remote poor earl,
I work hard at territory reform
第2巻発売中!!
作品詳細はこちら→
著:花波薫歩
イラスト:ボダックス

王族相手に保護者面談!?
木刀で生徒にタイマン指導!?
最強の新人女教師が
魔術学院のしがらみを
ぶち壊す!?

EARTH STAR
LUNA

転生したら最愛の家族にもう一度出会えました
前世のチートで美味しいごはんをつくります

発行 ―――― 2023年　4月3日　初版第1刷発行
2023年11月7日　　第3刷発行

著者 ―――― あやさくら

イラストレーター ―――― CONACO

装丁デザイン ―――― 山上陽一（ARTEN）

地図デザイン ―――― 鈴木康広

発行者 ―――― 幕内和博

編集 ―――― 筒井さやか・蝦名寛子

発行所 ―――― 株式会社アース・スター エンターテイメント
〒141-0021　東京都品川区上大崎3-1-1
目黒セントラルスクエア　7F
TEL：03-5561-7630
FAX：03-5561-7632

印刷・製本 ―――― 中央精版印刷株式会社

ISBN 978-4-8030-1773-1